abc
LA COLLECTION

Réussite

Le BAC efficace
et un bon dossier pour Parcoursup

Maths Term complémentaires

Pierre-Antoine Desrousseaux

Nathan

Direction éditoriale : Raphaëlle Mourey
Coordination éditoriale : Julie Langlais, Marion Gautier
Édition : Benjamin Peylet
Conception graphique intérieur : Élise Launay
Couverture : Élise Launay
Compositeur : PCA
Fabrication : Kévin Magar

Crédit photographique couverture : Shutterstock

ISBN : 978-2-09-157125-6

Mode d'emploi

Un ouvrage synthétique pour réviser et progresser avec méthode !

Cours

Méthode | Exos & sujets | Corrigés

- Le cours est structuré en **doubles pages**, pour faciliter les révisions. Il comporte les éléments indispensables pour assimiler les nouvelles connaissances
- Chaque double-page comporte des **exercices résolus**, commentés en marge, qui constituent une préparation à la résolution d'exercices plus difficiles.

Méthode

Cours | Exos & sujets | Corrigés

- Ces pages présentent de manière simple la résolution de questions classiques qu'il est indispensable de maîtriser. Ces **fiches-méthode** s'appuient sur des exercices et présentent la **démarche à suivre** de manière très détaillée.

Exercices

Cours | Méthode | Corrigés

- **Nombreux et variés**, les exercices proposés permettent de couvrir l'ensemble des thèmes abordés dans le chapitre.
- Ils sont classés en **quatre rubriques** : Vérifiez vos connaissances, Exercices d'application et Exercices d'entraînement.

Corrigés

Cours | Méthode | Exos & sujets

- Les corrigés, **entièrement rédigés**, sont très détaillés et présentent toutes les étapes du raisonnement et des calculs.
- Ils sont accompagnés de commentaires : **conseils, remarques, astuces du prof, gagner des points…**

Nathan live!

RÉVISE OÙ TU VEUX, QUAND TU VEUX

L'appli Nathan live, c'est un environnement **sécurisé** pour accéder gratuitement **sans inscription**, sans publicité et d'un **simple scan** aux **contenus numériques** de ton ouvrage.

1. Télécharge l'appli gratuitement
2. Lance l'appli et scanne les pages qui contiennent ces rubriques pour faire apparaître les ressources*

Comprendre à l'aide d'autres exemples

* Les éditions Nathan ne sont pas garantes de la pérennité des liens.

Sommaire

PARTIE II • Probabilités

CHAPITRE 8 Lois discrètes

CHAPITRE 9 Lois à densité

CHAPITRE 10 Statistiques à deux variables quantitatives

Le nouveau Bac

Le calendrier

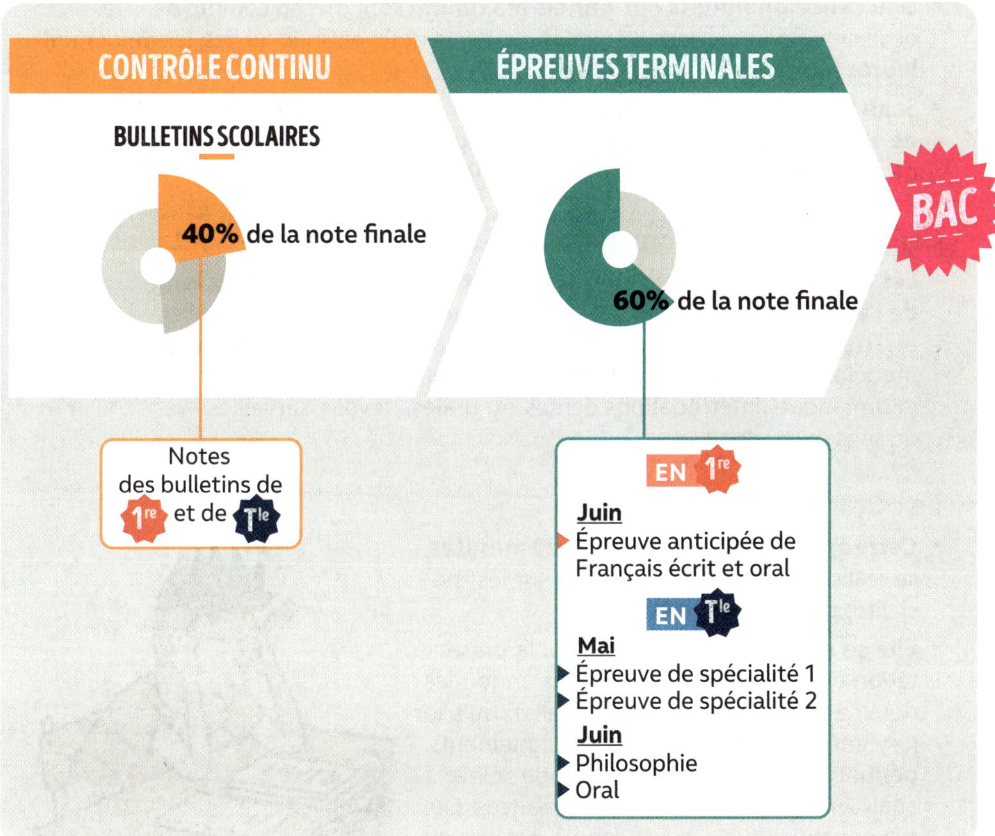

3 spécialités en 1re, 2 spécialités en T^{le}

- À la fin de l'année, l'élève de Première **sélectionne parmi les trois spécialités** choisies en début d'année **celle qu'il ne poursuivra pas** en Terminale.
- Les deux spécialités conservées en Terminale seront évaluées par une **épreuve finale** en fin de Terminale (60 % de la note finale).
- Par ailleurs, toutes les notes des **bulletins scolaires** des années de Première et de Terminale comptent pour 40 % de la note finale.

Les enseignements optionnels

- **Deux enseignements optionnels maximum** sont pris en compte dans les 40 % de la note finale du Baccalauréat. Au-delà de deux options suivies, les **deux meilleures moyennes** seront utilisées.
- Suite à l'application de cette règle, si la moyenne à **l'option Langues et cultures de l'Antiquité** n'était pas prise en compte, les points de la moyenne au-delà de 10 s'ajouteraient au total des points obtenus par le candidat.

L'enseignement optionnel de Mathématiques complémentaires en T^le^

- **Les élèves sont évalués au travers d'exercices variés tout au long de l'année :** rédaction de travaux de recherche individuels ou collectifs, travaux pratiques pouvant s'appuyer sur des logiciels, activité de modélisation, exposés, réalisation et présentation d'un programme informatique, interrogations écrites ou orales, devoirs surveillés avec ou sans calculatrice, etc.

3 h/ semaine

Le « Grand Oral »

- **Cette épreuve, d'une durée de 20 minutes**, se réalise devant un jury et porte sur les spécialités choisies par l'élève.
- **Elle se déroule en trois parties :** la présentation d'une question portant sur un (ou les deux) enseignement(s) de spécialité, puis le jury interroge l'élève sur ces enseignements, permettant d'évaluer la capacité de l'élève à analyser et mobiliser des connaissances. Elle est poursuivie par un échange à propos du projet d'orientation de l'élève.

Les grands moments de l'année de T^le^

CALENDRIER DU BAC

Deux épreuves écrites de spécialité (Fin mars)

Épreuve écrite de Philosophie et « Grand Oral » (Juin)

CALENDRIER PARCOURSUP

Novembre – Janvier : Recherche des informations sur Parcoursup

Janvier – Février : Inscription sur Parcoursup

Février – Avril : Constitution de votre dossier complet, saisie et confirmation de vos vœux

Mai – Septembre : Pensez à répondre aux propositions des établissements

Éventuellement, phase complémentaire

Novembre

Janvier

Février

Fin mars

Avril

3e trimestre dates au choix de votre lycée

Mai

Juin

Juillet

Septembre

* Informations mises à jour en mars 2022

1 Limite finie ou infinie

1 Suite convergente

- Une **suite u converge** lorsqu'il existe un réel ℓ tel que tout intervalle ouvert I centré en ℓ contient tous les termes de la suite à partir d'un certain rang. On écrit : $\lim\limits_{n \to +\infty} u_n = \ell$.

- **Illustration graphique**
Pour $n \geqslant p$, tous les termes de la suite sont dans l'intervalle $]\ell - \varepsilon\,;\, \ell + \varepsilon[$.

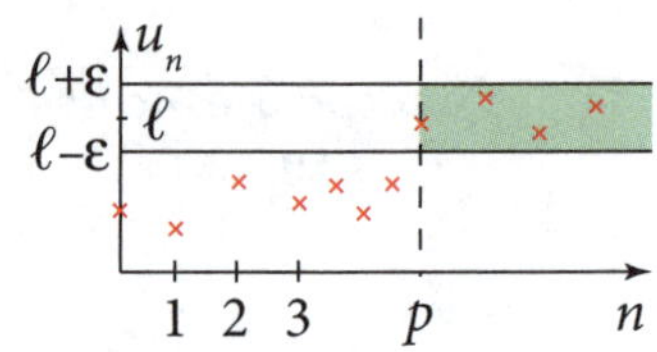

- **Limites de référence**

• $\lim\limits_{n \to +\infty} \dfrac{1}{n} = 0$ • $\lim\limits_{n \to +\infty} \dfrac{1}{n^2} = 0$ • $\lim\limits_{n \to +\infty} \dfrac{1}{\sqrt{n}} = 0$ • $\lim\limits_{n \to +\infty} \mathrm{e}^{-n} = 0$

2 Suite divergente

- Une suite u **diverge vers** $+\infty$ (resp. $-\infty$) si, pour tout réel $A > 0$ (resp. $B < 0$), il existe un rang p à partir duquel tous les termes de la suite sont plus grands que A(resp. plus petits que B).

Illustrations graphiques

$\lim\limits_{n \to +\infty} u_n = +\infty$

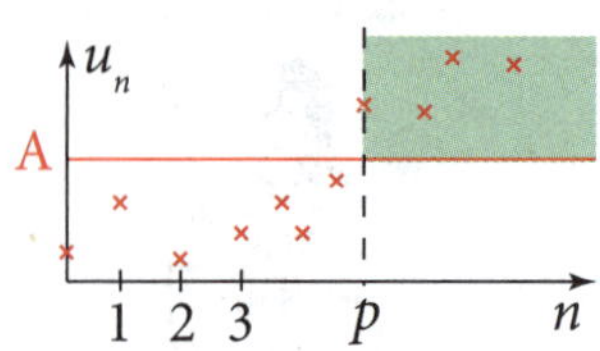

Pour $n \geqslant p$, $u_n > A$.

$\lim\limits_{n \to +\infty} v_n = -\infty$

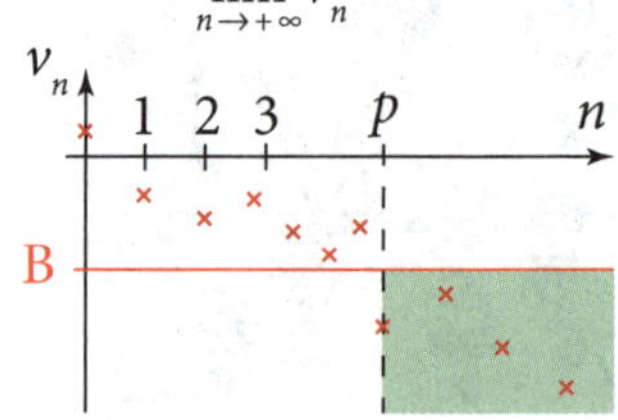

Pour $n \geqslant p$, $v_n < B$.

Remarque : Certaines suites (comme $(-1)^n$, $(\cos n)$, $(\sin n)$…) n'admettent pas de limite. On dit aussi qu'elles divergent.

- Limites de référence

• $\lim\limits_{n\to+\infty} n = +\infty$ • $\lim\limits_{n\to+\infty} n^2 = +\infty$ • $\lim\limits_{n\to+\infty} \sqrt{n} = +\infty$ • $\lim\limits_{n\to+\infty} e^n = +\infty$

EXERCICE RÉSOLU

Lire la limite d'une suite à la calculatrice

ÉNONCÉ

u est la suite définie sur $\mathbb{N}$ par $\begin{cases} u_0 = 2 \\ u_{n+1} = 2u_n - 3 \end{cases}$

1. Représenter la suite (u_n) à la calculatrice.
2. Lire sa limite.

> **Remarque**
> Une suite peut se noter u ou (u_n).

CORRIGÉ

1. **Casio**

MENU 8) RECUR puis compléter

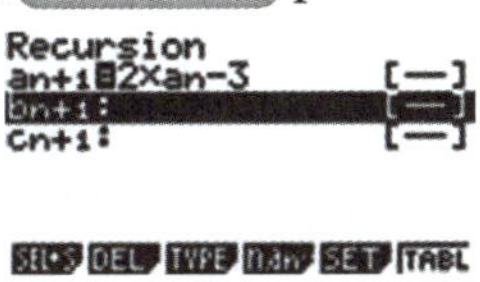

SET puis compléter avec le rang de départ et u_0

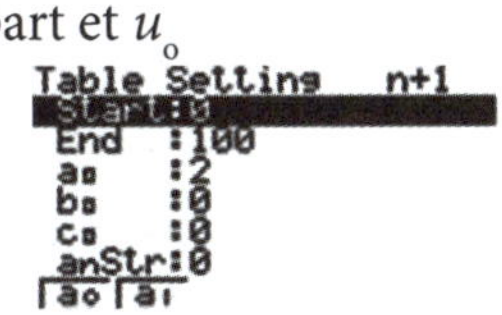

F6 TABL pour le tableau de valeurs et EXE pour le graphique après avoir adapté la fenêtre.

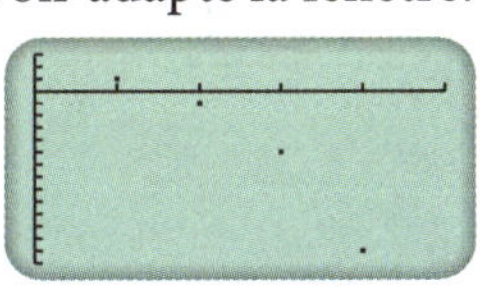

T.I.

MODE SUITE 2nde quitter $f(x)$

puis compléter :

2nde 7 pour u et X, T, θ, n pour n

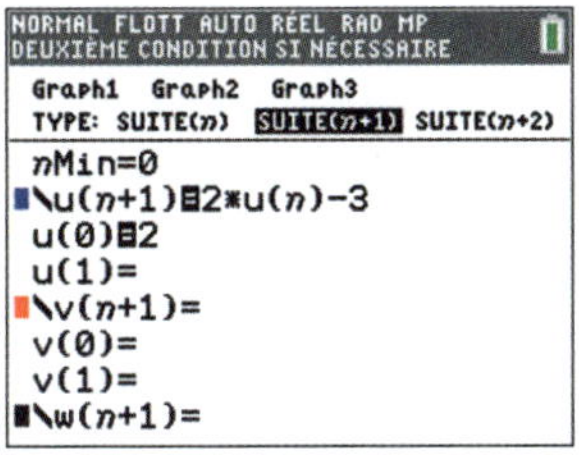

2. On conjecture que :
$\lim\limits_{n\to+\infty} u_n = -\infty$

La suite (u_n) diverge vers $-\infty$.

2 Limites et comparaison

• Propriétés

p est un entier naturel.
u et v sont deux suites telles que, pour tout entier naturel $n \geqslant p$, $u_n \leqslant v_n$.

- Si $\lim\limits_{n\to+\infty} u_n = +\infty$ alors $\lim\limits_{n\to+\infty} v_n = +\infty$.
- Si $\lim\limits_{n\to+\infty} v_n = -\infty$ alors $\lim\limits_{n\to+\infty} u_n = -\infty$.

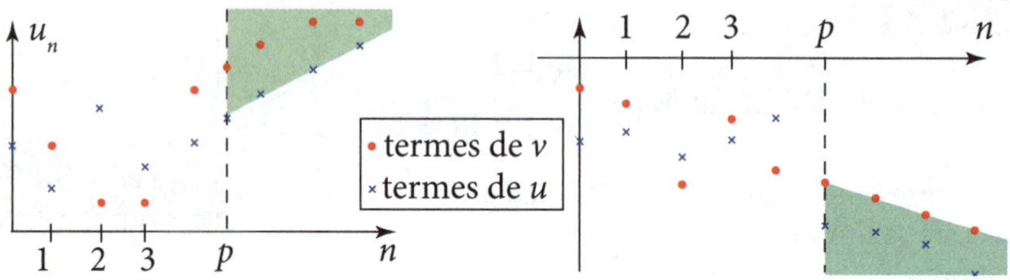

Exemple : Pour tout n de $\mathbb{N}$, $n^2 + 3 \geqslant n^2$.

Or $\lim\limits_{n\to+\infty} n^2 = +\infty$, donc $\lim\limits_{n\to+\infty} n^2 + 3 = +\infty$.

• Théorème des gendarmes

p est un entier naturel.
Si u, v et w sont trois suites telles que, pour tout entier $\boldsymbol{n \geqslant p}$, $\boldsymbol{u_n \leqslant v_n \leqslant w_n}$ et $\boldsymbol{\lim\limits_{n\to+\infty} u_n} = \boldsymbol{\lim\limits_{n+\infty} w_n} = \ell$, alors $\lim\limits_{n\to+\infty} v_n = \ell$.

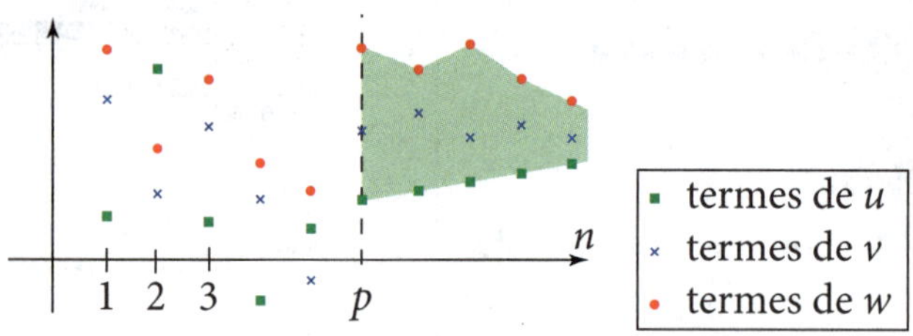

Exemple : Pour tout n de $\mathbb{N}^*$, $-1 \leqslant (-1)^n \leqslant 1$ donc $-\dfrac{1}{n} \leqslant \dfrac{(-1)^n}{n} \leqslant \dfrac{1}{n}$.

Or $\lim\limits_{n\to+\infty} -\dfrac{1}{n} = 0$ et $\lim\limits_{n\to+\infty} \dfrac{1}{n} = 0$, donc $\lim\limits_{n\to+\infty} \dfrac{(-1)^n}{n} = 0$.

EXERCICES RÉSOLUS

Suite divergente

ÉNONCÉ

Étudier la limite de la suite u définie sur $\mathbb{N}$ par $u_n = (-1)^n - 3n$.

CORRIGÉ

À l'aide de la calculatrice on conjecture que u diverge vers $-\infty$.

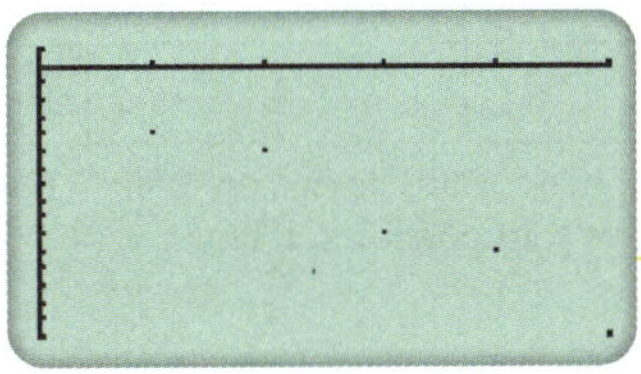

Conseil
Utiliser la calculatrice pour conjecturer la limite.

On cherche donc une suite v telle que $u \leqslant v$, avec $\lim\limits_{n \to +\infty} v_n = -\infty$.

Pour tout entier n, $-1 \leqslant (-1)^n \leqslant 1$, donc on choisit $v_n = 1 - 3n$.
On a, pour tout entier n, $u_n \leqslant v_n$ et $\lim\limits_{n + \infty} (1 - 3n) = -\infty$, donc $\lim\limits_{n \to +\infty} u_n = -\infty$ et la suite u **diverge aussi vers $-\infty$**.

Utiliser le théorème des gendarmes

ÉNONCÉ

u, v et w sont trois suites définies sur $\mathbb{N}^*$ par
$u_n = -\dfrac{2}{n}$; $w_n = \dfrac{2}{n}$ et $v_n = \dfrac{2 \cos n}{n}$.
Montrer que la suite v converge vers 0.

CORRIGÉ

Pour tout entier naturel n non nul, on a
$-1 \leqslant \cos n \leqslant 1 \Leftrightarrow -2 \leqslant 2 \cos n \leqslant 2$

$$\Leftrightarrow -\frac{2}{n} \leqslant \frac{2 \cos n}{n} \leqslant \frac{2}{n}.$$

Donc, pour tout entier naturel n non nul, $u_n \leqslant v_n \leqslant w_n$, de plus $\lim\limits_{n \to +\infty} u_n = \lim\limits_{n \to +\infty} w_n = 0$.

On en déduit, d'après le théorème des gendarmes, que $\lim\limits_{n \to +\infty} v_n = 0$ et que **v converge aussi vers 0**.

Piège à éviter
Diviser une inégalité par un nombre :
- négatif, change le sens de l'inégalité ;
- positif, ne change pas le sens de l'inégalité.

3 Limites et opérations

1 Limite et somme

u et v sont deux suites.

Si $\lim\limits_{n \to +\infty} u_n = \ldots$	ℓ	ℓ	ℓ	$+\infty$	$-\infty$	$+\infty$
et $\lim\limits_{n \to +\infty} v_n = \ldots$	ℓ'	$+\infty$	$-\infty$	$+\infty$	$-\infty$	$-\infty$
alors, $\lim\limits_{n \to +\infty} (u_n + v_n) = \ldots$	$\ell + \ell'$	$+\infty$	$-\infty$	$+\infty$	$-\infty$	FI

FI : signifie « Forme Indéterminée ». Dans ce cas, on ne peut pas conclure avec cette opération et toutes les réponses sont possibles. Il faut lever l'indétermination.

2 Limite et produit

u et v sont deux suites.

Si $\lim\limits_{n \to +\infty} u_n = \ldots$	ℓ	$\ell > 0$	$\ell > 0$	$\ell < 0$	$\ell < 0$	$+\infty$	$+\infty$	$-\infty$	0
et $\lim\limits_{n \to +\infty} v_n = \ldots$	ℓ'	$+\infty$	$-\infty$	$+\infty$	$-\infty$	$+\infty$	$-\infty$	$-\infty$	$+\infty$ ou $-\infty$
alors, $\lim\limits_{n \to +\infty} (u_n v_n) = \ldots$	$\ell \ell'$	$+\infty$	$-\infty$	$-\infty$	$+\infty$	$+\infty$	$-\infty$	$+\infty$	FI

3 Limite et quotient

u et v sont deux suites ; v est telle que pour tout entier n, $v_n \neq 0$.

- Si $\lim\limits_{n \to +\infty} v_n \neq 0$.

Si $\lim\limits_{n \to +\infty} u_n = \ldots$	ℓ	ℓ	$+\infty$	$+\infty$	$-\infty$	$-\infty$	$+\infty$ ou $-\infty$
et $\lim\limits_{n \to +\infty} v_n = \ldots$	$\ell' \neq 0$	$+\infty$ ou $-\infty$	$\ell' > 0$	$\ell' < 0$	$\ell' > 0$	$\ell' < 0$	$+\infty$ ou $-\infty$
alors, $\lim\limits_{n \to +\infty} \dfrac{u_n}{v_n} = \ldots$	$\dfrac{\ell}{\ell'}$	0	$+\infty$	$-\infty$	$-\infty$	$+\infty$	FI

- Si $\lim\limits_{n + \infty} v_n = 0$.

Si $\lim\limits_{n \to +\infty} u_n = \ldots$	$\ell > 0$ ou $+\infty$	$\ell < 0$ ou $-\infty$	$\ell > 0$ ou $+\infty$	$\ell < 0$ ou $-\infty$	0
et $\lim\limits_{n \to +\infty} v_n = \ldots$	0 en restant positif	0 en restant positif	0 en restant négatif	0 en restant négatif	0
alors, $\lim\limits_{n \to +\infty} \dfrac{u_n}{v_n} = \ldots$	$+\infty$	$-\infty$	$-\infty$	$+\infty$	FI

EXERCICE RÉSOLU

Déterminer la limite d'une somme

ÉNONCÉ

Déterminer la limite de la suite a définie sur $\mathbb{N}$ par $a_n = e^{-n} + n^2$.

CORRIGÉ

$a_n = u_n + v_n$, avec $u_n = e^{-n} = \dfrac{1}{e^n}$ et $v_n = n^2$.

On sait que $\lim\limits_{n \to +\infty} u_n = \lim\limits_{n + \infty} \dfrac{1}{e^n} = 0$,

et $\lim\limits_{n \to +\infty} v_n = +\infty$.

Donc, par somme, $\lim\limits_{n \to +\infty} a_n = +\infty$.

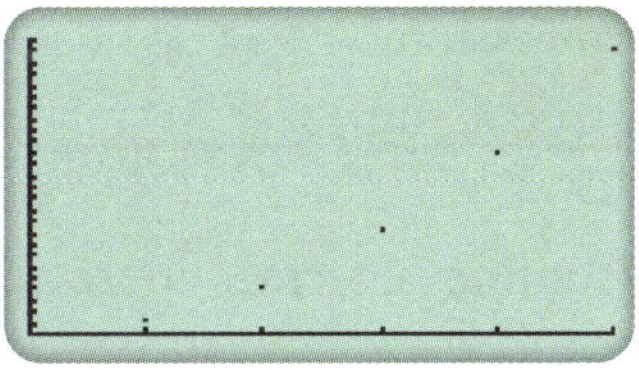

Conseil
Penser à utiliser la calculatrice pour conjecturer ou pour vérifier la limite.

Déterminer la limite d'un produit, d'un quotient

ÉNONCÉ

Déterminer les limites des suites (u_n) et (v_n) définies sur $\mathbb{N}$ par :

1. $u_n = (n^2 - 1)(2 + e^n)$

2. $v_n = \dfrac{3 - e^n}{1 + e^{-n}}$

CORRIGÉ

1. $\lim\limits_{n \to +\infty} n^2 = +\infty$ donc $\lim\limits_{n \to +\infty} n^2 - 1 = +\infty$

$\lim\limits_{n \to +\infty} e^n = +\infty$ donc $\lim\limits_{n \to +\infty} 2 + e^n = +\infty$

Ainsi, par produit, on en déduit que $\lim\limits_{n \to +\infty} u_n = +\infty$.

2. $\lim\limits_{n \to +\infty} e^n = +\infty$ donc $\lim\limits_{n \to +\infty} -e^n = -\infty$ et $\lim\limits_{n \to +\infty} 3 - e^n = -\infty$.

$\lim\limits_{n \to +\infty} e^{-n} = 0$ donc $\lim\limits_{n \to +\infty} 1 + e^{-n} = 1$.

Ainsi, par quotient, on en déduit que $\lim\limits_{n \to +\infty} v_n = -\infty$.

Comprendre à l'aide d'autres exemples

4 Limites et suites géométriques

1 Rappels sur les suites géométriques

- **Définition**

Une **suite** (u_n) est dite **géométrique de raison q** lorsqu'on passe d'un terme u_n au terme suivant u_{n+1} en multipliant par q.
Ainsi, pour tout n de $\mathbb{N}$, $u_{n+1} = q \times u_n$

- **Propriété** (formule explicite)

(u_n) est une suite géométrique de raison q et de premier terme u_0.
Pour tout n de $\mathbb{N}$, $u_n = u_0 \times q^n$

- **Propriété** (somme de termes consécutifs)

(u_n) est une suite géométrique de raison q et de premier terme u_0, avec $q \neq 1$.
Pour tout n de $\mathbb{N}$, $u_0 + u_1 + \ldots + u_n = u_0 \times \dfrac{1 - q^{n+1}}{1 - q}$

2 Suites géométriques et limites

- **Propriété**

Si $0 < q < 1$, alors $\lim\limits_{n \to +\infty} q^n = 0$ Si $q > 1$, alors $\lim\limits_{n \to +\infty} q^n = +\infty$

- **Propriété**

(u_n) est une suite géométrique de raison q avec $0 < q < 1$ et de premier terme u_0.

$$\lim_{n \to +\infty} (u_0 + u_1 + \ldots + u_n) = u_0 \times \frac{1}{1 - q}$$

EXERCICES RÉSOLUS

Étudier la limite d'une suite géométrique

ÉNONCÉ

(u_n) est la suite géométrique de raison 0,5 et de premier terme $u_0 = -3$.
Déterminer l'expression de u_n en fonction de n, puis la limite de (u_n).

CORRIGÉ

Pour tout n de $\mathbb{N}$, $u_n = u_0 \times q^n = -3 \times 0{,}5^n$.
Or, $0 < 0{,}5 < 1$, donc $\lim\limits_{n \to +\infty} 0{,}5^n = 0$ et $\lim\limits_{n \to +\infty} -3 \times 0{,}5^n = 0$.

Finalement, ***u* converge vers 0.**

Rappel
On utilise la formule
$u_n = u_0 \times q^n$

Étudier la limite d'une somme de termes

ÉNONCÉ

(v_n) est la suite géométrique de raison $\dfrac{\sqrt{2}}{2}$ et de premier terme $v_0 = 5$.

1. Déterminer la limite de (v_n)

2. Exprimer la somme S_n ci-dessous en fonction de n :

$$S_n = v_0 + v_1 + \ldots + v_n.$$

3. Déterminer la limite de cette somme.

CORRIGÉ

1. Pour tout n de $\mathbb{N}$, $v_n = v_0 \times q^n = 5 \times \left(\dfrac{\sqrt{2}}{2}\right)^n$.

Or $0 < \dfrac{\sqrt{2}}{2} < 1$, donc $\lim\limits_{n \to +\infty} \left(\dfrac{\sqrt{2}}{2}\right)^n = 0$ et $\lim\limits_{n \to +\infty} v_n = 0$.

2. Pour tout n de $\mathbb{N}$,

$$S_n = v_0 \times \frac{1 - q^{n+1}}{1 - q} = 5 \times \frac{1 - \left(\frac{\sqrt{2}}{2}\right)^{n+1}}{1 - \frac{\sqrt{2}}{2}} = 5 \times \frac{1 - \left(\frac{\sqrt{2}}{2}\right)^{n+1}}{\frac{2 - \sqrt{2}}{2}} = 10 \times \frac{1 - \left(\frac{\sqrt{2}}{2}\right)^{n+1}}{2 - \sqrt{2}}.$$

3. Puisque $0 < \dfrac{\sqrt{2}}{2} < 1$, on en déduit que :

$$\lim_{n \to +\infty} S_n = 5 \times \frac{1}{1 - \frac{\sqrt{2}}{2}} = 5 \times \frac{1}{\frac{2 - \sqrt{2}}{2}} = \frac{10}{2 - \sqrt{2}}.$$

Savoir représenter une suite définie par récurrence

ÉNONCÉ

(u_n) est la suite définie sur $\mathbb{N}$ par $\begin{cases} u_0 = 4,8 \\ u_{n+1} = 0,2u_n^{\ 2} \end{cases}$

1. Représenter dans un repère les six premiers termes de la suite (u_n).

2. Conjecturer la limite de la suite (u_n).

MÉTHODE

Pour représenter graphiquement une suite (u_n) définie par u_0 et $u_{n+1} = f(u_n)$:

- tracer la courbe $\mathscr{C}$ représentative de f sur $[0\,;+\infty[$
- tracer la droite Δ d'équation $y = x$
- suivre le procédé indiqué à droite du graphique

1.

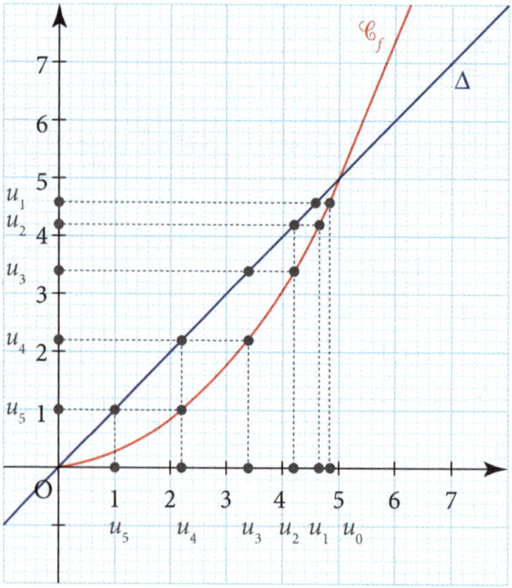

❶ On place u_0 sur l'axe des abscisses, puis on « monte » jusqu'à la courbe $\mathscr{C}_f$ au point $M(u_0\,;\,u_1)$ et on se reporte sur l'axe des ordonnées pour placer u_1.

À partir de l'axe des ordonnées, on part de u_1, on se déplace jusqu'à la droite Δ, au point $N(u_1\,;\,u_1)$ et on se reporte sur l'axe des abscisses pour placer u_1.

❷ On itère le procédé du ❶

Attention : Ce sont les valeurs marquées sur l'axe des abscisses qui représentent la suite u. La courbe $\mathscr{C}_f$ représente la fonction f.

2. On conjecture que $\lim\limits_{n \to +\infty} u_n = 0$.

Savoir déterminer la limite d'une suite par comparaison

ÉNONCÉ

Déterminer la limite de la suite v définie sur $\mathbb{N}$ par $v_n = n + n\cos^2 n$;

puis la limite de la suite w définie sur $\mathbb{N}^*$ par $w_n = \dfrac{\sin n}{5e^{-n}}$.

MÉTHODE

Pour déduire la limite d'une suite par comparaison, il faut :

- reconnaître une suite usuelle, que l'on sait majorer ou minorer, dans l'expression donnée ;
- utiliser les résultats de comparaison donnés p. 12 du cours.

CORRIGÉ

• On va comparer la suite v à la suite u définie sur $\mathbb{N}$ par $u_n = n$.
Pour tout $n \in \mathbb{N}^*$, $0 \leqslant \cos^2 n \leqslant 1$ et donc

$$\begin{aligned} & \cos^2 n \geqslant 0 \\ \Leftrightarrow\ & n\cos^2 n \geqslant 0 \\ \Leftrightarrow\ & n + n\cos^2 n \geqslant n \\ \Leftrightarrow\ & v_n \geqslant u_n. \end{aligned}$$

Rappels

$-1 \leqslant \cos n \leqslant 1$
$\cos^2 n = (\cos n)^2$.

De plus, $\lim\limits_{n\to+\infty} u_n = +\infty$, donc $\lim\limits_{n+\infty} v_n = +\infty$.

• On va comparer la suite w aux suites a et b définies sur $\mathbb{N}^*$ par $a_n = -\dfrac{1}{n}$ et $b_n = \dfrac{1}{n}$.

Pour tout $n \in \mathbb{N}^*$, $-1 \leqslant \sin n \leqslant 1$.

Comme n est un entier strictement positif, $-\dfrac{1}{n} \leqslant \dfrac{\sin n}{n} \leqslant \dfrac{1}{n}$.

Donc, pour tout $n \in \mathbb{N}^*$, $a_n \leqslant w_n \leqslant b_n$,
et $\lim\limits_{n\to+\infty} a_n = \lim\limits_{n\to+\infty} b_n = 0$.

Comprendre à l'aide d'autres exemples

On en déduit, d'après le théorème des gendarmes, que $\lim\limits_{n\to+\infty} w_n = 0$ et donc que **w converge aussi vers 0.**

Savoir déterminer la limite d'une suite

ÉNONCÉ

Déterminer la limite de la suite (u_n) définie sur $\mathbb{N}$ par : $u_n = \dfrac{n^2+1}{5e^{-n}}$.

MÉTHODE

Pour déterminer la limite d'une suite :

- on utilise les limites des fonctions de référence
- on applique les tableaux d'opérations sur les limites (paragraphe 3 du cours)

CORRIGÉ

$\lim\limits_{n\to+\infty} n^2 = +\infty$ et $\lim\limits_{n\to+\infty} 1 = 1$, donc par somme, $\lim\limits_{n\to+\infty} n^2+1 = +\infty$.

$\lim\limits_{n\to+\infty} e^{-n} = 0$ et $\lim\limits_{n\to+\infty} 5 = 5$, donc par produit, $\lim\limits_{n\to+\infty} 5e^{-n} = 0$ (et $5e^{-n} > 0$).

Ainsi, par quotient, on en déduit que $\lim\limits_{n\to+\infty} u_n = +\infty$.

Savoir utiliser les suites géométriques

ÉNONCÉ

1. Déterminer les limites des suites géométriques définies sur $\mathbb{N}$ par :

a. $u_n = -5 \times \sqrt{3}^n$ **b.** $v_n = 100 \times 0{,}2^n$

2. Déterminer la limite de la somme $S_n = v_0 + v_1 + \ldots + v_n$.

MÉTHODE

1. Appliquer la première propriété du paragraphe 4.2 du cours, en étant attentif au fait que $0 < q < 1$ ou que $q > 1$.

2. Appliquer la seconde propriété du paragraphe 4.2 du cours.

CORRIGÉ

1. a. Pour la suite (u_n), la raison $q = \sqrt{3}$.

Or $\sqrt{3} > 1$, donc $\lim\limits_{n\to+\infty} \sqrt{3}^n = +\infty$ et $\lim\limits_{n\to+\infty} u_n = -\infty$.

b. Pour la suite (v_n), la raison $q = 0{,}2$.
Or $0 < 0{,}2 < 1$, donc $\lim_{n\to+\infty} 0{,}2^n = 0$ et $\lim_{n\to+\infty} v_n = 0$.

2. $0 < 0{,}2 < 1$, et $v_0 = 100 \times 0{,}2^0 = 100$. Donc, d'après la propriété du cours :

$$\lim_{n\to+\infty} v_0 + v_1 + \ldots + v_n = v_0 \times \frac{1}{1-q} = 100 \times \frac{1}{1-0{,}2} = \frac{100}{0{,}8} = 125.$$

Rappel
Pour (u_n) suite géométrique de raison q et de premier terme u_0 : $u_n = u_0 \times q^n$

Savoir étudier une suite arithmético-géométrique

ÉNONCÉ

(u_n) est la suite définie sur $\mathbb{N}$ par : $u_{n+1} = 0{,}4\, u_n + 6$ et $u_0 = 12$.
et (v_n) est la suite définie sur $\mathbb{N}$ par : $v_n = u_n - 10$

1. Démontrer que la suite (v_n) est géométrique.
Préciser sa raison q et son premier terme v_0.

2. En déduire l'expression de v_n en fonction de n ; puis de u_n en fonction de n.

3. Déterminer la limite de la suite (v_n) ; puis de la suite (u_n).

MÉTHODE

Pour démontrer qu'une suite (v_n) est géométrique, on montre que $v_{n+1} = q\, v_n$.

CORRIGÉ

1. Pour tout n de $\mathbb{N}$, $v_{n+1} = u_{n+1} - 10 = 0{,}4u_n - 4 = 0{,}4\,(u_n - 10) = 0{,}4v_n$
Donc (v_n) est une suite géométrique de raison $q = 0{,}4$ et $v_0 = u_0 - 10 = 2$.
2. Pour tout n de $\mathbb{N}$, $v_n = v_0 \times q^n = 2 \times 0{,}4^n$ et $u_n = v_n + 10 = 2 \times 0{,}4^n + 10$.
3. $0 < 0{,}4 < 1$, donc $\lim_{n\to+\infty} v_n = 0$ et $\lim_{n\to+\infty} u_n = 10$.

Comprendre à l'aide d'autres exemples

Vérifiez vos connaissances

1 Vrai-Faux

Indiquer pour chaque proposition si elle est vraie (V) ou fausse (F).

1. $\lim\limits_{n \to +\infty} n^2 = 0$ et $\lim\limits_{n \to +\infty} \dfrac{1}{n^2} = +\infty$. ☐ V ☐ F

2. $\lim\limits_{n \to +\infty} (e^n + 2)(1 - e^n) = -\infty$. ☐ V ☐ F

3. Si, pour tout n de $\mathbb{N}$, $u_n \leqslant v_n$ et $\lim\limits_{n \to +\infty} v_n = +\infty$ alors $\lim\limits_{n \to +\infty} u_n = +\infty$. ☐ V ☐ F

4. $\lim\limits_{n \to +\infty} (-1 + \sqrt{3})^n = 0$. ☐ V ☐ F

2 QCM

Pour chaque question, une seule réponse proposée (A, B ou C) est exacte.

		A	B	C
1.	$\lim\limits_{n \to +\infty} 2e^{-n}\left(1 + \dfrac{1}{n}\right) =$	0	2	$+\infty$
2.	Pour tout n de $\mathbb{N}^*$, on a : $2 + \dfrac{1}{n} \leqslant u_n \leqslant 3e^{-n} + 2$	$\lim\limits_{n \to +\infty} u_n = 0$	$\lim\limits_{n \to +\infty} u_n = 3$	$\lim\limits_{n \to +\infty} u_n = 2$
3.	La suite géométrique de raison $\sqrt{5}$ et de premier terme -3.	converge vers 0	diverge vers $-\infty$	diverge vers $+\infty$
4.	(u_n) est définie sur $\mathbb{N}$ par : $u_n = 5 - 2 \times \left(\dfrac{1}{4}\right)^n$	$\lim\limits_{n \to +\infty} u_n = 0$	$\lim\limits_{n \to +\infty} u_n = 5$	$\lim\limits_{n \to +\infty} u_n = -\infty$

Exercices d'application

3 Suite convergente

u est la suite définie sur $\mathbb{N}^*$ par $u_n = \dfrac{7}{n^2}$.

1. Représenter les dix premiers termes de cette suite sur votre calculatrice.

2. Conjecturer la limite de la suite u.

4 Comparaison

Déterminer la limite des suites (u_n) et (v_n).

1. Pour tout n de $\mathbb{N}$, $u_n \geqslant n^2$

2. Pour tout n de $\mathbb{N}$, $v_n \leqslant -\mathrm{e}^n$

5 Règles opératoires

Déterminer la limite de la suite u définie sur $\mathbb{N}$ par :

1. $u_n = n^5 + n^2$

2. $u_n = 3n^2 + \sqrt{n}$

3. $u_n = (\mathrm{e}^n + 1)(-3 + \mathrm{e}^{-n})$

4. $u_n = \dfrac{3}{n+1} \times \mathrm{e}^{-n}$

6 Limite de (q^n)

Dans chacun des cas ci-dessous, déterminer la limite de la suite u définie sur $\mathbb{N}$. Justifier.

1. $u_n = 3 \times \pi^n$;

2. $u_n = -2 \times 0{,}5^n$;

3. $u_n = 4 \times \left(1 + \dfrac{2}{100}\right)^n$;

4. $u_n = -\dfrac{1}{10} \times \left(1 - \dfrac{5}{100}\right)^n$

7 Théorème de convergence

u est une suite telle que pour tout entier naturel n, $0 \leqslant 2 + u_n \leqslant 0{,}3^n$.

Déterminer la limite de u.

8 Théorème des gendarmes

(u_n) et (v_n) sont les suites définies sur $\mathbb{N}^*$ par :

$$u_n = \frac{3\sin n}{n^2} \text{ et } v_n = \frac{1 - 2 \times (-1)^n}{n}.$$

1. Démontrer que, pour tout n de $\mathbb{N}^*$

a. $-\dfrac{3}{n^2} \leqslant u_n \leqslant \dfrac{3}{n^2}$

b. $-\dfrac{1}{n} \leqslant v_n \leqslant \dfrac{3}{n}$

2. En déduire la limite des suites (u_n) et (v_n).

9 Représentation graphique

(u_n) est la suite définie sur $\mathbb{N}$ par $u_{n+1} = \sqrt{u_n}$ et $u_0 = 0{,}2$.

1. Représenter dans un repère les cinq premiers termes de la suite dans un repère orthonormé d'unité 10 cm.

Réflexe à avoir

Appliquer le raisonnement détaillé dans la Méthode en page 18.

2. Conjecturer la limite de la suite (u_n) aussi précisément que possible.

10 Avec des suites géométriques

(u_n) est la suite géométrique de premier terme -5 et de raison 0,2.

(v_n) est la suite géométrique de premier terme $-0{,}2$ et de raison 5.

1. Déterminer la limite des suites (u_n) et (v_n).

2. Déterminer la limite de la somme : $S_n = u_0 + u_1 + \ldots + u_n$.

11 Suite arithmético-géométrique

u est la suite définie par $u_0 = 8$ et $u_{n+1} = \frac{1}{4}u_n + 2$ pour tout n de $\mathbb{N}$.

1. Démontrer que la suite v définie sur $\mathbb{N}$ par $v_n = u_n - \frac{8}{3}$ est géométrique.

2. En déduire l'expression de u_n en fonction de n.

3. Déterminer la limite de la suite (v_n) ; puis de la suite (u_n).

Exercices d'entraînement

12 Études de limites

Déterminer la limite des suites (u_n) définies ci-dessous.

1. $u_n = \frac{-5}{e^n}$; **2.** $u_n = 2 \times \frac{1-10^n}{1-10}$; **3.** $u_n = 0{,}3 \times \frac{1-0{,}3^n}{0{,}7}$.

13 Lever une indétermination

(u_n) et (v_n) sont les suites définies sur $\mathbb{N}$ par : $u_n = \frac{2e^n + 1}{5e^n + 1}$ et $v_n = 3n^2 - n^3$

1. Montrer que l'étude des limites des suites (u_n) et (v_n) mène à une forme indéterminée.

2. a. Démontrer que, pour tout n de $\mathbb{N}$, $u_n = \dfrac{2 + e^{-n}}{5 + 4e^{-n}}$

b. En déduire la limite de (u_n).

3. a. Démontrer que, pour tout n de $\mathbb{N}$, $v_n = n^3\left(\dfrac{3}{n} - 1\right)$.

b. En déduire la limite de (v_n).

14 Théorème des gendarmes

u est la suite définie pour $n \geqslant 2$ par $u_n = 2 + \dfrac{\sqrt{n}}{n + (-1)^n}$.

1. Établir les inégalités valables pour tout $n \geqslant 2$, $\dfrac{\sqrt{n}}{n+1} \leqslant u_n - 2 \leqslant \dfrac{\sqrt{n}}{n-1}$.

2. Justifier que, pour tout $n \geqslant 2$, $\dfrac{\sqrt{n}}{n-1} = \dfrac{1}{\sqrt{n} - \dfrac{1}{\sqrt{n}}}$.

3. En déduire la limite de u.

15 Avec démonstration et prise d'initiative

Partie A

u_n est la suite définie par son premier terme u_0 et, pour tout entier naturel n, par la relation $u_{n+1} = au_n + b$ (a et b réels non nuls tels que $a \neq 1$).

On pose, pour tout entier naturel n, $v_n = u_n - \dfrac{b}{1-a}$.

1. Démontrer que la suite (v_n) est géométrique de raison a.

2. En déduire que, si $a \in \,]0\,;1[$ alors la suite (u_n) a pour limite $\dfrac{b}{1-a}$.

3. Dans cette question, on suppose que $a \in \,]0\,;1[$.

Pour tout n de $\mathbb{N}$, on note : $S_n = u_0 + u_1 + \ldots + u_n$ et $T_n = v_0 + v_1 + \ldots + v_n$.

a. Déterminer la limite de la suite (T_n) en fonction de u_0 et de a.

b. Démontrer que, pour tout n de $\mathbb{N}$, $S_n = T_n + (n+1) \times \dfrac{b}{1-a}$.

c. En déduire la limite de la suite (S_n) suivant le signe de b.

Partie B

En mars 2019, Max achète une plante verte mesurant 80 cm. On lui conseille de la tailler tous les ans, au mois de mars, en coupant un quart de sa hauteur. La plante poussera alors de 30 cm au cours des douze mois suivants.

Dès qu'il rentre chez lui, Max taille sa plante.

1. Quelle sera la hauteur de la plante en mars 2020 avant que Max ne la taille ?

2. Pour tout entier naturel n, on note h_n la hauteur de la plante, avant sa taille, en mars de l'année $(2019 + n)$.

a. Justifier que, pour tout entier naturel n, $h_{n+1} = 0{,}75h_n + 30$.

b. Pour tout n de $\mathbb{N}$, on pose $p_n = h_n - 120$.

Démontrer que la suite (p_n) est géométrique. Préciser son premier terme et sa raison

c. Déterminer les limites des suites (p_n) et (h_n).

Interpréter la limite de la suite (h_n).

Vérifiez vos connaissances

1 Vrai-Faux

1. F **2.** V **3.** F **4.** V

2 QCM

1. A **2.** C **3.** B **4.** B

Exercices d'application

3 Suite convergente

1. u est une suite du type $u_n = f(n)$, donc :

• Paramétrer la calculatrice pour passer du mode fonction (***Func***) au mode suite. (***Recur*** ou ***Sequence***).

• Saisir l'expression de la suite (il existe une touche spécifique pour n).

• Afficher le graphique représentant la suite.

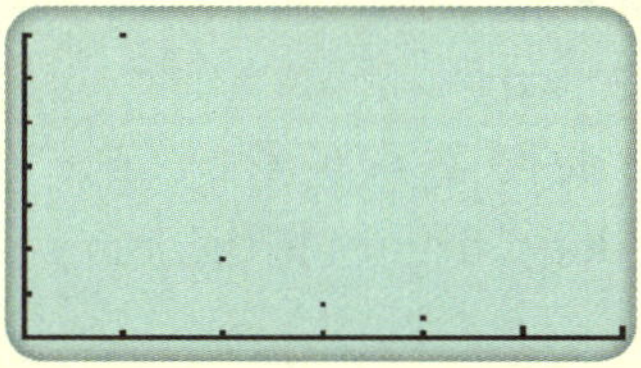

2. u semble converger vers 0.

4 Comparaison

1. Puisque $\lim_{n\to+\infty} n^2 = +\infty$ et que, pour tout n de $\mathbb{N}$, $u_n \geqslant n^2$, on en déduit que $\lim_{n\to+\infty} u_n = +\infty$.

2. Puisque $\lim_{n\to+\infty} \mathrm{e}^n = +\infty$ donc $\lim_{n\to+\infty} -\mathrm{e}^n = -\infty$ et que, pour tout n de $\mathbb{N}$, $v_n \leqslant -\mathrm{e}^n$, on en déduit que $\lim_{n\to+\infty} v_n = -\infty$.

5 Règles opératoires

1. $\lim_{n\to+\infty} n^5 = +\infty$ et $\lim_{n\to+\infty} n^2 = +\infty$, par addition $\lim_{n\to+\infty} u_n = +\infty$.

2. $\lim\limits_{n\to+\infty} 3n^2 = +\infty$ et $\lim\limits_{n\to+\infty} \sqrt{n} = +\infty$, par addition $\lim\limits_{n\to+\infty} u_n = +\infty$.

3. $\lim\limits_{n\to+\infty} e^n + 1 = +\infty$ et $\lim\limits_{n\to+\infty} (-3 + e^{-n}) = \lim\limits_{n\to+\infty}\left(-3 + \dfrac{1}{e^n}\right) = -3$.

Par produit, $\lim\limits_{n\to+\infty} u_n = -\infty$.

4. $\lim\limits_{n\to+\infty} \dfrac{3}{n+1} = 0$ et $\lim\limits_{n\to+\infty} e^{-n} = 0$, par produit $\lim\limits_{n\to+\infty} u_n = 0$.

6 limite de (q^n)

1. $\pi > 1$, donc $\lim\limits_{n\to+\infty} \pi^n = +\infty$, d'où $\boldsymbol{\lim\limits_{n\to+\infty} u_n = +\infty}$.

2. $0 < 0{,}5 < 1$, donc $\lim\limits_{n\to+\infty} 0{,}5^n = 0$, d'où $\boldsymbol{\lim\limits_{n\to+\infty} u_n = 0}$.

3. $1 + \dfrac{2}{100} > 1$, donc $\lim\limits_{n\to+\infty}\left(1 + \dfrac{2}{100}\right)^n = +\infty$, d'où $\boldsymbol{\lim\limits_{n\to+\infty} u_n = +\infty}$.

4. $0 < 1 - \dfrac{5}{100} < 1$, donc $\lim\limits_{n\to+\infty}\left(1 - \dfrac{5}{100}\right)^n = 0$, d'où $\boldsymbol{\lim\limits_{n\to+\infty} u_n = 0}$.

7 Théorème de convergence

$-1 \leqslant 0{,}3 < 1$, donc $\lim\limits_{n\to+\infty} 0{,}3^n = 0$.

De plus, pour tout entier n de $\mathbb{N}$, $a_n \leqslant b_n \leqslant c_n$, où $a_n = 0$, $b_n = 2 + u_n$ et $c_n = 0{,}3^n$ avec $\lim\limits_{n\to+\infty} a_n = \lim\limits_{n\to+\infty} c_n = 0$, donc, d'après le théorème des gendarmes, $\lim\limits_{n\to+\infty} b_n = 0$.

Ainsi, $\lim\limits_{n\to+\infty} 2 + u_n = 0$.

Finalement, $\boldsymbol{\lim\limits_{n\to+\infty} u_n = -2}$.

8 Théorème des gendarmes

1 a. Pour tout n de $\mathbb{N}^*$, $-1 \leqslant \sin n \leqslant 1$

donc $-3 \leqslant 3 \sin n \leqslant 3$ et $\dfrac{-3}{n^2} \leqslant \dfrac{\sin n}{n^2} \leqslant \dfrac{3}{n^2}$

Ainsi, $\dfrac{-3}{n^2} \leqslant u_n \leqslant \dfrac{3}{n^2}$.

b. Pour tout n de $\mathbb{N}^*$, $-1 \leqslant (-1)^n \leqslant 1$

donc $-2 \leqslant -2 \times (-1)^n \leqslant 2$ et $-1 \leqslant 1 - 2 \times (-1)^n \leqslant 3$

Ainsi, $\dfrac{-1}{n} \leqslant v_n \leqslant \dfrac{3}{n}$.

Réflexe à avoir

Pour tout n de $\mathbb{N}$,
$-1 \leqslant \sin n \leqslant 1$
$-1 \leqslant \cos n \leqslant 1$
$-1 \leqslant (-1)^n \leqslant 1$

2. • **Pour la suite (u_n) :**

Pour tout n de $\mathbb{N}^*$, $\frac{-3}{n^2} \leqslant u_n \leqslant \frac{3}{n^2}$.

De plus, $\lim_{n\to+\infty} -\frac{3}{n^2} = 0$ et $\lim_{n\to+\infty} \frac{3}{n^2} = 0$, donc, d'après le théorème des gendarmes, $\lim_{n\to+\infty} u_n = 0$.

• **Pour la suite (v_n) :**

Pour tout n de $\mathbb{N}^*$, $-\frac{1}{n} \leqslant v_n \leqslant \frac{3}{n}$.

De plus, $\lim_{n\to+\infty} -\frac{1}{n} = 0$ et $\lim_{n\to+\infty} \frac{3}{n} = 0$, donc, d'après le théorème des gendarmes, $\lim_{n\to+\infty} v_n = 0$.

9 Représentation graphique

1.

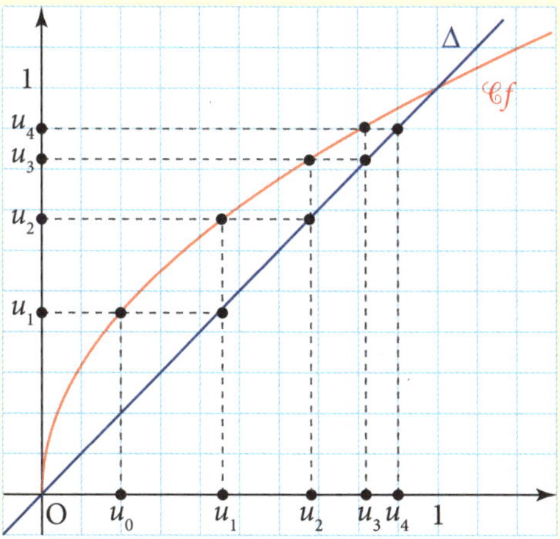

❶ On place u_0 sur l'axe des abscisses, puis on « monte » jusqu'à la courbe $\mathscr{C}_f$ au point $M(u_0\,;\,u_1)$ et on se reporte sur l'axe des ordonnées pour placer u_1.

À partir de l'axe des ordonnées, on part de u_1, on se déplace jusqu'à la droite Δ, au point $N(u_1\,;\,u_1)$ et on se reporte sur l'axe des abscisses pour placer u_1.

❷ On itère le procédé du ❶

2. On conjecture que $\lim_{n\to+\infty} u_n = 1$.

10 Avec des suites géométriques

1. Pour tout n de $\mathbb{N}$, $u_n = -5 \times 0{,}2^n$.

Or, $0 < 0{,}2 < 1$, donc $\lim_{n\to+\infty} 0{,}2^n = 0$ et $\lim_{n\to+\infty} u_n = 0$.

• Pour tout n de $\mathbb{N}$, $v_n = -0,2 \times 5^n$.

Or, $5 > 1$, donc $\lim\limits_{n\to+\infty} 5^n = +\infty$ et $\lim\limits_{n\to+\infty} v_n = -\infty$.

2. D'après la propriété du paragraphe 4.2 du cours, puisque $0 < 0,2 < 1$,

$$\lim_{n\to+\infty} S_n = u_0 \times \frac{1}{1-q} = -5 \times \frac{1}{1-0,2} = \frac{-5}{0,8} = -6,25.$$

11 Suite arithmético-géométrique

1. Pour tout entier n de $\mathbb{N}$,

$$v_{n+1} = u_{n+1} - \frac{8}{3} = \frac{1}{4}u_n + 2 - \frac{8}{3} = \frac{1}{4}u_n - \frac{2}{3} = \frac{1}{4}\left(u_n - \frac{8}{3}\right) = \frac{1}{4}v_n.$$

La suite v est géométrique de raison $\frac{1}{4}$.

2. Pour tout entier n de $\mathbb{N}$, $v_n = v_0 \times q^n$.

On a $v_0 = u_0 - \frac{8}{3} = 8 - \frac{8}{3} = \frac{16}{3}$, d'où $v_n = \frac{16}{3} \times \left(\frac{1}{4}\right)^n$.

Comme $v_n = u_n - \frac{8}{3} \Leftrightarrow u_n = v_n + \frac{8}{3} \Leftrightarrow u_n = \frac{16}{3} \times \left(\frac{1}{4}\right)^n + \frac{8}{3}$.

3. On sait que $0 < \frac{1}{4} < 1$, alors $\left(\frac{1}{4}\right)^n$ converge vers 0.

Donc, $\lim\limits_{n\to+\infty} v_n = 0$

et puisque, $u_n = v_n + \frac{8}{3}$, on en déduit que $\lim\limits_{n\to+\infty} u_n = \frac{8}{3}$.

Exercices d'entraînement

12 Études de limites

1. $\frac{1}{e^n} = e^{-n} = (e^{-1})^n$. Or, $0 < e^{-1} < 1$, donc $\lim\limits_{n\to+\infty} (e^{-1})^n = 0$, d'où $\lim\limits_{n\to+\infty} u_n = 0$.

2. $10 > 1$, donc $\lim\limits_{n\to+\infty} 10^n = +\infty$, donc $\lim\limits_{n\to+\infty} (1 - 10^n) = -\infty$, de plus $1 - 10 = -9 < 0$ d'où $\lim\limits_{n\to+\infty} u_n = +\infty$.

3. $0 < 0,3 < 1$, donc $\lim\limits_{n\to+\infty} 0,3^n = 0$, donc $\lim\limits_{n\to+\infty} (1 - 0,3^n) = 1$, d'où $\lim\limits_{n\to+\infty} u_n = \frac{0,3}{0,7} = \frac{3}{7}$.

13 Lever une indétermination

1. Pour la suite (u_n)

$\lim\limits_{n\to+\infty} 2e^n + 1 = +\infty$ et $\lim\limits_{n\to+\infty} 5e^n + 4 = +\infty$.

Donc, par quotient, on obtient une forme indéterminée.

• **Pour la suite (v_n)**

$\lim\limits_{n\to+\infty} 3n^2 = +\infty$ et $\lim\limits_{n\to+\infty} -n^3 = -\infty$.

Donc, par somme, on obtient une forme indéterminée.

> **Réflexe à avoir**
>
> Les quatre formes indéterminées (F.I.) sont : « $\infty \times 0$ » ; « $\infty - \infty$ » ; « $\frac{\infty}{\infty}$ » ; « $\frac{0}{0}$ ».

2. a. Pour tout n de $\mathbb{N}$, $u_n = \dfrac{2e^n + 1}{5e^n + 1} = \dfrac{e^n\left(2 + \frac{1}{e^n}\right)}{e^n\left(5 + \frac{1}{e^n}\right)} = \dfrac{e^n(2 + e^{-n})}{e^n(5 + e^{-n})}$

Ainsi, $u_n = \dfrac{2 + e^{-n}}{5 + e^{-n}}$.

b. $\lim\limits_{n\to+\infty} 2 + e^{-n} = 2$ et $\lim\limits_{n\to+\infty} 5 + e^{-n} = 5$, donc $\lim\limits_{n\to+\infty} u_n = \dfrac{2}{5}$.

3. a. Pour tout n de $\mathbb{N}$, $v_n = 3n^2 - n^3 = 3n^3 \times \dfrac{1}{n} - 1 \times n^3 = n^3\left(3 \times \dfrac{1}{n} - 1\right)$

Ainsi, $v_n = n^3\left(\dfrac{3}{n} - 1\right)$.

b. $\lim\limits_{n\to+\infty} n^3 = +\infty$ et $\lim\limits_{n\to+\infty} \dfrac{3}{n} - 1 = -1$, donc $\lim\limits_{n\to+\infty} v_n = -\infty$.

14 Théorème des gendarmes

1. Pour $n \geqslant 2$, $u_n = 2 + \dfrac{\sqrt{n}}{n + (-1)^n} \Leftrightarrow u_n - 2 = \dfrac{\sqrt{n}}{n + (-1)^n}$.

Puis $-1 \leqslant (-1)^n \leqslant 1$, donc, $n - 1 \leqslant n + (-1)^n \leqslant n + 1$,

donc, $\dfrac{1}{n-1} \geqslant \dfrac{1}{n + (-1)^n} \geqslant \dfrac{1}{n+1}$, car la fonction inverse est décroissante sur $]0\,;+\infty[$,

donc, $\dfrac{\sqrt{n}}{n-1} \geqslant \dfrac{\sqrt{n}}{n + (-1)^n} \geqslant \dfrac{\sqrt{n}}{n+1}$, car on multiplie par $\sqrt{n}$ positif,

ainsi, $\dfrac{\sqrt{n}}{n-1} \geqslant u_n - 2 \geqslant \dfrac{\sqrt{n}}{n+1}$, c'est-à-dire $\boxed{\dfrac{\sqrt{n}}{n+1} \leqslant u_n - 2 \leqslant \dfrac{\sqrt{n}}{n-1}}$.

2. Pour $n \geqslant 2$, $\dfrac{\sqrt{n}}{n-1} = \dfrac{\sqrt{n} \times 1}{\sqrt{n}\left(\sqrt{n} - \dfrac{1}{\sqrt{n}}\right)} = \dfrac{1}{\sqrt{n} - \dfrac{1}{\sqrt{n}}}$.

3. $\lim\limits_{n \to +\infty} \sqrt{n} = +\infty$, $\lim\limits_{n \to +\infty} \dfrac{1}{\sqrt{n}} = 0$ et donc $\lim\limits_{n \to +\infty} \dfrac{\sqrt{n}}{n-1} = \lim\limits_{n \to +\infty} \dfrac{1}{\sqrt{n} - \dfrac{1}{\sqrt{n}}} = 0$.

De même, $\lim\limits_{n \to +\infty} \dfrac{\sqrt{n}}{n+1} = 0$. Ainsi, grâce à l'encadrement trouvé en **1.**, on peut appliquer le théorème des gendarmes et en déduire que $\lim\limits_{n \to +\infty} (u_n - 2) = 0$, donc $\lim\limits_{n \to +\infty} u_n = 2$.

Finalement **u converge vers 2**.

15 Avec démonstration et prise d'initiative

Partie A

1. Pour un entier naturel n, $v_{n+1} = u_{n+1} - \dfrac{b}{1-a}$ donc $v_{n+1} = au_n + b - \dfrac{b}{1-a}$.

Or $b - \dfrac{b}{1-a} = \dfrac{b(1-a) - b}{1-a} = -\dfrac{ab}{1-a}$. Ainsi $v_{n+1} = au_n - \dfrac{ab}{1-a} = a\left(u_n - \dfrac{b}{1-a}\right)$

soit $v_{n+1} = a \times v_n$. La suite (v_n) est géométrique de raison a.

2. La suite (v_n) est géométrique de raison a donc pour tout n de $\mathbb{N}$, $v_n = a^n\, v_0$.
Si a appartient à l'intervalle $]0\,;1[$, alors $\lim\limits_{n \to +\infty} a^n = 0$ donc $\lim\limits_{n \to +\infty} v_n = 0$ donc

$\lim\limits_{n \to +\infty} u_n - \dfrac{b}{1-a} = 0$ et $\lim\limits_{n \to +\infty} u_n = \dfrac{b}{1-a}$.

La suite (u_n) a pour limite $\dfrac{b}{1-a}$.

3. a. D'après le cours, puisque $a \in\ ]0\,;1[$,

$$\lim_{n \to +\infty} T_n = v_0 \times \frac{1}{1-a} = \frac{v_0}{1-a}.$$

b. Pour tout n de $\mathbb{N}$,

$$S_n = u_0 + u_1 + \ldots + u_n = \left(v_0 + \frac{b}{1-a}\right) + \left(v_1 + \frac{b}{1-a}\right) + \ldots + \left(v_n + \frac{b}{1-a}\right)$$

$$S_n = v_0 + v_1 + \ldots + v_n + (n+1) \times \frac{b}{1-a} = T_n + (n+1) \times \frac{b}{1-a}.$$

c. Si $b > 0$, alors $\lim\limits_{n \to +\infty} (n+1) \times \dfrac{b}{1-a} = +\infty$ (car $1 - a > 0$).

et si $b < 0$, alors $\lim\limits_{n \to +\infty} (n+1) \times \dfrac{b}{1-a} = -\infty$ (car $1 - a > 0$).

Or, $\lim\limits_{n \to +\infty} T_n = \dfrac{v_0}{1-a}$.

Ainsi, si $b > 0$, alors $\lim\limits_{n \to +\infty} S_n = +\infty$ et si $b < 0$, alors $\lim\limits_{n \to +\infty} S_n = -\infty$.

Partie B

1. En mars 2019, la plante mesure 80 cm lors de l'achat. Dès qu'il rentre chez lui, Max taille sa plante en coupant un quart de sa hauteur. Elle mesure alors

$80 \times \dfrac{3}{4} =$ **60 cm.**

La plante pousse de 30 cm au cours des douze mois suivants donc en mars 2020, elle mesure 60 + 30 = **90 cm** avant que Max ne la taille à nouveau.

2. a. En mars de l'année (2019 + n), la hauteur de la plante est h_n.

Max taille sa plante en coupant un quart de sa hauteur. Elle mesure donc $h_n \times \dfrac{3}{4} = 0{,}75\, h_n$.

La plante pousse de 30 cm au cours des douze mois suivants donc en mars de l'année (2019 + n + 1), elle mesure $0{,}75\, h_n + 30$ avant que Max ne la taille à nouveau.

Pour tout entier naturel n, $h_{n+1} = 0{,}75\, h_n + 30$.

b. Pour tout n de $\mathbb{N}$, $p_{n+1} = h_{n+1} - 120 = 0{,}75 h_n + 30 - 120$

$p_{n+1} = 0{,}75 h_n - 90 = 0{,}75(h_n - 120) = 0{,}75 p_n$.

Donc la suite (p_n) est géométrique de raison 0,75 et de premier terme $p_0 = h_0 - 120 = -40$.

c. Puisque $0 < 0{,}75 < 1$, $\lim\limits_{n \to +\infty} p_n = 0$ et $\lim\limits_{n \to +\infty} h_n = \lim\limits_{n \to +\infty} p_n + 120 = 120$.

Au bout d'un long moment, la plante mesurera 1,20 m.

CHAPITRE 2

Limites et continuité des fonctions

1 Limites de fonction et asymptotes

1 Limites de fonctions de référence

Voici les différentes limites des fonctions de référence. Elles sont à connaître par cœur. n désigne un entier naturel non nul.

• Limites en $+\infty$

- $\lim\limits_{x \to +\infty} x^n = +\infty$
- $\lim\limits_{x \to +\infty} \dfrac{1}{x^n} = 0$
- $\lim\limits_{x \to +\infty} \sqrt{x} = +\infty$
- $\lim\limits_{x \to +\infty} \mathrm{e}^x = +\infty$

• Limites en $-\infty$

- $\lim\limits_{x \to -\infty} x^n = \begin{cases} +\infty \text{ si } n \text{ est pair} \\ -\infty \text{ si } n \text{ est impair} \end{cases}$
- $\lim\limits_{x \to -\infty} \mathrm{e}^x = 0$
- $\lim\limits_{x \to -\infty} \dfrac{1}{x^n} = 0$

• Limites en 0

- $\lim\limits_{\substack{x \to 0 \\ x > 0}} \dfrac{1}{x^n} = +\infty$
- $\lim\limits_{\substack{x \to 0 \\ x < 0}} \dfrac{1}{x^n} = \begin{cases} +\infty \text{ si } n \text{ est pair} \\ -\infty \text{ si } n \text{ est impair} \end{cases}$

2 Asymptote à une courbe

• Définitions

• Dire que la droite d'équation $y = \ell$ **est asymptote horizontale** à la courbe $\mathscr{C}$ représentant la fonction f dans un repère signifie que :

$$\lim_{x \to +\infty} f(x) = \ell \text{ ou } \lim_{x \to -\infty} f(x) = \ell.$$

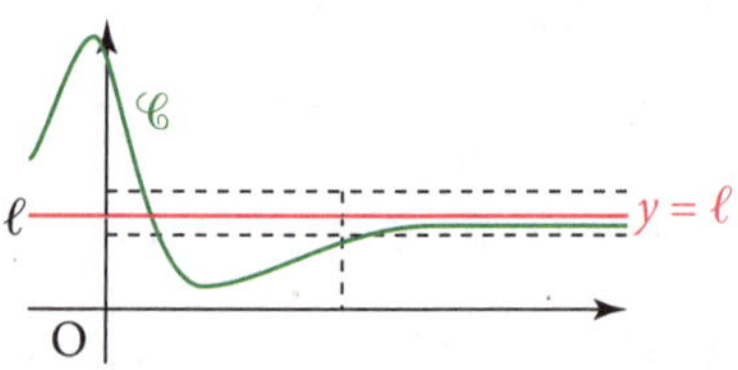

• Dire que la droite d'équation $x = a$ est **asymptote verticale** à la courbe $\mathscr{C}$ représentant la fonction f signifie que :

$$\lim_{x \to a} f(x) = -\infty \text{ ou } \lim_{x \to a} f(x) = +\infty.$$

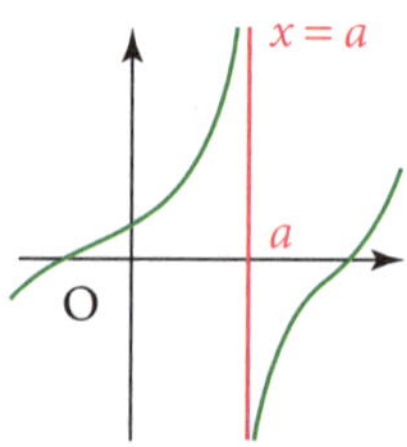

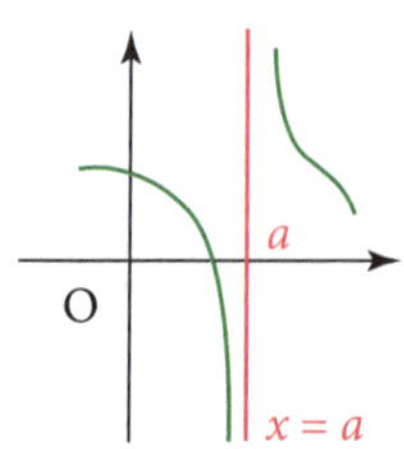

EXERCICE RÉSOLU

Déterminer les asymptotes de fonctions de référence

ÉNONCÉ

Déterminer les asymptotes éventuelles en $-\infty$, $+\infty$ et en 0 des fonctions de référence suivantes :

a. $f(x) = e^x$ **b.** $g(x) = \dfrac{1}{x^2}$

CORRIGÉ

a. $\lim\limits_{x \to -\infty} e^x = 0$ donc la droite d'équation $y = 0$ est asymptote horizontale à la courbe représentative de f en $-\infty$.

$\lim\limits_{x \to +\infty} e^x = +\infty$ donc, en $+\infty$, la courbe représentative de f n'a pas d'asymptote.

$\lim\limits_{x \to 0} e^x = e^0 = 1$ donc, en 0, la courbe représentative de f n'a pas d'asymptote.

b. $\lim\limits_{x \to -\infty} \dfrac{1}{x^2} = 0$ et $\lim\limits_{x \to +\infty} \dfrac{1}{x^2} = 0$ donc la droite d'équation $y = 0$ est asymptote horizontale à la courbe représentative de g en $-\infty$ et en $+\infty$.

$\lim\limits_{x \to 0} \dfrac{1}{x^2} = +\infty$ donc la droite d'équation $x = 0$ est asymptote verticale à la courbe représentative de g.

Remarque : On peut vérifier les réponses grâce aux courbes représentatives de f et g.

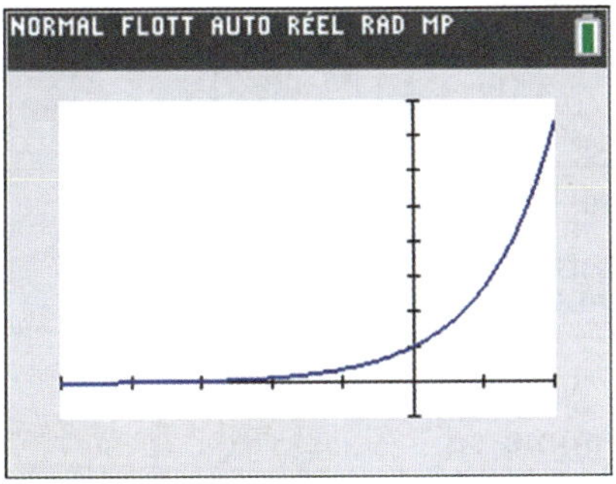

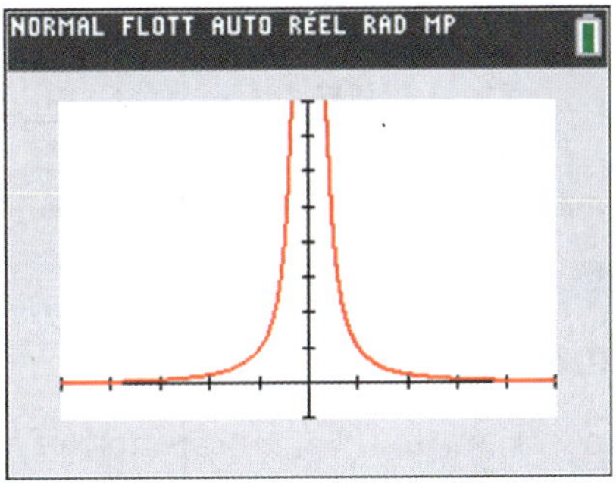

2 Opérations sur les limites

a désigne un réel ou $-\infty$ ou $+\infty$.

1 Limite de la somme de deux fonctions

$\lim\limits_{x \to a} u(x)$	ℓ	ℓ	ℓ	$+\infty$	$-\infty$	$+\infty$
$\lim\limits_{x \to a} v(x)$	ℓ'	$+\infty$	$-\infty$	$+\infty$	$-\infty$	$-\infty$
$\lim\limits_{x \to a} [u(x) + v(x)]$	$\ell + \ell'$	$+\infty$	$-\infty$	$+\infty$	$-\infty$	FI

Dans la situation notée FI : forme indéterminée, on ne peut pas conclure, toutes les réponses sont envisageables.

2 Limite du produit de deux fonctions

$\lim\limits_{x \to a} u(x)$	ℓ	$\ell \neq 0$	0	∞
$\lim\limits_{x \to a} v(x)$	ℓ'	∞	∞	∞
$\lim\limits_{x \to a} [u(x) \times v(x)]$	$\ell \times \ell'$	∞(*)	FI	∞(*)

Remarque : (*) Le signe de la limite s'obtient au moyen de la règle des signes de la multiplication.

3 Limite du quotient de deux fonctions

$\lim\limits_{x \to a} u(x)$	ℓ	$\ell \neq 0$	∞	ℓ	∞	0
$\lim\limits_{x \to a} v(x)$	$\ell' \neq 0$	0	ℓ'	∞	∞	0
$\lim\limits_{x \to a} \dfrac{u(x)}{v(x)}$	$\dfrac{\ell}{\ell'}$	∞(*)	∞(*)	0	FI	FI

Remarque : (*) Le signe de la limite s'obtient au moyen de la règle des signes de la division.

4 Limite en $-\infty$ ou en $+\infty$ de polynômes

- **Propriété**

En $-\infty$ ou en $+\infty$, une fonction polynôme se comporte comme son terme de plus haut degré.

Exemple :

$$\lim_{x \to +\infty} 2x^3 - 3x^2 + 1 = \lim_{x \to +\infty} 2x^3 = +\infty.$$

Rappel

Une fonction polynôme s'écrit $f(x) = a_n x^n + a_{n-1} x^{n-1} + \ldots + a_0$

n est le degré de f.

EXERCICE RÉSOLU

Appliquer les règles opératoires

ÉNONCÉ

1. f est la fonction définie sur $\mathbb{R}$ par $f(x) = e^x + x$.
Déterminer la limite de f en $+\infty$.

2. g est la fonction définie sur $]1\,;+\infty[$ par $g(x) = \dfrac{x+3}{x-1}$.
Déterminer la limite de g en 1.

3. h est la fonction définie sur $\mathbb{R}$ par $h(x) = \dfrac{15x^4 - 3x^2 + 1}{-3x^4 - 5}$.
Déterminer la limite de h en $-\infty$.

CORRIGÉ

1. $\lim\limits_{x \to +\infty} e^x = +\infty$ et $\lim\limits_{x \to +\infty} x = +\infty$,
donc par somme, $\lim\limits_{x \to +\infty} e^x + x = +\infty$.

2. $\lim\limits_{\substack{x \to 1 \\ x>1}} x + 3 = 4$

x	$-\infty$	1	$+\infty$
$x - 1$	$-$	0	$+$

De ce tableau de signe, on déduit que $\lim\limits_{\substack{x \to 1 \\ x>1}} x - 1 = 0^+$,
donc par quotient, $\lim\limits_{\substack{x \to 1 \\ x>1}} \dfrac{x+3}{x-1} = +\infty$.

Réflexe à avoir
g est définie sur $]1\,;+\infty[$, donc on regarde la limite à droite de 1 : x tend vers 1 avec $x > 1$.

3. En $-\infty$, les fonctions polynômes $x \mapsto 15x^4 - 3x^2 + 1$ et $x \mapsto -3x^4 - 5$ se comportent comme leur terme de plus haut degré, donc

$$\lim_{x \to -\infty} \frac{15x^4 - 3x^2 + 1}{-3x^4 - 5} = \lim_{x \to -\infty} \frac{15x^4}{-3x^4} = \frac{15}{-3} = -5.$$

Piège à éviter
Cette règle sur les limites des fonctions polynômes n'est vraie qu'en $-\infty$ ou en $+\infty$: pas ailleurs !

3 Continuité d'une fonction

Dans tout ce paragraphe, f est une fonction définie sur un intervalle I et a un réel de I.

1 Définitions

- f est **continue en a** lorsque f a une limite en a égale à $f(a)$.
Ainsi, $\lim\limits_{x \to a} f(x) = f(a)$.
- f est **continue sur I** lorsque f est continue en tout réel de I.

Graphiquement : Une fonction est continue en a si en se déplaçant sur la courbe en s'approchant de a, il n'y a pas de « lever de crayon » en a.

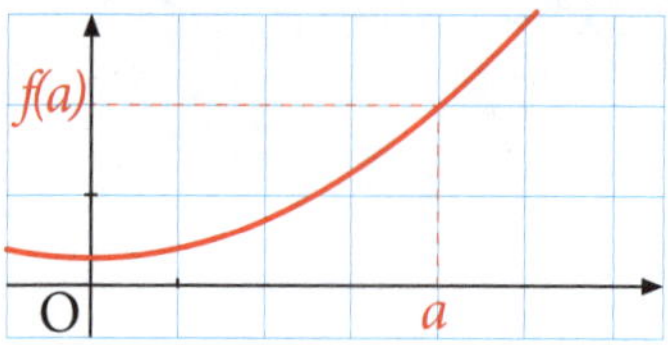

Il n'y a pas de rupture en a.
$\lim\limits_{x \to a} f(x) = f(a)$,

donc, f est continue en a.

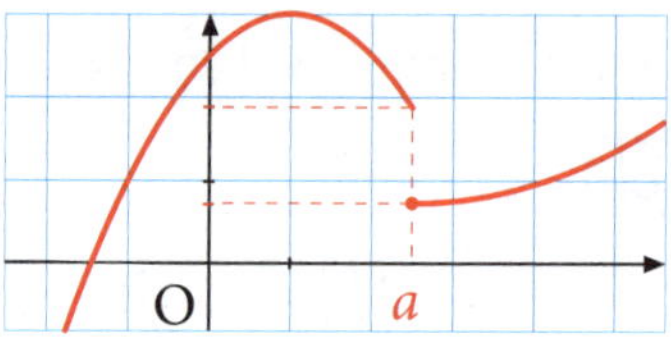

Il y a une rupture en a.
$\lim\limits_{\substack{x \to a \\ x < a}} f(x) = 1{,}8 \neq f(a) = 0{,}7$,
donc, f n'est pas continue en a.

4 Théorème des valeurs intermédiaires

1 Théorème

f est une fonction **continue** sur un intervalle I. a et b deux réels de I.
Pour tout réel **k compris entre $f(a)$ et $f(b)$**, il existe **au moins** un réel c compris entre a et b tel que $f(c) = k$.

Remarque : Lorsque $a = -\infty$ ou $b = +\infty$, $f(a)$ ou $f(b)$ deviennent $\lim\limits_{x \to -\infty} f(x)$ ou $\lim\limits_{x \to +\infty} f(x)$.

2 Illustration graphique

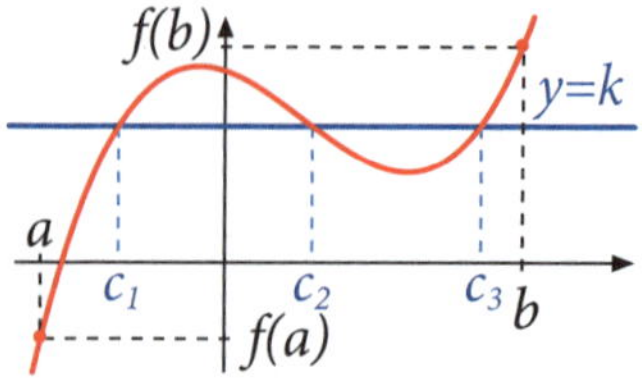

La droite d'équation $y = k$ coupe au moins une fois la courbe $\mathscr{C}$ représentant f sur $[a\,;b]$.
Ici $f(x) = k$ pour $x = c_1$ ou $x = c_2$ ou $x = c_3$.

EXERCICE RÉSOLU

Étudier la continuité d'une fonction

ÉNONCÉ

f est la fonction définie sur $\mathbb{R}$ par $f(x) = \begin{cases} x+3 & \text{si } x < 1 \\ 2 & \text{si } 1 \leqslant x \leqslant 3. \\ -x+5 & \text{si } x > 3 \end{cases}$

1. Représenter f sur $[-3 ; 5]$ dans un repère.

2. Étudier la continuité de f sur $\mathbb{R}$.

CORRIGÉ

1. Sur $[-3 ; 1[$, $f(x) = x + 3$. Elle est représentée par la droite de coefficient directeur 1 passant par le point de coordonnées $(0 ; 3)$.
De même sur $[1 ; 3]$, $f(x) = 2$ et sur $]3 ; 5]$, $f(x) = -x + 5$.

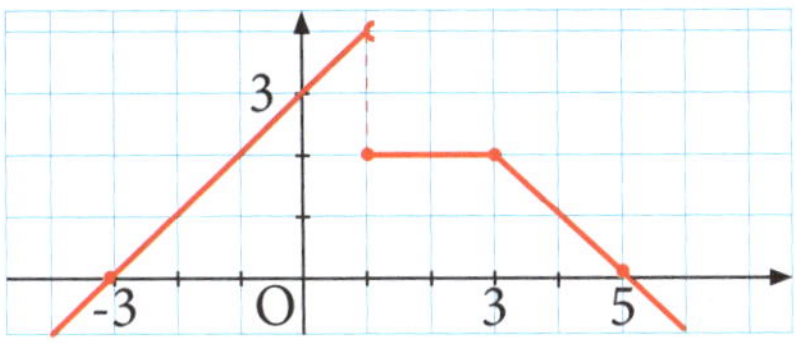

Remarque
On appelle cette fonction, une fonction affine par morceaux.

2. f est affine sur tous les intervalles ouverts $]-\infty ; 1[$, $]1 ; 3[$ et $]3 ; +\infty[$, donc f **est continue sur ces intervalles**. De plus :

• **En $x = 1$:** $\lim\limits_{\substack{x \to 1 \\ x < 1}} f(x) = \lim\limits_{\substack{x \to 1 \\ x < 1}} (x + 3) = 4$ et $f(1) = 2$.

Ainsi, $\lim\limits_{x \to 1} f(x) \neq f(1)$.

Donc, **f n'est pas continue en 1**.

Rappels
• $\lim\limits_{\substack{x \to 1 \\ x < 1}} f(x)$ est également appelée limite à gauche en 1 de f ;
• $\lim\limits_{\substack{x \to 1 \\ x > 1}} f(x)$ est également appelée limite à droite en 1 de f.

• **En $x = 3$:** $f(3) = 2$ et $\lim\limits_{\substack{x \to 3 \\ x > 3}} f(x) = \lim\limits_{\substack{x \to 3 \\ x > 3}} (-x + 5) = 2$.

Ainsi $\lim\limits_{x \to 3} f(x) = f(3)$.

Donc, **f est continue en 3**.

Comprendre à l'aide d'autres exemples

5 Fonction continue et strictement monotone

1 Propriété

f est une fonction **continue et strictement monotone** sur l'intervalle $[a\,;b]$.
Pour tout nombre réel k compris entre $f(a)$ et $f(b)$, l'équation $f(x) = k$ admet une **solution unique** α dans $[a\,;b]$.

Ce résultat est illustré par l'un des tableaux de variation ci-dessous.

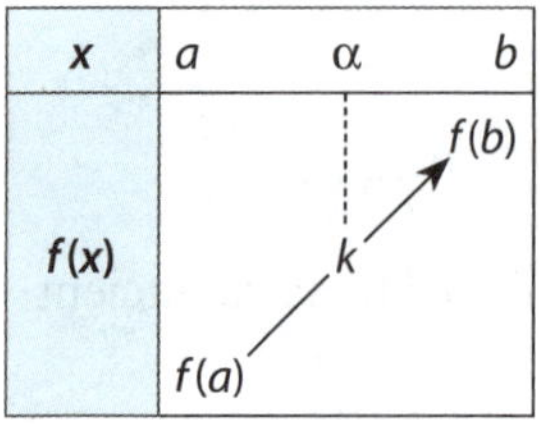

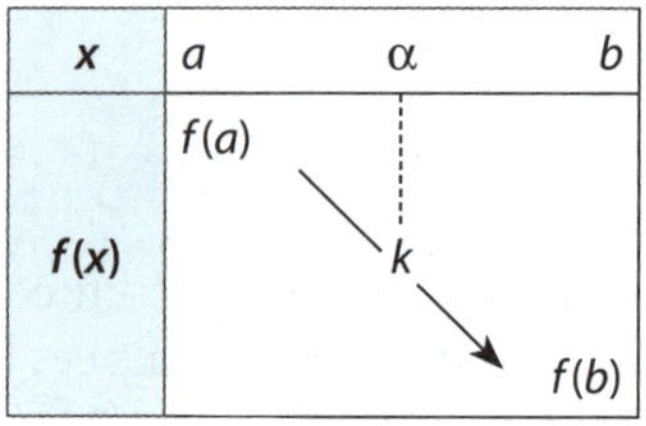

Remarque

Par convention, les flèches obliques d'un tableau de variation indiquent que la fonction est continue et strictement monotone.

Remarque :

Lorsque $a = -\infty$ ou $b = +\infty$, $f(a)$ et $f(b)$ deviennent $\lim\limits_{x \to -\infty} f(x)$ ou $\lim\limits_{x \to +\infty} f(x)$.

2 Exemple

f est une fonction définie sur $[-1\,;+\infty[$, dont le tableau de variation est :

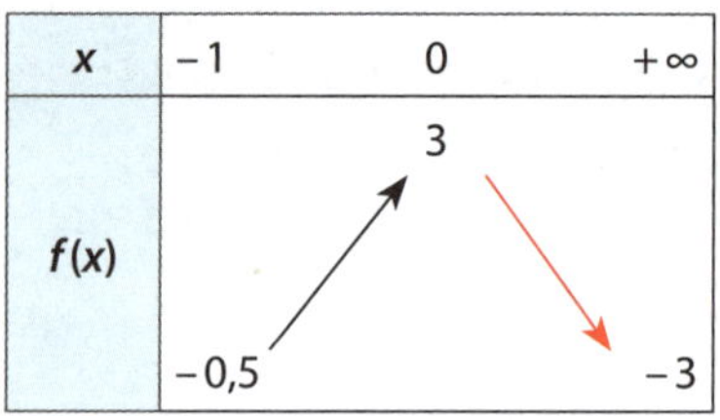

Montrer que l'équation $f(x) = 0$ admet exactement deux solutions dans $[-1\,;+\infty[$.

Sur $[-1\,;0]$: D'après le tableau de variation, *f* est continue et strictement croissante. De plus, $f(-1) = -0{,}5$ et $f(0) = 3$ sont de signes contraires, donc l'équation $f(x) = 0$ admet une unique solution $\alpha \in [-1\,;0]$.

Sur $[0\,;+\infty[$: *f* est continue et strictement décroissante. De plus, $f(0) = 3$ et $\lim\limits_{x \to +\infty} f(x) = -3$ sont de signes contraires, donc l'équation $f(x) = 0$ admet une unique solution $\beta \in [0\,;+\infty[$.
Ainsi, l'équation $f(x) = 0$ admet exactement deux solutions α et β dans $[-1\,;+\infty[$.

EXERCICE RÉSOLU

Déterminer le nombre de solutions d'une équation

ÉNONCÉ

f est la fonction définie sur $\mathbb{R}$ par $f(x) = x^3 - 4x^2 + 3$.

1. Montrer que l'équation $f(x) = 0$ a une unique solution négative. On la note α.

2. Déterminer une valeur approchée au centième de α à l'aide de la calculatrice.

CORRIGÉ

1. f est une fonction polynôme, donc continue et dérivable sur $\mathbb{R}$.
Pour tout réel x, $f'(x) = 3x^2 - 8x = x(3x - 8)$.

$f'(x) = 0 \Leftrightarrow x = 0$ ou $(3x - 8) = 0 \Leftrightarrow x = 0$ ou $x = \dfrac{8}{3}$.

$f'(x)$ est une expression du second degré, avec $a = 3$ (positif), d'où :

x	$-\infty$		0		$\frac{8}{3}$		$+\infty$
$f'(x)$		$+$	0	$-$	0	$+$	
$f(x)$	$-\infty$	↗	3	↘	$-\frac{175}{27}$	↗	$+\infty$

L'astuce du prof
Penser à vérifier le tableau de variation en utilisant le graphique sur la calculatrice.

$$f\left(\frac{8}{3}\right) = \left(\frac{8}{3}\right)^3 - 4 \times \left(\frac{8}{3}\right)^2 + 3 = -\frac{175}{27}$$

$\lim\limits_{x \to +\infty} f(x) = \lim\limits_{x \to -\infty} x^3 = +\infty$ et $\lim\limits_{x \to -\infty} f(x) = \lim\limits_{x \to -\infty} x^3 = -\infty$.

Ainsi, f est strictement monotone, continue et change de signe sur chaque intervalle $]-\infty\,; 0[\,;\ \left]0\,; \frac{8}{3}\right[$ et $\left]\frac{8}{3}\,; +\infty\right[$.

D'après le théorème des valeurs intermédiaires, l'équation $f(x) = 0$ admet donc une unique solution sur chacun de ces intervalles.

Il n'y a donc qu'une seule solution négative, que l'on note $\alpha \in\ ]-\infty\,; 0]$.

2. À l'aide de la calculatrice, on obtient $\alpha \approx -0{,}79$.

Savoir lire graphiquement des limites et des asymptotes

ÉNONCÉ

$\mathscr{C}$ est la courbe représentative d'une fonction f définie sur $]-\infty\,;-1[\,\cup\,]-1\,;+\infty[$. Elle est tracée dans le repère ci-contre.

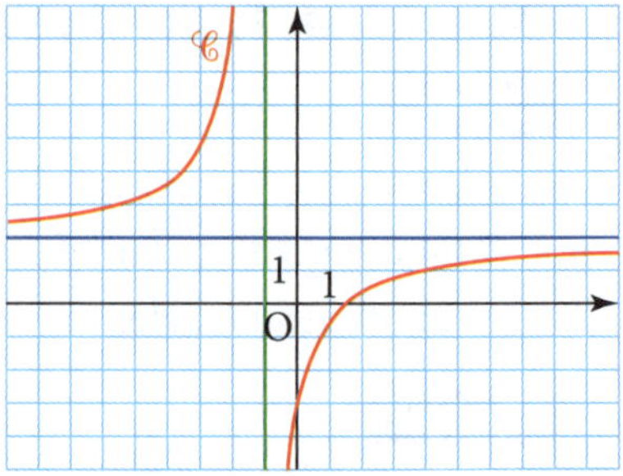

1. Lire les limites de f :
- en $-\infty$
- en 0
- en $+\infty$

2. En déduire d'éventuelles asymptotes de f.

MÉTHODE

On se reporte aux définitions du paragraphe 1 du cours.

CORRIGÉ

1. On lit que :
- $\lim\limits_{x\to-\infty} f(x) = 2$
- $\lim\limits_{\substack{x\to-1\\x<-1}} f(x) = +\infty$
- $\lim\limits_{\substack{x\to-1\\x>-1}} f(x) = -\infty$
- $\lim\limits_{x\to+\infty} f(x) = 2$

Remarque

$\lim\limits_{\substack{x\to-1\\x<-1}}$ se dit parfois « limite à gauche de -1 ».

2. D'après les limites ci-dessus, on en déduit que :
→ la droite d'équation $y = 2$ est asymptote horizontale à $\mathscr{C}$ en $-\infty$ et en $+\infty$;
→ la droite d'équation $x = -1$ est asymptote verticale à $\mathscr{C}$.

Savoir calculer des limites

ÉNONCÉ

Calculer les limites suivantes.

1. $\lim\limits_{x\to+\infty} \dfrac{2}{x} - e^x$ **2.** $\lim\limits_{\substack{x\to3\\x>3}} \dfrac{5x^2+1}{x-3}$ **3.** $\lim\limits_{x\to+\infty} 4x^3 - 10x^2$ **4.** $\lim\limits_{x\to+\infty} \dfrac{7x^2-4x^3}{2x^3+3x^2-2}$.

MÉTHODE

Comprendre à l'aide d'autres exemples

Pour calculer des limites, on utilise :
- les limites des fonctions usuelles (paragraphe 1 du cours)
- les tableaux d'opérations sur les limites (paragraphes 2.1, 2.2 et 2.3 du cours)
- la propriété sur les limites en $-\infty$ et en $+\infty$ de fonctions polynômes.

CORRIGÉ

1. $\lim\limits_{x\to+\infty} \dfrac{1}{x} = 0$ donc $\lim\limits_{x\to+\infty} \dfrac{2}{x} = 0$. De plus, $\lim\limits_{x\to+\infty} e^x = +\infty$, donc par somme,
$\lim\limits_{x\to+\infty} \dfrac{2}{x} - e^x = -\infty$.

2. $\lim\limits_{\substack{x\to3\\x>3}} 5x^2+1 = 5\times3^2+1 = 46$.

De plus, d'après le tableau ci-contre, $\lim\limits_{\substack{x\to3\\x>3}} x-3 = 0^+$

x	$-\infty$		3		$+\infty$
$x-3$		$-$	0	$+$	

Donc par quotient, $\lim\limits_{\substack{x\to3\\x>3}} \dfrac{5x^2+1}{x-3} = +\infty$.

3. $\lim\limits_{x\to+\infty} 4x^3 - 10x^2 = \lim\limits_{x\to+\infty} 4x^3 = +\infty$.

4. $\lim\limits_{x\to+\infty} \dfrac{7x^2-4x^3}{2x^3+3x-2} = \lim\limits_{x\to+\infty} \dfrac{-4x^3}{2x^3} = -2$.

Savoir étudier la continuité

ÉNONCÉ

f est la fonction définie sur $\mathbb{R}$ par $f(x) = \begin{cases} x^2+1 & \text{si } x \leqslant 0 \\ 1-x^2 & \text{si } x > 0 \end{cases}$.
Étudier la continuité de f en 0.

MÉTHODE

Pour étudier la continuité d'une fonction en a, il faut vérifier que :
$f(a) = \lim\limits_{\substack{x\to a\\x<a}} f(x)$ ou que $f(a) = \lim\limits_{\substack{x\to a\\x>a}} f(x)$.

CORRIGÉ

Pour $x \in\,]-\infty\,;0]$, $f(x) = x^2+1$, donc $f(0) = 0^2+1 = 1$.

De plus, $\lim\limits_{\substack{x\to0\\x>0}} f(x) = \lim\limits_{\substack{x\to0\\x>0}} 1-x^2 = 1$.

Ainsi, $\lim\limits_{\substack{x\to0\\x>0}} f(x) = f(0)$, donc f est continue en 0.

Savoir utiliser le théorème des valeurs intermédiaires

ÉNONCÉ

f est la fonction définie sur $\mathbb{R}$ par $f(x) = 1 + xe^{-x}$.
Montrer que l'équation $f(x) = 0$ admet une unique solution $\alpha \in [-2\,;0]$.

MÉTHODE

Pour résoudre une équation de type $f(x) = 0$:

- soit on peut résoudre cette équation par le calcul et trouver le nombre de solutions de l'équation ainsi que leur(s) valeur(s) exacte(s) ;
- soit on utilise le théorème des valeurs intermédiaires pour montrer l'existence de solution(s) à cette équation ; puis à l'aide de la calculatrice ou d'un algorithme, on détermine la(ou les) valeur(s) approchée(s) de la(ou des) solution(s).

CORRIGÉ

• La fonction f est continue sur $[-2\,;0]$.
On a $f(-2) = 1 + (-2)e^{-(-2)} = 1 - 2e^2$ et $1 - 2e^2 < 0$.
De plus, $f(0) = 1 + 0e^{-0} = 1 + 0 \times 1 = 1$, donc $f(1) > 0$.
f est continue sur $[-2\,;0]$, f change de signe sur $[-2\,;0]$, donc, d'après le théorème des valeurs intermédiaires, il existe au moins un réel $\alpha \in [-2\,;0]$ tel que $f(\alpha) = 0$.

• Pour tout x de $\mathbb{R}$, $f'(x) = 1 \times e^{-x} + x \times (-e^{-x}) = e^{-x} - xe^{-x} = (1 - x)e^{-x}$.

Or, $e^{-x} > 0$ et $1 - x > 0$ sur $[-2\,;0]$, on en déduit le tableau de variation ci-dessous.

x	-2		α		0
$f'(x)$		$+$		$+$	
$f(x)$	$1 - 2e^2$	↗	0	↗	1

Ainsi, l'équation $f(x) = 0$ admet une unique solution $\alpha \in [-2\,;0]$.

Comprendre à l'aide d'autres exemples

Savoir utiliser la calculatrice ou compléter un algorithme

ÉNONCÉ

On reprend l'équation $1 + xe^{-x} = 0$ étudiée dans la méthode précédente.

1. Utiliser la calculatrice pour déterminer une valeur arrondie à 0,01 près de α.

2. Le programme ci-contre est écrit en langage Python. Il permet d'obtenir une valeur de α arrondie à 0,01 près.
Compléter les cases vides de cet algorithme.

```
from math import *

x=-2
while [          ]<0:
    x=[        ]
print(x)
```

MÉTHODE

À la calculatrice, pour déterminer une valeur approchée de α, on peut, par exemple, utiliser un tableau de valeurs en choisissant :

- Valeur de départ (ou Début Tbl) : –2
- Pas (ou ΔTbl) : 0.01

CORRIGÉ

1. Grâce à l'écran de droite ci-dessous, on en déduit que $\alpha \approx -0,57$

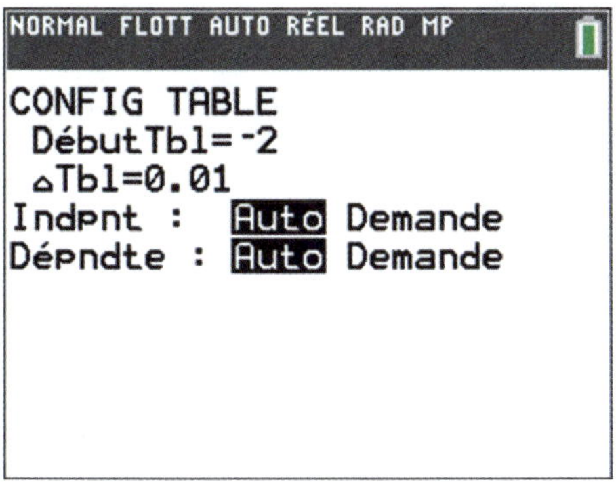

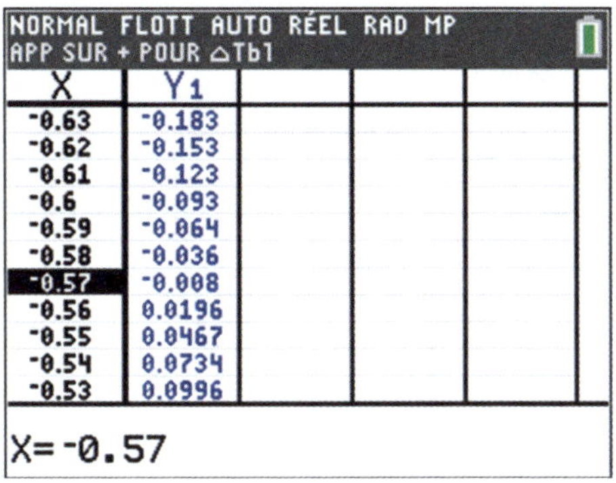

2. Dans la case rouge, il faut taper : 1 – x* exp(x)

Dans la case verte, il faut taper : x + 0.01

Vérifiez vos connaissances

1 Vrai-Faux

Indiquer pour chaque proposition si elle est vraie (V) ou fausse (F).

1. $\lim\limits_{x \to +\infty} \dfrac{x^2+1}{x^2+2x-3} = 1$. ☐ V ☐ F

2. Si $\lim\limits_{x \to 4} f(x) = -\infty$ alors la droite d'équation $x = 4$ est asymptote verticale à la courbe de f. ☐ V ☐ F

3. Si $y = -3$ est asymptote à la courbe de f en $+\infty$ alors $\lim\limits_{x \to -3} f(x) = +\infty$ ☐ V ☐ F

4. La fonction f définie par $f(x) = \begin{cases} -x+3 \text{ si } x > 2 \\ x^2+2 \text{ si } x \leqslant 2 \end{cases}$ est continue en 2. ☐ V ☐ F

2 QCM

Pour chaque question, une seule des réponses proposées A, B ou C est exacte.

		A	B	C
1.	$f(x) = -2x^3 + x^2$ $\lim\limits_{x \to +\infty} f(x)$ est égale à	0	$-\infty$	$+\infty$
2.	$f(x) = \dfrac{2x^2 - x + 1}{2x - 1}$ $\lim\limits_{x \to +\infty} f(x)$ est égale à	$+\infty$	2	1
3.	$f(x) = -2x + 1 - \dfrac{1}{x-2}$ $\lim\limits_{\substack{x \to 2 \\ x > 2}} f(x)$ est égale à	-3	0	$-\infty$
4.	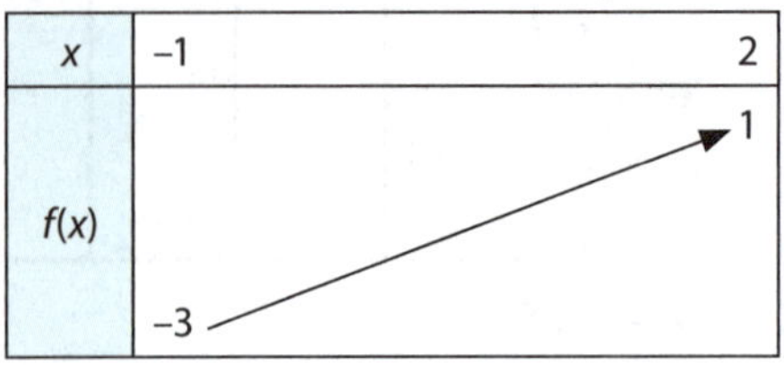 On peut affirmer que $f(x) = 0$ admet une unique solution α avec	$\alpha \in]-1\,;2[$	$\alpha \in]-1\,;3[$	$\alpha \in]-3\,;1[$

Exercices d'application

3 Conjecture avec un graphique

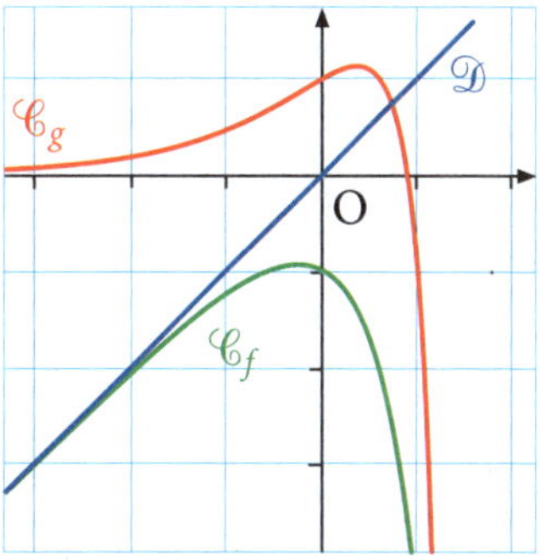

f et g sont les fonctions définies sur $\mathbb{R}$ dont les représentations graphiques sont données ci-contre.

$\mathscr{D}$ est la droite d'équation $y = x$.

a. Conjecturer les limites de f et g en $+\infty$ puis en $-\infty$.

b. Déterminer l'équation d'une asymptote à la courbe $\mathscr{C}_g$.

4 Les limites sont données

f est la fonction définie sur $]-\infty\,;-2[\, \cup\,]-2\,;+\infty[$ dont le tableau de variation est le suivant :

x	$-\infty$		-2		2		$+\infty$
$f(x)$	3	↗	$+\infty$ ‖ $-\infty$	↗	1	↘	0

a. Donner toutes les limites de f qui sont renseignées dans ce tableau.

b. Dans un repère, $\mathscr{C}_f$ est la courbe représentative de f.

Déterminer les asymptotes de $\mathscr{C}_f$.

c. On précise que $f(-3) = 4$, $f(-1) = 0$.

Tracer une courbe $\mathscr{C}_f$ possible.

5 Les règles opératoires à l'infini

Déterminer les limites suivantes :

a. $\lim\limits_{x \to +\infty} 3x^2 + 5x - 9$;

b. $\lim\limits_{x \to +\infty} -2x^3 + 7x - 8$;

c. $\lim\limits_{x \to -\infty} \dfrac{7x + 1}{x^4 + 1}$;

d. $\lim\limits_{x \to -\infty} \dfrac{2x - 1}{3 - x}$.

6 Limites avec e^x

Déterminer les limites en $+\infty$ et en $-\infty$ des fonctions suivantes :

a. $f(x) = e^x + x$; **b.** $g(x) = x + 10 + e^x$.

7 Discontinuité graphique

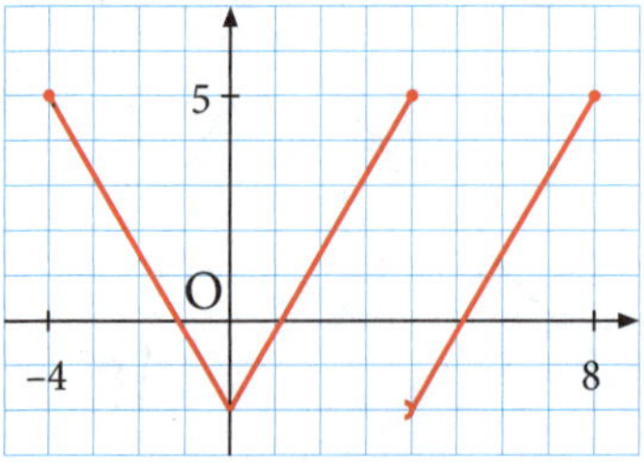

f est la fonction représentée ci-contre.

1. f est-elle continue en $x = 4$?

2. f est-elle continue en $x = 0$?

3. Sur quel(s) intervalle(s) est-elle continue ?

8 Fonction définie par intervalles

f est la fonction définie sur $\mathbb{R}$ par $f(x) = \begin{cases} 0 \text{ si } x < 0 \\ x \text{ si } 0 \leqslant x \leqslant 2. \\ 1 + e^{x-2} \text{ si } x > 2 \end{cases}$

1. Montrer que f est continue en 0.

2. Montrer que f est continue en 2.

9 Utiliser la continuité

a et b sont deux nombres réels.

f est la fonction définie sur $\mathbb{R}$ par $f(x) = \begin{cases} x^2 - 2 \text{ si } x < 1 \\ 2x + b \text{ si } 1 \leqslant x \leqslant 2 \\ ae^x \text{ si } x > 2 \end{cases}$

On sait que f est continue en 1 et en 2.

Déterminer les valeurs de a et de b.

10 Théorème des valeurs intermédiaires

f est la fonction définie sur $[-1 ; 5]$ par : $f(x) = 1 - 2xe^{-2x}$.

1. Déterminer $f'(x)$. Puis dresser le tableau de variation de f sur $[-1 ; 5]$.

2. Démontrer qu'il existe un unique $\alpha \in \left[-1 ; \frac{1}{2}\right]$ tel que $f(\alpha) = 2$; puis qu'il existe un unique $\beta \in \left[\frac{1}{2} ; 5\right]$ tel que $f(\beta) = 0{,}75$.

3. Utiliser la calculatrice pour donner une valeur approchée de α ; puis de β à 0,01 près.

Exercices d'entraînement

11 Asymptotes verticales

f est la fonction définie pour $x \neq -1$ et $x \neq 1$, par $f(x) = \dfrac{x+2}{x^2-1}$.

1. a. Préciser le signe de $x^2 - 1$.

b. Déterminer $\lim\limits_{\substack{x \to -1 \\ x > -1}} (x^2 - 1)$, puis $\lim\limits_{\substack{x \to -1 \\ x < -1}} (x^2 - 1)$. Préciser leur signe.

c. En déduire les limites de f en -1.

2. Avec un raisonnement analogue, déterminer $\lim\limits_{x \to 1} f(x)$.

12 Des asymptotes

f est la fonction définie sur $]-\infty\,;-1[\,\cup\,]-1\,;+\infty[$ par $f(x) = \dfrac{2x}{x^3+1}$.

1. Déterminer (si elles existent) les asymptotes à la courbe f en $+\infty$ et en $-\infty$.

2. Étudier la position de la courbe par rapport à cette asymptote.

3. Montrer que la droite $x = -1$ est une asymptote verticale à la courbe représentative de f.

13 Attention au graphique

f est la fonction définie pour tout réel x différent de 4 et -4 par $f(x) = \dfrac{2x^2}{16 - x^2}$.

1. Conjecturer les limites de f en $+\infty$ et $-\infty$ à partir de la représentation obtenue à la calculatrice, ci-contre.

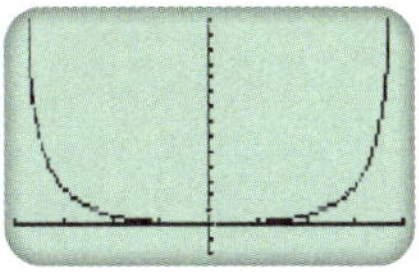

2. Étudier les limites de f en $+\infty$ et $-\infty$.

3. Expliquer les contradictions entre les réponses aux questions **1.** et **2.**.

14 Le négociant en vin

Un négociant en vin mène une étude afin de déterminer quel prix maximal ses clients sont prêts à payer pour lui acheter une bouteille de vin.

f est la fonction définie sur $[10\,;+\infty[$ par $f(x) = 100 \times \dfrac{x^2+20x+100}{(x+1)^3}$.

Cette fonction f modélise la situation : x étant le prix maximal, en €, que $f(x)$ % de ses clients sont prêts à payer pour une bouteille.

$\mathscr{C}$ est la courbe représentative de f dans un repère.

1. Calculer la limite de f en $+\infty$.

Donner une conséquence graphique de ce résultat.

Donner une interprétation pour le négociant.

> **Rappel**
> $(x+1)^3 = x^3 + 3x^2 + 3x + 1.$

2. On admet que, pour tout x de $[10 ; +\infty[$, $f'(x) = -100 \times \dfrac{x^2 + 38x + 280}{(x+1)^4}$.

a. Étudier le signe de $f'(x)$.

b. Dresser le tableau de variation de f.

3. a. Démontrer que l'équation $f(x) = 20$ possède une unique solution α dans l'intervalle $[10 ; 15]$.

b. Le programme ci-contre écrit en langage Python permet d'obtenir une valeur approchée de α à 0,01 près. Que faut-il écrire dans les cadres vert et rouge ?

```
from math import *

x= 10
while                  >20:
    x=
print(x)
```

c. Utiliser la calculatrice pour donner une valeur de α arrondie à 0,01 près.

Interpréter ce résultat pour le négociant.

Vérifiez vos connaissances

1 Vrai-Faux

1. Vrai **2.** Vrai **3.** Faux **4.** Faux

2 QCM

1. B **2.** A **3.** C **4.** A

Exercices d'application

3 Conjecture avec un graphique

a. Il semble que $\lim\limits_{x \to +\infty} f(x) = -\infty$; $\lim\limits_{x \to -\infty} f(x) = -\infty$;

$\lim\limits_{x \to +\infty} g(x) = -\infty$; $\lim\limits_{x \to -\infty} g(x) = 0$.

b. L'axe des abscisses est asymptote horizontale à $\mathscr{C}_g$ en $-\infty$.

4 Les limites sont données

a. $\lim\limits_{x \to -\infty} f(x) = 3$; $\lim\limits_{\substack{x \to -2 \\ x < -2}} f(x) = +\infty$; $\lim\limits_{\substack{x \to -2 \\ x > -2}} f(x) = -\infty$; $\lim\limits_{x \to +\infty} f(x) = 0$.

b. La courbe $\mathscr{C}_f$ admet une **asymptote verticale** d'équation $x = -2$, une **asymptote horizontale** d'équation $y = 3$ en $-\infty$, et une **asymptote horizontale** d'équation $y = 0$ en $+\infty$.

c.

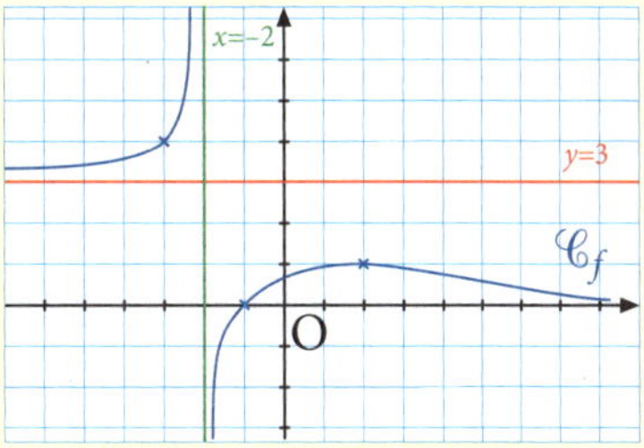

5 Les règles opératoires à l'infini

a. $\lim\limits_{x \to +\infty} 3x^2 = +\infty$, $\lim\limits_{x \to +\infty} 5x = +\infty$ et $\lim\limits_{x \to +\infty} -9 = -9$.

Par addition, $\lim\limits_{x \to +\infty} 3x^2 + 5x - 9 = +\infty$.

b. $\lim\limits_{x \to +\infty} -2x^3 = -\infty$, $\lim\limits_{x \to +\infty} 7x = +\infty$. On obtient une FI.

On utilise la règle sur les fonctions polynômes.

$\lim\limits_{x \to +\infty} -2x^3 + 7x - 8 = \lim\limits_{x \to +\infty} -2x^3 = -\infty$.

Piège à éviter

Cette règle n'est valable que lorsque x tend vers $+\infty$ ou $-\infty$.

c. On utilise la règle sur les fonctions polynômes.

$$\lim_{x\to-\infty} \frac{7x+1}{x^4+1} = \lim_{x\to-\infty} \frac{7x}{x^4} = \lim_{x\to-\infty} \frac{7}{x^3} = 0.$$

d. On utilise la règle sur les fonctions polynômes.

$$\lim_{x\to-\infty} \frac{2x-1}{3-x} = \lim_{x\to-\infty} \frac{2x}{-x} = \lim_{x\to-\infty} \frac{2}{-1} = -2.$$

6 Limites avec e^x

a. • $\lim\limits_{x\to+\infty} x = +\infty$ et $\lim\limits_{x\to+\infty} \mathrm{e}^x = +\infty$, donc $\lim\limits_{x\to+\infty} \mathrm{e}^x + x = +\infty$.

• $\lim\limits_{x\to-\infty} x = -\infty$ et $\lim\limits_{x\to-\infty} \mathrm{e}^x = 0$, donc $\lim\limits_{x\to-\infty} \mathrm{e}^x + x = -\infty$.

b. • $\lim\limits_{x\to+\infty} x + 10 = +\infty$ et $\lim\limits_{x\to+\infty} \mathrm{e}^x = +\infty$, donc $\lim\limits_{x\to+\infty} x + 10 + \mathrm{e}^x = +\infty$.

• $\lim\limits_{x\to-\infty} x + 10 = -\infty$ et $\lim\limits_{x\to-\infty} \mathrm{e}^x = 0$, donc $\lim\limits_{x\to-\infty} x + 10 + \mathrm{e}^x = -\infty$.

7 Discontinuité graphique

1. **f n'est pas continue en 4.** $\left(f(4) = 5 \text{ et } \lim\limits_{\substack{x\to4\\x>4}} f(x) = -2\right)$.

2. $\lim\limits_{\substack{x\to0\\x<0}} f(x) = -2$; $\lim\limits_{\substack{x\to0\\x>0}} f(x) = -2$ et $f(0) = -2$, donc $\lim\limits_{x\to0} f(x) = f(0)$.

Ainsi, f est continue en 0.

3. f est continue sur $]-4\,;4[$ puis sur $]4\,;8[$.

8 Fonction définie par intervalles

L'astuce du prof

f est définie en 0, donc $\lim\limits_{\substack{x\to0\\x>0}} f(x) = f(0) = 0$.

1.

Si $x < 0$, $f(x) = 0$, donc $\lim\limits_{\substack{x\to0\\x<0}} f(x) = \mathbf{0}$

Si $0 \leqslant x \leqslant 2$, $f(x) = x$, donc $f(0) = \mathbf{0}$

f est donc continue en 0.

2.

Si $0 \leqslant x \leqslant 2$, $f(x) = x$, donc $f(2) = 2$

Si $x > 2$, $\lim\limits_{x\to2} x - 2 = 0$ donc $\lim\limits_{x\to2} \mathrm{e}^{x-2} = \mathrm{e}^0 = 1$

d'où $\lim\limits_{x\to2} f(x) = 2$

f est donc continue en 2.

9 Utiliser la continuité

• $\lim\limits_{\substack{x \to 1 \\ x<1}} f(x) = \lim\limits_{\substack{x \to 1 \\ x<1}} x^2 - 2 = -1$ et $f(1) = 2 \times 1 + b = 2 + b$.

Or f est continue en 1, donc il faut que $2 + b = -1$ soit $b = -3$.

• $f(2) = 2 \times 2 + b = 2 \times 2 - 3 = 1$ et $\lim\limits_{\substack{x \to 2 \\ x>2}} f(x) = \lim\limits_{\substack{x \to 2 \\ x>2}} ae^x = ae^2$.

Or f est continue en 2, donc il faut que $ae^2 = 1$ soit $a = \dfrac{1}{e^2} = e^{-2}$.

10 Théorème des valeurs intermédiaires

1. Pour tout x de $[-1\ ;5]$, $f'(x) = -2e^{-2x} - 2x \times (-2)e^{-2x}$

$f'(x) = (4x - 2)e^{-2x}$.

x	-1		$\frac{1}{2}$		5
$4x-2$		$-$	0	$+$	
e^{-2x}		$+$		$+$	
$f'(x)$		$-$	0	$+$	
$f(x)$	$1+2e^2$	↘	$1-e^{-1}$	↗	$1-10e^{-10}$

$f(-1) = 1 - 2 \times (-1)e^{-2\times(-1)} = 1 + 2e^2$; $f\left(\dfrac{1}{2}\right) = 1 - 2 \times \dfrac{1}{2}e^{-2\times\frac{1}{2}} = 1 - e^{-1}$;
$f(5) = 1 - 2 \times 5e^{-2\times 5} = 1 - 10e^{-10}$.

2. • f est continue sur $\left[-1\ ;\dfrac{1}{2}\right]$ et f est strictement décroissante sur $\left[-1\ ;\dfrac{1}{2}\right]$.

De plus, $f(-1) \approx 15{,}8 > 2$ et $f\left(\dfrac{1}{2}\right) \approx 0{,}6 < 2$ donc $2 \in \left[f\left(\dfrac{1}{2}\right); f(-1)\right]$

et d'après le théorème des valeurs intermédiaires, on en déduit qu'il existe un unique $\alpha \in \left[-1\ ;\dfrac{1}{2}\right]$ tel que $f(\alpha) = 2$.

• f est continue et strictement croissante sur $\left[\dfrac{1}{2}\ ;5\right]$.

De plus, $f\left(\dfrac{1}{2}\right) \approx 0{,}6 < 0{,}75$ et $f(5) = 1 - 10e^{-10} \approx 0{,}99 > 0{,}75$

donc $0{,}75 \in \left[f\left(\frac{1}{2}\right);\ f(5)\right]$ et d'après le théorème des valeurs intermédiaires, on en déduit qu'il existe un unique $\beta \in \left[\frac{1}{2}\ ;5\right]$ tel que $f(\beta) = 0{,}75$.

3. À la calculatrice, on trouve $\alpha \approx -0{,}28$ et $\beta \approx 1{,}08$.

NORMAL FLOTT AUTO RÉEL RAD MP
APP SUR + POUR △Tbl

X	Y1
-0.35	2.4096
-0.34	2.3422
-0.33	2.277
-0.32	2.2137
-0.31	2.1525
-0.3	2.0933
-0.29	2.0359
-0.28	1.9804
-0.27	1.9266
-0.26	1.8747
-0.25	1.8244

X=-0.28

NORMAL FLOTT AUTO RÉEL RAD MP
APP SUR + POUR △Tbl

X	Y1
1.02	0.7347
1.03	0.7374
1.04	0.7401
1.05	0.7428
1.06	0.7455
1.07	0.7482
1.08	0.7509
1.09	0.7536
1.1	0.7562
1.11	0.7589
1.12	0.7615

X=1.08

Exercices d'entraînement

11 Asymptotes verticales

1. a. $x^2 - 1$ est un trinôme du second degré.

On remarque que $x^2 - 1 = (x - 1)(x + 1)$, donc les racines de $x^2 - 1$ sont 1 et -1, et on a le tableau de signes suivant :

x	$-\infty$		-1		1		$+\infty$
$x^2 - 1$		+	0	−	0	+	

b. $\lim\limits_{\substack{x \to -1 \\ x > -1}} (x^2 - 1) = 0$ et $\lim\limits_{\substack{x \to -1 \\ x > -1}} (x^2 - 1) < 0$ d'après le tableau ci-dessus.

$\lim\limits_{\substack{x \to -1 \\ x < -1}} (x^2 - 1) = 0$ et $\lim\limits_{\substack{x \to -1 \\ x < -1}} (x^2 - 1) > 0$ d'après le tableau ci-dessus.

c. $\lim\limits_{x \to -1} (x + 2) = 1$, donc, par quotient avec les réponses du **b.**, on obtient :

$$\lim_{\substack{x \to -1 \\ x < -1}} \frac{x + 2}{x^2 - 1} = +\infty \text{ et } \lim_{\substack{x \to -1 \\ x > -1}} \frac{x + 2}{x^2 - 1} = -\infty.$$

2. $\lim\limits_{x\to 1}(x+2)=3$, $\lim\limits_{\substack{x\to 1\\ x<1}}(x^2-1)=0$ et $\lim\limits_{\substack{x\to 1\\ x<1}}(x^2-1)<0$, donc $\lim\limits_{\substack{x\to 1\\ x<1}} f(x)=-\infty$.

$\lim\limits_{x\to 1}(x+2)=3$, $\lim\limits_{\substack{x\to 1\\ x>1}}(x^2-1)=0$ et $\lim\limits_{\substack{x\to 1\\ x>1}}(x^2-1)>0$, donc $\lim\limits_{\substack{x\to 1\\ x>1}} f(x)=+\infty$.

12 Des asymptotes

1. $\lim\limits_{x\to-\infty}\dfrac{2x}{x^3+1}=\lim\limits_{x\to-\infty}\dfrac{2x}{x^3}=\lim\limits_{x\to-\infty}\dfrac{2}{x^2}=0$

et $\lim\limits_{x\to+\infty}\dfrac{2x}{x^3+1}=\lim\limits_{x\to+\infty}\dfrac{2x}{x^3}=\lim\limits_{x\to+\infty}\dfrac{2}{x^2}=0$.

On a $\lim\limits_{x\to-\infty} f(x)=\lim\limits_{x\to+\infty} f(x)=0$ donc l'**axe des abscisses** est **asymptote horizontale** en $+\infty$ et en $-\infty$.

2. Dire que la courbe est au-dessus de son asymptote d'équation $x=0$ signifie que $f(x)>0$. Il faut donc rechercher le signe de $f(x)$ sur $\mathbb{R}$. Comme f est un quotient, recherchons le signe du numérateur et du dénominateur.

Pour $2x$: $2x>0 \Leftrightarrow x>0$.

Pour x^3+1 : la fonction $g(x)=x^3+1$ est strictement croissante sur $\mathbb{R}$, continue sur $\mathbb{R}$, et $g(0)=+1$ et $g(-2)=-7$. Donc, elle change de signe sur $\mathbb{R}$.

Donc, d'après le théorème des valeurs intermédiaires $g(x)=0$ admet une unique solution qui est **– 1**. Donc, $x^3+1>0 \Leftrightarrow x>-1$.

x	$-\infty$		-1		0		$+\infty$
$2x$		$-$	|	$-$	0	$+$	
x^3+1		$-$	0	$+$	|	$+$	
$f(x)$		$+$	||	$-$	0	$+$	

Finalement : Sur $]-\infty\,;-1[$ et sur $]0\,;+\infty[$, $\mathscr{C}_f$ est au-dessus de l'axe (Ox).
Sur $]0\,;-1[$, $\mathscr{C}_f$ est en dessous de l'axe (Ox).

3. On a $\lim\limits_{\substack{x\to -1\\ x<-1}} 2x=-2$ et $\lim\limits_{\substack{x\to -1\\ x<-1}}(x^3+1)=0$ avec $x^3+1<0$.

Donc, par quotient, $\lim\limits_{\substack{x\to -1\\ x<-1}} f(x)=+\infty$.

De même, $\lim\limits_{\substack{x \to -1 \\ x > -1}} 2x = -2$ et $\lim\limits_{\substack{x \to -1 \\ x > -1}} (x^3 + 1) = 0$ avec $x^3 + 1 > 0$.

Donc, par quotient, $\lim\limits_{\substack{x \to -1 \\ x > -1}} f(x) = -\infty$.

$\boldsymbol{x = -1}$ est donc bien **une asymptote verticale à** $\mathscr{C}_f$.

13 Attention au graphique

1. D'après l'écran de la calculatrice, on peut conjecturer que :

$\lim\limits_{x \to -\infty} f(x) = +\infty$ et $\lim\limits_{x \to +\infty} f(x) = +\infty$.

2. $\lim\limits_{x \to -\infty} \dfrac{2x^2}{16 - x^2} = \lim\limits_{x \to -\infty} \dfrac{2x^2}{-x^2} = \lim\limits_{x \to -\infty} \dfrac{2}{-1} = -2.$

$\lim\limits_{x \to +\infty} \dfrac{2x^2}{16 - x^2} = \lim\limits_{x \to +\infty} \dfrac{2x^2}{-x^2} = \lim\limits_{x \to +\infty} \dfrac{2}{-1} = -2.$

3. Il faut agrandir la fenêtre graphique car cet écran ne permet de voir qu'une partie de la courbe.

14 Le négociant en vin

1. $\lim\limits_{x \to +\infty} f(x) = \lim\limits_{x \to +\infty} 100 \times \dfrac{x^2 + 20x + 100}{x^3 + 3x^2 + 3x + 1}$

$= \lim\limits_{x \to +\infty} 100 \times \dfrac{x^2}{x^3}$

$= \lim\limits_{x \to +\infty} \dfrac{100}{x} = 0.$

Aide

$(x+1)^3 = (x+1)^2(x+1)$

Interprétation graphique : la courbe $\mathscr{C}$ admet une asymptote horizontale en $+\infty$ d'équation $y = 0$ (c'est-à-dire l'axe des abscisses).

Interprétation pour le négociant : si le prix est infiniment élevé, alors 0 % de ses clients lui achèteront une bouteille de vin.

2. a. On étudie le signe de $x^2 + 38x + 280$.

$\Delta = 38^2 - 4 \times 1 \times 280 = 324 > 0$

Donc l'équation $x^2 + 38x + 280 = 0$ admet deux solutions :

$x_1 = \dfrac{-38 - \sqrt{324}}{2 \times 1} = -28$ et $x_2 = \dfrac{-38 + \sqrt{324}}{2 \times 1} = -10.$

Or, $-28 \notin [10 ; +\infty[$ et $-10 \notin [10 ; +\infty[$, donc, pour tout x de $[10 ; +\infty[$, $x^2 + 38x + 280 > 0$.

De plus, pour tout x de $[10 ; +\infty[$, $(x + 1)^4 > 0$.

Ainsi, pour tout x de $[10 ; +\infty[$, $f'(x) < 0$.

b.

x	10		$+\infty$
$f'(x)$		–	
$f(x)$	30,05	↘	0

$$f(10) = 100 \times \frac{10^2 + 20 \times 10 + 100}{(10+1)^3}$$

$$f(10) = \frac{40000}{1331} \approx 30,05$$

3. a. La fonction f est continue et strictement décroissante sur $[10 ; 15]$. De plus, $f(10) \approx 30,05 > 20$ et $f(15) \approx 15,26 < 20$, donc $20 \in [f(15) ; f(10)]$ et, d'après le théorème des valeurs intermédiaires, il existe un unique $\alpha \in [10 ; 15]$ tel que $f(\alpha) = 20$.

b. Dans la case rouge, il faut écrire :

100*(x**2 + 20*x + 100) / (x + 1)**3

Dans la case verte, il faut écrire : x + 0.01

c. Avec la calculatrice, on obtient l'écran suivant.

NORMAL FLOTT AUTO RÉEL RAD MP
APP SUR + POUR △Tbl

X	Y1
12.68	20.092
12.69	20.066
12.7	20.04
12.71	20.013
12.72	19.987
12.73	19.961
12.74	19.935
12.75	19.909
12.76	19.883
12.77	19.857
12.78	19.832

X=12.72

Ainsi, pour un prix d'environ 12,72 €, 20 % de ses clients sont prêts à lui acheter une bouteille de vin.

CHAPITRE

3 Compléments sur la dérivation

1 Nombre dérivé et tangente

1 Nombre dérivé en *a*

- **Définition**

f est une fonction définie sur un intervalle I, a et $a + h$ appartiennent à I ($h \neq 0$).
f est dite **dérivable en *a*** lorsque $\lim\limits_{h \to 0} \dfrac{f(a+h) - f(a)}{h}$ tend vers un réel ℓ.
On note alors $\ell = f'(a)$. $f'(a)$ s'appelle **nombre dérivé de *f* en *a*.**

- **Interprétation graphique :**
Le nombre dérivé $f'(a)$ est égal au coefficient directeur de la tangente à $\mathscr{C}$ en A d'abscisse a.

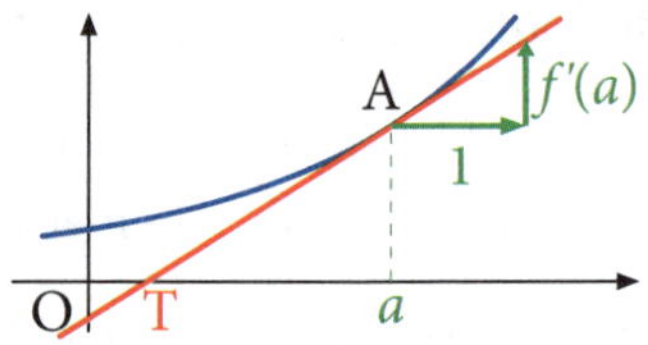

2 Équation de la tangente en *a*

Dans un repère, $\mathscr{C}$ est la courbe représentative d'une fonction *f* dérivable en *a* et T est la tangente en *a* à la courbe $\mathscr{C}$.

- **Propriété**

T a pour équation : $y = f'(a)\,(x - a) + f(a)$

2 Théorème fondamental

- **Définitions**

- Une **fonction** est dite **dérivable** sur un intervalle I de $\mathbb{R}$ lorsqu'elle est dérivable en toute valeur a de I.
- On note f' la **fonction dérivée de *f*** définie sur I par : $f' : x \mapsto f'(x)$.

• Théorème

I désigne un intervalle de $\mathbb{R}$ et *f* une fonction dérivable sur *I*.
- *f* est **croissante** sur *I* équivaut à, pour tout *x* de *I*, $f'(x) \geqslant 0$.
- *f* est **décroissante** sur *I* équivaut à, pour tout *x* de *I*, $f'(x) \leqslant 0$.
- *f* est **constante** sur *I* équivaut à, pour tout *x* de *I*, $f'(x) = 0$.

EXERCICES RÉSOLUS

Rechercher un nombre dérivé

ÉNONCÉ

f est la fonction définie sur $[0 ; +\infty[$ par $f(x) = x^2$.

1. Étudier la dérivabilité de *f* en 1 en utilisant la définition.

2. Déterminer l'équation de la tangente à la courbe de *f* en 1.

CORRIGÉ

1. On calcule, avec $h \neq 0$, $\dfrac{f(1+h)-f(1)}{h} = \dfrac{(1+h)^2-1}{h} = \dfrac{h^2+2h}{h} = h+2$.

Ainsi, $\lim\limits_{h \to 0} \dfrac{f(1+h)-f(1)}{h} = 2$, donc *f* dérivable en 1 et $f'(1) = 2$.

2. $T_1 : y = f'(1)(x-1) + f(1)$.

$T_1 : y = 2(x-1)+1$, donc $\mathbf{T_1 : y = 2x - 1}$.

Réflexe à avoir

Vérifier ce résultat en traçant $\mathscr{C}_f$ et T_1 à la calculatrice.

Déterminer graphiquement un nombre dérivé

ÉNONCÉ

La fonction *f* dérivable sur [1 ; 4] est représentée par la courbe $\mathscr{C}$ ci-contre. T est la tangente en *A* à $\mathscr{C}$.

Déterminer graphiquement le nombre dérivé $f'(2)$.

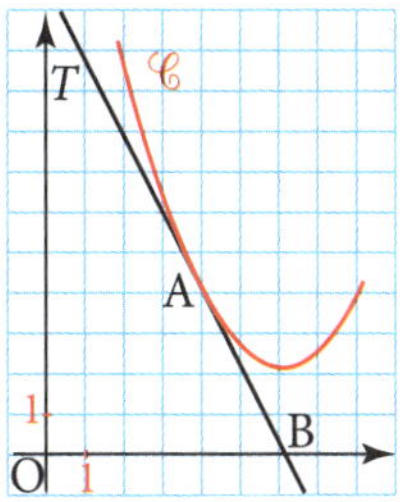

CORRIGÉ

Le coefficient directeur de la droite T est égal à :

$a = \dfrac{y_B - y_A}{x_B - x_A} = \dfrac{0-2}{3-2} = -2$. Donc $f'(2) = -2$.

3 Tableaux des dérivées

1 Dérivées des fonctions usuelles

a et *b* sont des réels fixés.

$f(x)$	f est dérivable sur	$f'(x)$
$ax+b$	$\mathbb{R}$	a
x^2	$\mathbb{R}$	$2x$
x^n ($n \in \mathbb{N}^*$)	$\mathbb{R}$	nx^{n-1}
$\frac{1}{x}$	$]-\infty\,;0[$ ou $]0\,;+\infty[$	$-\frac{1}{x^2}$
$\sqrt{x}$	$]0\,;+\infty[$	$\frac{1}{2\sqrt{x}}$
e^x	$\mathbb{R}$	e^x

2 Dérivées et opérations usuelles

u et *v* sont deux fonctions définies et dérivables sur un même intervalle *I*.

Fonction de la forme	Fonction dérivée	Condition d'application
$u+v$	$u'+v'$	
ku	ku'	$k \in \mathbb{R}$
$u \times v$	$u' \times v + u \times v'$	
$\frac{1}{v}$	$-\frac{v'}{v^2}$	$v(x) \neq 0$ sur I
$\frac{u}{v}$	$\frac{u' \times v - u \times v'}{v^2}$	$v(x) \neq 0$ sur I

3 Dérivées d'une fonction du type $f(u)$

a et *b* sont des réels fixés. *u* est une fonction définie sur *I*, de dérivée *u′*.

Fonction de la forme	Fonction dérivée	Condition d'application
$u(ax+b)$	$a \times u'(ax+b)$	
$\sqrt{u}$	$\frac{u'}{2\sqrt{u}}$	$u(x) > 0$ sur I
u^n	$n \times u' \times u^{n-1}$	n entier, $n \geqslant 1$
e^u	$u' \times e^u$	

EXERCICE RÉSOLU

Déterminer l'expression d'une dérivée

ÉNONCÉ

Déterminer l'expression des dérivées des fonctions f suivantes.

a. $f(x) = 4x^2 - 16x + 5$

b. $f(x) = \dfrac{x+1}{2x-5}$

c. $f(x) = (5x - 4)^3$

d. $f(x) = 3e^{x^2-x+1}$

e. $f(x) = \dfrac{1}{x} - \sqrt{x} + 2e^x$

f. $f(x) = \dfrac{5}{1+e^x}$

CORRIGÉ

a. $f'(x) = 4 \times 2x^{2-1} - 16 \times 1 + 0 = 8x - 16$.

b. On pose $u(x) = x + 1$ donc $u'(x) = 1$ et $v(x) = 2x - 5$ donc $v'(x) = 2$.

Ainsi, $f(x) = \dfrac{u(x)}{v(x)}$

et $f'(x) = \dfrac{1 \times (2x-5) - (x+1) \times 2}{(2x-5)^2} = \dfrac{2x - 5 - 2x - 2}{(2x-5)^2} = \dfrac{-7}{(2x-5)^2}$.

c. On pose $u(x) = 5x - 4$ donc $u'(x) = 5$.

Ainsi, $f(x) = u(x)^3$

et $f'(x) = 3 \times 5\,(5x-4)^{3-1} = 15\,(5x-4)^2$.

d. On pose $u(x) = x^2 - x + 1$ donc $u'(x) = 2x - 1$.

Ainsi, $f(x) = 3e^{u(x)}$

et $f'(x) = 3(2x-1)e^{x^2-x+1}$

e. $f'(x) = -\dfrac{1}{x^2} - \dfrac{1}{2\sqrt{x}} + 2e^x$

f. On pose $u(x) = 1 + e^x$ donc $u'(x) = e^x$.

Ainsi, $f(x) = 5 \times \dfrac{1}{u(x)}$

et $f'(x) = 5 \times \dfrac{-e^x}{(1+e^x)^2} = \dfrac{-5e^x}{(1+e^x)^2}$.

Astuce du prof

Lorsque nécessaire, ne pas hésiter à poser $u(x) = \ldots$, $v(x) = \ldots$ afin d'écrire f comme une forme des tableaux 2 et 3.

Télécharger sur le téléphone l'application *Photomath*, scanner la fonction de l'énoncé avec l'appareil photo et sélectionner *Déterminer la dérivée*

Savoir lire un graphique

ÉNONCÉ

Dans les repères ci-dessous, $\mathscr{C}_f$ est la courbe représentative d'une fonction f définie et dérivable sur [–2,5 ; 3], tandis que $\mathscr{C}_{g'}$ est la courbe représentative de la dérivée g' d'une fonction g définie et dérivable sur [–2,5 ; 3].

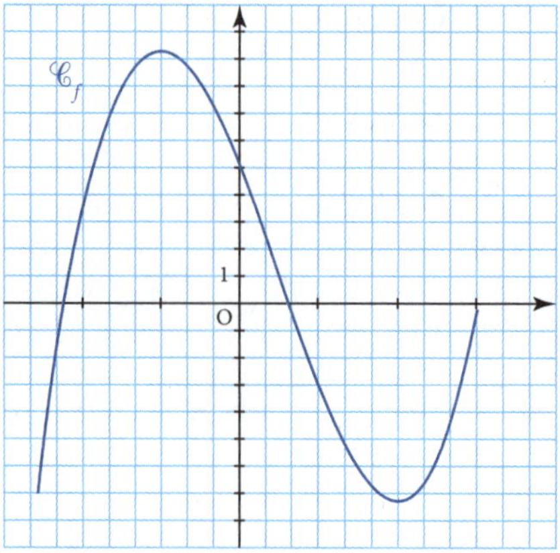

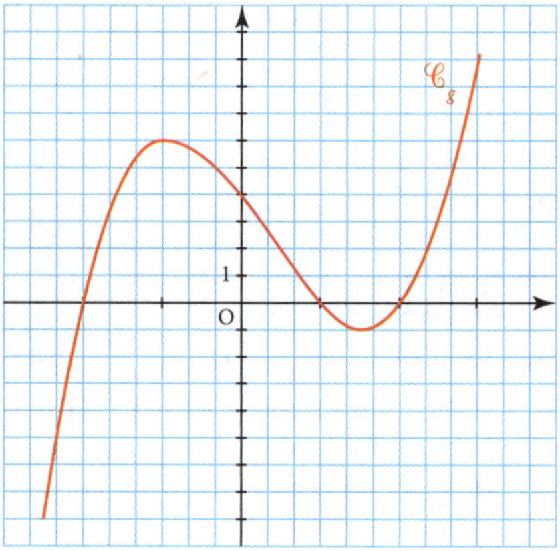

1. Déterminer graphiquement le signe de $f'(x)$ suivant les valeurs de x.

2. Déterminer graphiquement les variations de la fonction g.

MÉTHODE

Suivant le graphique, utiliser le théorème fondamental du paragraphe 2 afin :
- de déduire le signe de $f'(x)$ suivant les variations de f ;
- ou de déduire les variations de f suivant le signe de $f'(x)$.

Comprendre à l'aide d'un autre exemple

CORRIGÉ

1. f est croissante sur [–2,5 ; –1] ∪ [2 ; 3], donc $f'(x) \geqslant 0$ pour tout x de [–2,5 ; –1] ∪ [2 ; 3].

f est décroissante sur [–1 ; 2], donc $f'(x) \leqslant 0$ pour tout x de [–1 ; 2].

2. $g'(x) \leqslant 0$ pour tout x de [–2,5 ; –2] ∪ [1 ; 2], donc g est décroissante sur [–2,5 ; 2] ∪ [1 ; 2].

$g'(x) \geqslant 0$ pour tout x de [–2 ; 1] ∪ [2 ; 3], donc g est croissante sur [–2 ; 1] ∪ [2 ; 3].

Savoir trouver l'expression d'une dérivée

ÉNONCÉ

f, g et h sont les fonctions définies sur $\mathbb{R}$ par :

- $f(x) = \sqrt{3x^2 + 4}$
- $g(x) = \dfrac{2x^4 - 5x^3}{x^2 + 1}$
- $h(x) = 2x + 1 - e^{4x^2 - 1}$

MÉTHODE

- Reconnaître la forme de f $\left(u \times v\,;\, \dfrac{u}{v}\,;\, e^u\,;\, u^n\,;\, \ldots\right)$.
- Déceler les fonctions usuelles dans l'expression de f $(x^n\,;\, \sqrt{x}\,;\, e^x\,;\, \ldots)$.
- Utiliser les tableaux du cours.

CORRIGÉ

Pour f : On reconnaît la forme usuelle $f(x) = \sqrt{u(x)}$, où $u(x) = 3x^2 + 4$ avec pour tout réel x, $u(x) > 0$.

Or, $u'(x) = 6x$, ainsi $\boldsymbol{f'(x)} = \dfrac{6x}{2 \times \sqrt{3x^2 + 4}} = \dfrac{\mathbf{3x}}{\sqrt{\mathbf{3x^2 + 4}}}$.

Rappel
$(\sqrt{u})' = \dfrac{u'}{2\sqrt{u}}$.

Pour g : On reconnaît la forme usuelle $g(x) = \dfrac{u(x)}{v(x)}$, avec $u(x) = 2x^4 - 5x^3$ et $v(x) = x^2 + 1$.

Pour tout $x \in \mathbb{R}$, $x^2 \geqslant 0 \Leftrightarrow x^2 + 1 \geqslant 1 > 0$, donc $v(x) \neq 0$.

Or, $u'(x) = 8x^3 - 15x^2$ et $v'(x) = 2x$.

Rappel
$\left(\dfrac{u}{v}\right)' = \dfrac{u'v - uv'}{v^2}$.

Ainsi, $\boldsymbol{g'(x)} = \dfrac{(8x^3 - 15x^2)(x^2 + 1) - (2x^4 - 5x^3)(2x)}{(x^2 + 1)^2} = \dfrac{\mathbf{4x^5 - 5x^4 + 8x^3 - 15x^2}}{\mathbf{(x^2 + 1)^2}}$.

Pour h : On pose $u(x) = 4x^2 - 1$, donc $u'(x) = 8x$.

Or $h(x) = 2x + 1 - e^{u(x)}$,

donc $h'(x) = 2 - u'(x)e^{u(x)} = 2 - 8xe^{4x^2 - 1}$.

Savoir déterminer une équation de tangente

ÉNONCÉ

f est la fonction définie et dérivable sur $\mathbb{R}$ donnée par : $f(x) = (x + 1)e^x$.
Déterminer l'équation de la tangente T à la courbe $\mathscr{C}$ au point A d'abscisse 0.

MÉTHODE

Pour déterminer l'équation $y = f'(a)(x - a) + f(a)$ de la tangente à $\mathscr{C}$ en a :
- On calcule $f(a)$;
- On détermine $f'(x)$; puis on calcule $f'(a)$;
- On en déduit l'équation de la tangente à l'aide de la formule.

CORRIGÉ

- $f(0) = (0 + 1)e^0 = 1$.
- Pour tout x de $\mathbb{R}$, $f'(x) = 1 \times e^x + (x + 1) \times e^x = (x + 2)e^x$

Ainsi, $f'(0) = (0 + 2)e^0 = 2$.
- L'équation de T est : $y = 2(x - 0) + 1$ soit $y = 2x + 1$.

Savoir dresser un tableau de variation

ÉNONCÉ

On reprend la fonction f de la méthode ci-dessus. Dresser le tableau de variation de f.

MÉTHODE

Pour dresser le tableau de variation d'une fonction f, on détermine $f'(x)$; puis on étudie le signe de $f'(x)$ pour en déduire les variations de f.

Comprendre à l'aide d'un autre exemple

CORRIGÉ

On a vu que, pour tout x de R, $f'(x) = (x + 2)e^x$.
Or, $e^x > 0$
et $x + 2 > 0$ pour $x > -2$ et $x + 2 < 0$ pour $x < -2$.
De plus, $f(-2) = (-2 + 1)e^{-2} = -e^{-2}$.
On en déduit le tableau de variation de f ci-contre

x	$-\infty$		-2		$+\infty$
$f'(x)$		$-$	0	$+$	
$f(x)$	↘		$-e^{-2}$		↗

Vérifiez vos connaissances

1 Vrai-Faux

Indiquer pour chaque proposition si elle est vraie (V) ou fausse (F).

Le tableau de variation d'une fonction f est donné ci-contre.

x	-5		2		5
$f(x)$	1	↗	3	↘	-1

1. $f'(x) \geqslant 0$ pour tout x de $[-5\,;2]$. ☐ Vrai ☐ Faux

2. $f'(2) = 3$. ☐ Vrai ☐ Faux

3. On donne $f'(5) = 2$. La tangente à la courbe de f en 5 a pour équation $y = 2x - 11$. ☐ Vrai ☐ Faux

4. On donne $f(3) = 4$ et $f'(3) = 5$.
Le coefficient directeur de la tangente à la courbe de f en 3 est égal à 5. ☐ Vrai ☐ Faux

2 QCM

Pour chaque question, une seule réponse proposée (A, B ou C) est exacte.

		A	B	C
1.	$f(x) = 1 + 2x + e^{-x}$	$f'(x) = 3 + e^{-x}$	$f'(x) = 3 - e^{-x}$	$f'(x) = 2 - e^{-x}$
2.	$f(x) = \dfrac{2x+1}{4x-7}$	$f'(x) = \dfrac{1}{2}$	$f'(x) = \dfrac{-18}{(4x-7)^2}$	$f'(x) = \dfrac{-18}{4x-7}$
3.	$f(x) = (x-1)(2-e^{-x})$	$f'(x) = (x-2)e^{-x}$	$f'(x) = 2 + (x-2)e^{-x}$	$f'(x) = 2e^{-x}$
4.	$\mathscr{C}$ est la courbe représentative d'une fonction f continue sur $\mathbb{R}$ telle que $f'(2) = 3$ et $f(2) = 4$	$y = 3x + 4$ est l'équation de la tangente à $\mathscr{C}$ en 2	$\lim\limits_{h \to 0} \dfrac{f(2+h) - f(2)}{h} = 3$	La tangente à $\mathscr{C}$ en 2 est horizontale
5.	f est une fonction telle que, pour tout x de $\mathbb{R}$: $f'(x) = 2x - 1$	f est croissante sur $\mathbb{R}$	f est décroissante sur $\mathbb{R}$	f est décroissante puis croissante
6.	g est une fonction décroissante sur $\mathbb{R}$. $g'(x)$ peut être égale à	$x^2 + 1$	$-x^2 + 1$	$-x^2 - 1$

Exercices d'application

3 Dérivabilité en une valeur *a*

1. f est la fonction définie sur $\mathbb{R}$ par $f(x) = 4x - 5$.
Étudier la dérivabilité de f en 3. En déduire le nombre dérivé de f en 3.

2. g est la fonction définie sur $\mathbb{R}$ par $g(x) = (x + 1)^2 + 5$.
Étudier la dérivabilité de g en 2. En déduire le nombre dérivé de g en 2.

4 Équation d'une tangente

f est la fonction définie sur $\mathbb{R}$ par $f(x) = 3 - x^2$.

1. Déterminer le nombre dérivé de f en 1.

2. En déduire l'équation de la tangente à la courbe de f en 1.

5 Des fonctions dérivées

Déterminer l'expression de la dérivée des fonctions ci-dessous :

- $f(x) = \sqrt{x^2 + x}$.
- $g(x) = (2x^2 - x + 1)^6$.
- $h(x) = e^{2x^2+1}$.
- $i(x) = (e^x + 3x - 1)^2$.

6 Tableau de variation

Dresser le tableau de variation sur $[-5 ; 5]$ des fonctions f et g suivantes

a. $f(x) = 3x^3 - 9x^2 + 5x - 3$.

b. $g(x) = (4 - 3x)\, e^{2x-1}$.

7 Étude d'une fonction

f est la fonction définie sur $]-4 ; +\infty[$ par $f(x) = \dfrac{2x - 1}{x + 4}$.

1. Déterminer l'expression de $f'(x)$.

2. Dresser le tableau de variation de f sur $]-4 ; +\infty[$.
Préciser les asymptotes éventuelles à la courbe $\mathscr{C}$ de f.

3. Déterminer l'équation de la tangente T à $\mathscr{C}$ en -1.

4. Représenter $\mathscr{C}$ et T à l'écran de la calculatrice.

Exercices d'entraînement

8 Tangente commune

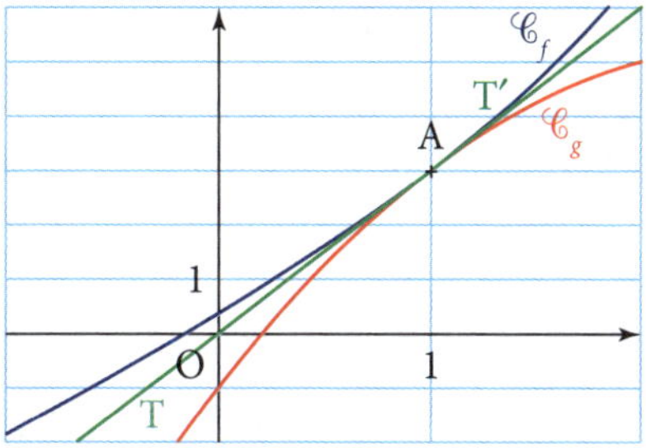

Sur le graphique ci-contre, on a tracé les courbes représentatives des fonctions f et g définies sur $\mathbb{R}$ par :

$f(x) = e^{x-1} + 2x$; $g(x) = -x^2 + 5x - 1$,

ainsi que leurs tangentes respectives T et T′ au point d'abscisse 1.

Que peut-on conjecturer ? Démontrer cette conjecture.

9 Interprétation graphique

La courbe $\mathscr{C}$ ci-dessous est la courbe représentative de f.	La courbe Γ ci-dessous est la courbe représentative de f'.
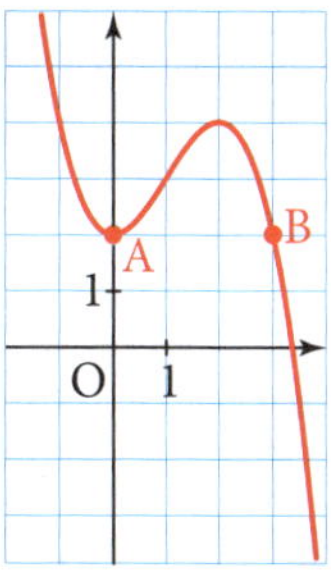	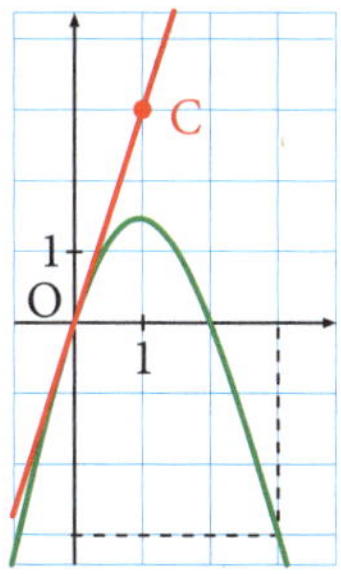

Pour chacune des affirmations ci-dessous, dire si elle est vraie ou fausse.

1. $f'(2) = 0$. ☐ V ☐ F

2. Une équation de la tangente en A à $\mathscr{C}$ est $y = 2$. ☐ V ☐ F

3. f' est négative sur $[-1 ; 3]$. ☐ V ☐ F

4. f' est croissante sur $[1 ; 2]$. ☐ V ☐ F

5. $f(1)$ et $f'(1)$ sont positifs. ☐ V ☐ F

6. Le coefficient directeur de la tangente en B à $\mathscr{C}$ est -3. ☐ V ☐ F

10 Comme au Bac

Dans le repère orthogonal donné ci-dessous, $\mathscr{C}_f$ est la représentation graphique d'une fonction f définie et dérivable sur [0 ; 30]. On donne A(0 ; –11), B(5 ; 0), C(11 ; y_C).

La tangente à la courbe $\mathscr{C}_f$ au point A passe par le point B.

La tangente à la courbe $\mathscr{C}_f$ au point C est parallèle à l'axe des abscisses.

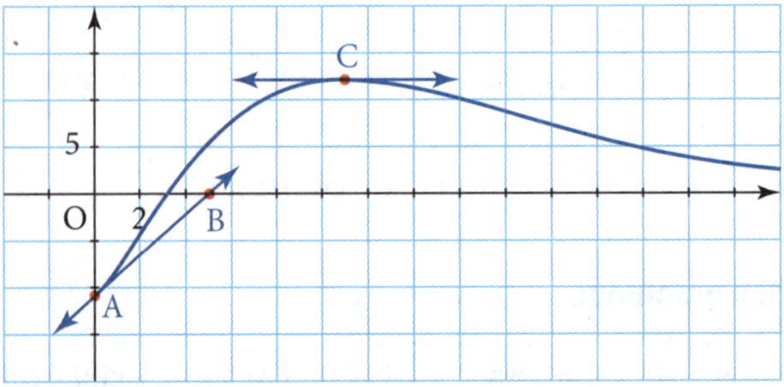

A. 1. Lire graphiquement les valeurs de $f(0)$, $f'(0)$ et $f'(11)$.

2. L'affirmation « La fonction f' est positive sur [3 ; 30] » est-elle vraie ou fausse ? Justifier.

B. La fonction f est définie sur [0 ; 30] par : $f(x) = (x^2 - 11)e^{-0,2x}$.

1. Déterminer $f'(x)$.

2. Étudier le signe de f' sur [0 ; 30] puis dresser le tableau des variations de f sur [0 ; 30].

C. *Dans cette partie les résultats seront arrondis à 10^{-2} si nécessaire.*

La fonction de demande d'un produit est modélisée sur l'intervalle [5 ; 30] par la fonction f étudiée dans le **B**.

Le nombre $f(x)$ représente la quantité demandée, exprimée en centaines de milliers d'objets, lorsque le prix unitaire est égal à x euros.

1. Calculer le nombre d'objets demandés, au millier près, lorsque le prix unitaire est fixé à 15 euros.

2. L'élasticité $E(x)$ de la demande par rapport au prix est le pourcentage de variation de la demande pour une augmentation de 1 % du prix.

On admet qu'une bonne approximation de $E(x)$ est donnée par :

$$E(x) = \frac{f'(x)}{f(x)} \times x \text{ lorsque } x \in [5 ; 30].$$

Calculer $E(15)$ et interpréter le résultat.

Vérifiez vos connaissances

1 Vrai-Faux

1. Vrai **2.** Faux **3.** Vrai **4.** Vrai

2 QCM

1. C **2.** B **3.** B **4.** B **5.** C **6.** C

Exercices d'application

3 Dérivabilité en une valeur *a*

1. $f(3+h) = 4(3+h) - 5 = 12 + 4h - 5 = 7 + 4h$.

$f(3) = 4 \times 3 - 5 = 7$.

Ainsi, $\dfrac{f(3+h)-f(3)}{h} = \dfrac{7+4h-7}{h} = \dfrac{4h}{h} = 4$.

Donc, $\lim\limits_{h\to 0} \dfrac{f(3+h)-f(3)}{h} = \lim\limits_{h\to 0} 4 = 4$.

On en déduit que f est dérivable en 3 et que $f'(3) = 4$.

Réflexe à avoir

Étudier la dérivabilité de f en a, c'est étudier la limite :

$\lim\limits_{h\to 0} \dfrac{f(a+h)-f(a)}{h}$.

2. $g(2+h) = ((2+h)+1)^2 + 5 = (3+h)^2 + 5 = 9 + 6h + h^2 + 5 = h^2 + 6h + 14$.

$g(2) = (2+1)^2 + 5 = 3^2 + 5 = 14$.

Ainsi, $\dfrac{g(2+h)-g(2)}{h} = \dfrac{h^2+6h+14-14}{h} = \dfrac{h^2+6h}{h} = h+6$.

Donc, $\lim\limits_{h\to 0} \dfrac{g(2+h)-g(2)}{h} = \lim\limits_{h\to 0} h+6 = 6$.

On en déduit que g est dérivable en 2 et que $g'(2) = 6$.

4 Équation d'une tangente

1. $f(1+h) = 3 - (1+h)^2 = 3 - 1 - 2h - h^2 = -h^2 - 2h + 2$ et $f(1) = 3 - 1^2 = 2$.

Donc $\dfrac{f(1+h)-f(1)}{h} = \dfrac{-h^2-2h+2-2}{h} = \dfrac{-h^2-2h}{h} = -h-2$.

Ainsi, $\lim\limits_{h\to 0} \dfrac{f(1+h)-f(1)}{h} = \lim\limits_{h\to 0} -h-2 = -2$.

On en déduit que $f'(1) = -2$.

2. $f(1) = 2$ et $f'(1) = -2$, donc l'équation de la tangente T à la courbe de f en 1 est :
$y = f'(1)(x - 1) + f(1)$ c'est-à-dire $y = -2(x - 1) + 2$
soit $y = -2x + 4$.

5 Des fonctions dérivées

• **Pour f :**
f est du type $\sqrt{u}$, avec $u(x) = x^2 + x$, donc $u'(x) = 2x + 1$. Ainsi, $f'(x) = \dfrac{2x+1}{2\sqrt{x^2+x}}$.

• **Pour g :**
g est du type u^6, avec $u(x) = 2x^2 - x + 1$, donc $u'(x) = 4x - 1$.
Ainsi, $f'(x) = 6(4x - 1)(2x^2 - x + 1)^5$.

• **Pour h :**
h est de type e^u, avec $u(x) = 2x^2 + 1$, donc $u'(x) = 4x$. Ainsi, $h'(x) = 4xe^{2x^2+1}$.

• **Pour i :**
i est du type u^2, avec $u(x) = e^x + 3x - 1$, donc $u'(x) = e^x + 3$.
Ainsi, $i'(x) = 2(e^x + 3)(e^x + 3x - 1)$.

Rappel
On utilise les formules p. 60.

6 Tableau de variation

a. Pour tout x de $[-5 ; 5]$, $f'(x) = 9x^2 - 18x + 5$
Pour déterminer les variations de f, on étudie le signe de $f'(x)$ à l'aide du discriminant.
$\Delta = (-18)^2 - 4 \times 9 \times 5 = 144 > 0$
Donc les solutions de l'équation $f'(x) = 0$ sont :

$$x_1 = \frac{18 - \sqrt{144}}{2 \times 9} = \frac{18 - 12}{18} = \frac{1}{3} \text{ et } x_2 = \frac{18 + \sqrt{144}}{2 \times 9} = \frac{18 + 12}{18} = \frac{5}{3}.$$

On en déduit le tableau de variation de f.

x	-5		$\frac{1}{3}$		$\frac{5}{3}$		5
$f'(x)$		+	0	−	0	+	
$f(x)$	-628	↗	$-\frac{20}{9}$	↘	$-\frac{52}{9}$	↗	172

$f(-5) = (-5)^3 - 3x(-5)^2 + \frac{5}{3} \times (-5) - 1$
$f(-5) = -628$
De même, $f(5) = 172$
$f\left(\frac{1}{3}\right) = -\frac{20}{9}$
et $f\left(\frac{5}{3}\right) = -\frac{52}{9}$.

b. Pour tout x de [–5 ; 5],

$g'(x) = -3e^{2x-1} + (4 - 3x) \times 2e^{2x-1}$

$g'(x) = -3e^{2x-1} + 8e^{2x-1} - 6xe^{2x-1}$

$g'(x) = (5 - 6x)\, e^{2x-1}$.

> **Rappel**
> $g(x) = u(x)\, v(x)$
> donc
> $g'(x) = u'(x)\, v(x) + u(x)v'(x)$

On en déduit le tableau de variation de g.

x	-5		$\frac{5}{6}$		5
$5 - 6x$		+	0	–	
e^{2x-1}		+		+	
$g'(x)$		+	0	–	
$g(x)$	$19e^{-11}$	↗	$\frac{19}{6}e^{\frac{2}{3}}$	↘	$-11e^{9}$

$g(-5) = (4 - 3 \times (-5))\, e^{2 \times (-5) - 1}$

$g(-5) = 19e^{-11}$

De même, $g(5) = -11e^{9}$

et $g\left(\frac{5}{6}\right) = \frac{19}{6}e^{\frac{2}{3}}$

7 Étude d'une fonction

1. Pour tout x de]–4 ; +∞[,

$$f'(x) = \frac{2 \times (x+4) - (2x-1) \times 1}{(x+4)^2}$$

$$f'(x) = \frac{2x + 8 - 2x + 1}{(x+4)^2} = \frac{9}{(x+4)^2}.$$

> **Rappel**
> $f(x) = \frac{u(x)}{v(x)}$ donc
> $f'(x) = \frac{u'(x)v(x) - u(x)v'(x)}{v(x)^2}$

2. Pour tout x de]–4 ; +∞[, $9 > 0$ et $(x+4)^2 > 0$ d'où le tableau de variation de f.

x	-4		$+\infty$
$f'(x)$	‖	+	
$f(x)$	‖ $-\infty$	↗	2

$\lim\limits_{\substack{x \to -4 \\ x > -4}} f(x) = -\infty$ car $\lim\limits_{\substack{x \to -4 \\ x > -4}} 2x - 1 = -9$ et $\lim\limits_{\substack{x \to -4 \\ x > -4}} x + 4 = 0^+$.

Donc la droite d'équation $x = -4$ est asymptote verticale à $\mathscr{C}$.

$\lim\limits_{x \to +\infty} f(x) = \lim\limits_{x \to +\infty} \dfrac{2x}{x} = 2.$

Donc la droite d'équation $y = 2$ est asymptote horizontale à $\mathscr{C}$ en $+\infty$.

3. $f(-1) = \dfrac{2 \times (-1) - 1}{-1 + 4} = \dfrac{-3}{3} = -1$ et $f'(-1) = \dfrac{9}{(-1+4)^2} = 1.$

Ainsi, la tangente T en -1 à $\mathscr{C}$ a pour équation $y = f'(-1)(x+1) + f(-1)$ c'est-à-dire $y = 1(x+1) - 1$ soit $y = x$.

4.

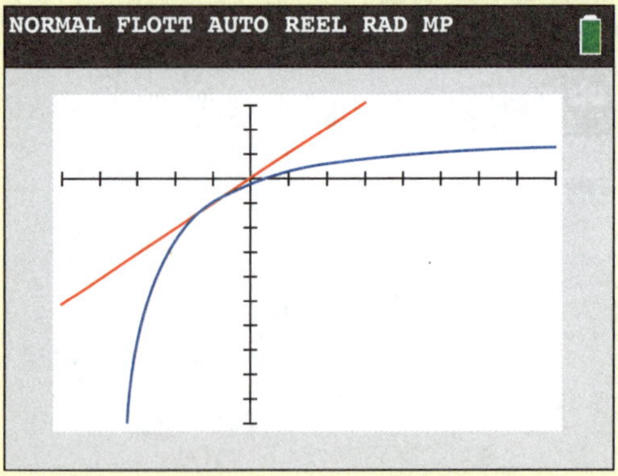

Rappel

Même lorsque cela n'est pas demandé, représenter graphiquement f à la calculatrice permet de vérifier ses résultats.

Exercices d'entraînement

8 Tangente commune

1. On conjecture que T et T′ sont confondues.

2. g est une fonction polynôme, donc dérivable sur $\mathbb{R}$ et $\boldsymbol{g'(x) = -2x + 5}$.
f est la somme de $x \mapsto e^{x-1}$ et $x \mapsto 2x$.
$x \mapsto e^{x-1}$ est du type e^u, donc dérivable là où la fonction $x \mapsto x - 1$ est dérivable, c'est-à-dire sur $\mathbb{R}$.
$x \mapsto 2x$ est une fonction linéaire, dérivable sur $\mathbb{R}$.
Donc, f est dérivable sur $\mathbb{R}$ et $f'(x) = \mathbf{1e^{x-1} + 2 = e^{x-1} + 2}$.
L'équation de T est donc $y = f'(1)(x - 1) + f(1)$.
Or, $f'(1) = e^{1-1} + 2 = e^0 + 2 = 3$ et $f(1) = e^{1-1} + 2 \times 1 = 3$.
Donc, T : $y = 3(x - 1) + 3$, c'est-à-dire $\mathbf{T : y = 3x}$.
De même, T′ : $y = g'(1)(x - 1) + g(1)$, avec $g'(1) = 3$ et $g(1) = 3$.
Donc, T′ : $y = 3(x - 1) + 3$, c'est-à-dire $\mathbf{T' : y = 3x}$.
Finalement, on a bien T = T′, donc $\mathscr{C}_f$ et $\mathscr{C}_g$ ont des tangentes confondues en (1 ; 3).

9 Interprétation graphique

1. Vrai, on lit sur le graphique représentant f' : $f'(2) = 0$.

2. Vrai, on lit sur le graphique représentant f : $A(0 ; 2)$, donc $f(0) = 2$, puis, on lit sur le graphique représentant f' : $f'(0) = 0$.
On a donc T : $y = 0\,(x - 0) + 2$, soit $y = 2$.

3. Faux, on voit sur le graphique représentant f que f est croissante sur [0 ; 2], donc f' ne peut être négative sur [– 1 ; 3]. On peut également déduire la réponse du graphique représentant f'.

4. Faux, sur le graphique représentant f', f' est décroissante sur [1 ; 2].

5. Vrai, les courbes $\mathscr{C}$ et Γ sont au-dessus de l'axe des abscisses au point d'abscisse 1, donc $f(1)$ et $f'(1)$ sont positifs.

6. Vrai, l'abscisse du point B est $x = 3$ d'après $\mathscr{C}$, puis, on lit sur Γ que $f'(3) = -3$, donc le coefficient directeur de la tangente en B est – 3.

10 Comme au Bac

> **Rappel**
> Le coefficient directeur a de la droite (AB) est : $a = \dfrac{y_B - y_A}{x_B - x_A}$.

A. 1. Le point A a pour coordonnées $A(0\ ;\ -11)$ donc $f(0) = -11$.

En utilisant les coordonnées des points A et B, on calcule le coefficient directeur de la droite (AB) tangente à $\mathscr{C}_f$:

$$f'(0) = \frac{0 - (-11)}{5 - 0} = \frac{11}{5}.$$

La tangente à $\mathscr{C}_f$ au point C est horizontale, donc $f'(11) = 0$.

2. f est croissante sur $[3\ ;\ 11]$ et décroissante sur $[11\ ;\ 30]$, donc $f'(x) \geqslant 0$ pour $x \in [3\ ;\ 11]$ et $f'(x) \leqslant 0$ pour $x \in [11\ ;\ 30]$

L'affirmation est donc **fausse**.

B. 1. En utilisant la formule permettant de dériver un produit de fonctions, et en posant $u(x) = x^2 - 11$ et $v(x) = e^{-0.2x}$, $u'(x) = 2x$ et $v'(x) = -0{,}2e^{-0{,}2x}$, on trouve :

$$f'(x) = 2xe^{-0{,}2x} + (x^2 - 11) \times (-0{,}2)e^{-0{,}2x} = (2x - 0{,}2x^2 + 2{,}2)e^{-0{,}2x}$$
$$= (-0{,}2x^2 + 2x + 2{,}2)e^{-0{,}2x}.$$

2. Pour tout $x \in [0\ ;\ 30]$, $e^{-0{,}2x} > 0$ donc $f(x)$ a le même signe que le trinôme du second degré $-0{,}2x^2 + 2x + 2{,}2$.

Les deux solutions ($\Delta \geqslant 0$) sont : $x_1 = 11$ et $x_2 = -1$. Cette dernière valeur ne sera pas retenue car ne faisant pas partie de l'intervalle d'étude.

$f(0) = (0^2 - 11)e^0 = -11 < 0$

$f(11) = (11^2 - 11)e^{-0{,}2 \times 11} = 110e^{-2{,}2} > 0$

$f(30) = (30^2 - 11)e^{-0{,}2 \times 30} = 889e^{-6} > 0.$

Le tableau de variations de la fonction f sur l'intervalle $[0\ ;\ 30]$ est :

x	0		11		30
$f'(x)$		+	0	−	
$f(x)$	-11	↗	$110e^{-2,2}$	↘	$889e^{-6}$

C. 1. $f(15) = (15^2 - 11)e^{-0,2 \times 15} = 214e^{-3} \approx 10,65$. Soit 10,65 centaines de milliers, ou 1 065 000. 1 065 000 objets seront demandés si le prix unitaire est fixé à 15 euros.

2. Pour un prix de 15 euros (soit $x = 15$),

$$E(15) = \frac{f'(15)}{f(15)} \times 15 = \frac{-12,8e^{-3}}{214e^{-3}} \times 15 = -\frac{192}{214} \approx -0,90.$$

Cela signifie que si le prix de 15 euros augmente de 1 %, la demande diminuera alors d'environ 0,9 %.

CHAPITRE 4 La fonction logarithme népérien

1 La fonction logarithme népérien

La **fonction logarithme népérien**, notée ln, est la fonction réciproque de la fonction exponentielle. Cela signifie que, pour un réel $b > 0$, l'équation $e^x = b$ admet une unique solution $x = \ln b$.

Conséquence graphique :

Dans un repère orthonormé, les courbes représentatives des fonctions exponentielle et logarithme népérien sont symétriques par rapport à la droite d'équation $y = x$.

1 Étude de la fonction ln

Propriétés :

- La fonction logarithme népérien : $\ln : x \mapsto \ln x$ est continue et dérivable sur $]0 ; +\infty[$.
- Pour tout x de $]0 ; +\infty[$, $(\ln x)' = \dfrac{1}{x}$.
- $\lim\limits_{x \to +\infty} \ln x = +\infty$
- $\lim\limits_{x \to 0} \ln x = -\infty$

x	0		1		e		$+\infty$
$\ln x$	‖ $-\infty$	↗	0	↗	1	↗	$+\infty$

Remarques : $\ln(x) < 0 \Leftrightarrow 0 < x < 1$ et $\ln(x) > 0 \Leftrightarrow x > 1$.
L'axe des ordonnées est asymptote verticale à la courbe du ln.

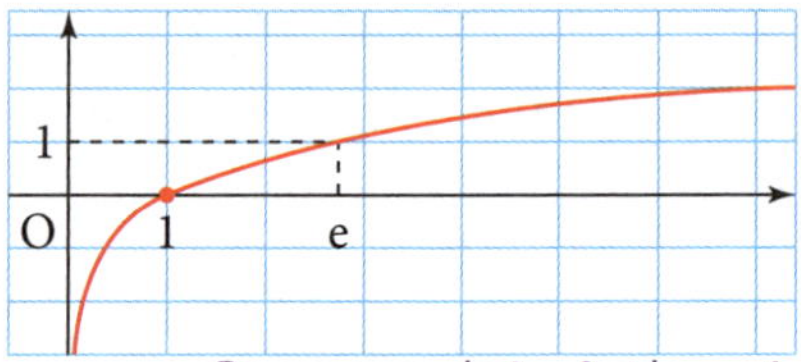

Remarques : $\ln 1 = 0$ et $\ln e = 1$.

2 Conséquences

Propriétés

- Pour tout x de $\mathbb{R}$, $\ln(e^x) = x$
- Pour tout $x > 0$, $e^{\ln x} = x$
- Pour tout x de $\mathbb{R}$ et pour tout $y > 0$, $e^x = y$ équivaut à $x = \ln y$

EXERCICES RÉSOLUS

Résoudre une équation du type $\ln x = b$ ou $e^x = b$

ÉNONCÉ

Résoudre dans $\mathbb{R}$ les équations suivantes :

- $\ln x = -3$;
- $e^{5x} = 8$.

CORRIGÉ

- On a, pour tout réel $x > 0$, $\ln x = -3 \Leftrightarrow e^{\ln x} = e^{-3} \Leftrightarrow x = e^{-3}$.
Donc, la solution de l'équation $\ln x = -3$ est $\mathbf{e^{-3}}$.

- On a, pour tout réel x, $e^{5x} = 8 \Leftrightarrow \ln(e^{5x}) = \ln 8 \Leftrightarrow 5x = \ln 8 \Leftrightarrow x = \dfrac{\ln 8}{5}$.
Donc, la solution de l'équation $e^{5x} = 8$ est $\mathbf{\dfrac{\ln 8}{5}}$.

Étudier une fonction comportant $\ln x$

ÉNONCÉ

f est la fonction définie sur $]0\,;+\infty[$ par $f(x) = 2x + \ln x$.
Dresser, en justifiant, le tableau de variation de f.

CORRIGÉ

- f est la somme de la fonction linéaire $x \mapsto 2x$ et de la fonction logarithme népérien $x \mapsto \ln(x)$, qui sont toutes deux strictement croissantes sur $]0\,;+\infty[$, donc f est strictement croissante sur $]0\,;+\infty[$.
- $\lim\limits_{\substack{x\to 0\\x>0}}(2x+\ln x) = \lim\limits_{\substack{x\to 0\\x>0}} 2x + \lim\limits_{\substack{x\to 0\\x>0}} \ln x = -\infty$.
- $\lim\limits_{x\to+\infty}(2x+\ln x) = \lim\limits_{x\to+\infty} 2x + \lim\limits_{x\to+\infty} \ln x = +\infty$.

On obtient ainsi le tableau de variation de f.

x	0		$+\infty$
$f(x)$	‖ $-\infty$	↗	$+\infty$

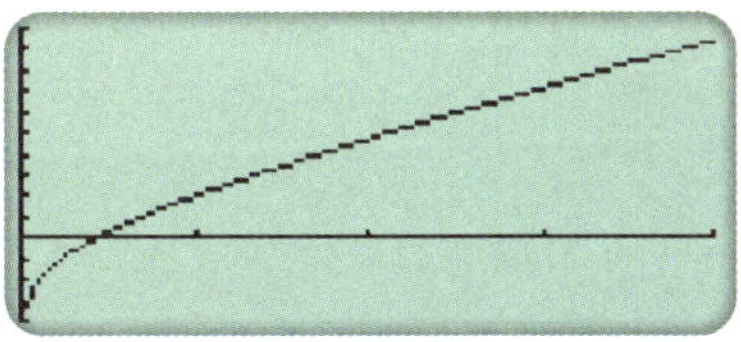

Réflexe à avoir
Vérifier la cohérence des résultats à la calculatrice.

2 Propriétés algébriques

1 Relation fonctionnelle

Pour tous réels $a > 0$ et $b > 0$, $\ln(ab) = \ln(a) + \ln(b)$.

2 Propriétés

- Pour tout réel $a > 0$, $\ln\left(\frac{1}{a}\right) = -\ln(a)$.
- Pour tous réels $a > 0$ et $b > 0$, $\ln\left(\frac{a}{b}\right) = \ln(a) - \ln(b)$.
- Pour tout réel $a > 0$ et tout entier $n \geqslant 0$, $\ln(a^n) = n\ln(a)$ et $\ln(\sqrt{a}) = \frac{1}{2}\ln(a)$.

3 Les fonctions de la forme ln *u*

Si u est une fonction strictement positive sur un intervalle I, alors on peut définir la fonction $\ln u$ sur l'intervalle I.

- **Propriétés**

Si u est strictement positive et dérivable sur I, alors $\ln u$ est aussi dérivable sur I et on a, pour tout x de I, $\left(\ln(u(x))\right)' = \frac{u'(x)}{u(x)}$.

- **Remarque**

Comme u est strictement positive, u et $\ln u$ ont les mêmes variations.

En effet, $(\ln u)' = \frac{u'}{u}$ et $u > 0$, donc $(\ln u)'$ et u' sont de même signe.

Ainsi, u et $\ln u$ ont les mêmes variations.

EXERCICES RÉSOLUS

Utiliser les propriétés algébriques de ln

ÉNONCÉ

Exprimer les nombres suivants en fonction de $\ln 2$:

• $\ln\sqrt{32}$; • $\ln\frac{1}{8}$; • $\ln 12 - \ln 3$.

CORRIGÉ

• $\ln\sqrt{32} = \frac{1}{2}\ln(32) = \frac{1}{2}\ln(2^5) = \frac{5}{2}\ln 2.$

• $\ln\frac{1}{8} = -\ln 8 = -\ln(2^3) = -3\ln 2.$

• $\ln 12 - \ln 3 = \ln(2^2 \times 3) - \ln 3 = \ln(2^2) + \ln 3 - \ln 3 = 2\ln 2.$

Comprendre à l'aide d'autres exemples

Dériver une fonction du type ln *u*

ÉNONCÉ

a. Déterminer la dérivée de la fonction f définie sur $\mathbb{R}$ par $f(x) = \ln(e^x + 1)$.
b. En déduire les variations de la fonction f sur $\mathbb{R}$.

CORRIGÉ

a. La fonction f est de la forme $\ln u$.
La fonction u définie sur $\mathbb{R}$ par $u(x) = e^x + 1$ est strictement positive sur $\mathbb{R}$, donc, pour tout réel x, $f'(x) = \left(\ln(e^x + 1)\right)' = \frac{(e^x + 1)'}{e^x + 1}$.

Finalement, pour tout réel x, $f'(x) = \frac{\mathbf{e^x}}{\mathbf{e^x + 1}}$.

b. Puisque, pour tout réel x, $e^x > 0$ et $e^x + 1 > 0$, on en déduit que $f'(x) > 0$ et donc que f est croissante sur $\mathbb{R}$.

Savoir dresser le tableau de variation d'une fonction avec un ln

ÉNONCÉ

f est la fonction définie sur $]0\,;+\infty[$ par $f(x) = x - 2\ln x$.
Dresser le tableau de variation de f.

MÉTHODE

Déterminer l'expression de la dérivée f' de f ; puis étudier son signe.

CORRIGÉ

Pour tout x de $]0\,;+\infty[$, $f'(x) = 1 - 2 \times \dfrac{1}{x} = 1 - \dfrac{2}{x} = \dfrac{x-2}{x}$.

x	0		2		$+\infty$
$x-2$	‖	$-$	0	$+$	
x	0	$+$		$+$	
$f'(x)$	‖	$-$	0	$+$	
$f(x)$	‖	↘	$f(2)$	↗	

$f(2) = 2 - 2\ln 2$

Savoir résoudre une équation dans $\mathbb{R}$

ÉNONCÉ

Résoudre dans $\mathbb{R}$ l'équation : $\ln(3x) = 4 - \ln(2x)$.

MÉTHODE

Pour résoudre une équation avec ln, il faut :

Rechercher l'intervalle où cette équation ou inéquation est valable en utilisant le fait que $\ln X$ a un sens si et seulement si $X > 0$.

CORRIGÉ

• L'équation $\ln(3x) = 4 - \ln(2x)$ a un sens lorsque $3x > 0$ et $2x > 0$, c'est-à-dire pour $x > 0$.

• $\ln(3x) + \ln(2x) = 4 \Leftrightarrow \ln(3x \times 2x) = 4 \Leftrightarrow \ln(6x^2) = 4 \Leftrightarrow e^{(\ln(6x^2))} = e^4$

$\Leftrightarrow 6x^2 = e^4 \Leftrightarrow x^2 = \frac{e^4}{6} \Leftrightarrow x = \sqrt{\frac{e^4}{6}}$ ou $x = -\sqrt{\frac{e^4}{6}} \Leftrightarrow x = \frac{e^2}{\sqrt{6}}$ ou $x = -\frac{e^2}{\sqrt{6}}$.

En tenant compte de l'ensemble de validité de cette équation, on conclut que l'unique solution est $\frac{e^2}{\sqrt{6}}$.

Savoir résoudre une inéquation dans $\mathbb{N}$

ÉNONCÉ

Comprendre à l'aide d'autres exemples

Résoudre dans $\mathbb{N}$ l'inéquation : $1{,}5^n \geqslant 200$.

MÉTHODE

Pour résoudre ce type d'inéquation, il faut :

- utiliser la propriété $\ln(a^n) = n \times \ln a$ pour « descendre l'inconnue n de la puissance » ;
- isoler n en faisant attention au signe de $\ln a$ (si $\ln a < 0$, alors l'inégalité change de sens) ;
- se rappeler que n est un nombre entier naturel.

CORRIGÉ

$1{,}5^n \geq 200$ équivaut à $\ln(1{,}5^n) \geqslant \ln 200$, c'est-à-dire $n \times \ln 1{,}5 \geqslant \ln 200$ soit

$n \geqslant \frac{\ln 200}{\ln 1{,}5}$ (car $\ln 1{,}5 > 0$).

Or, $\frac{\ln 200}{\ln 1{,}5} \approx 13{,}07$ donc il faut choisir $n \geqslant 14$.

Savoir simplifier une expression avec des ln

ÉNONCÉ

Comprendre à l'aide d'un autre exemple

Simplifier l'expression $A = \ln 6 + 2\ln 3 - \ln 9 - \ln 2$.

MÉTHODE

Pour simplifier ce type d'expression, on utilise les propriétés algébriques du paragraphe 2 du cours.

CORRIGÉ

$A = \ln(2 \times 3) + 2\ln 3 - \ln(3^2) - \ln 2$
$A = \ln 2 + \ln 3 + 2\ln 3 - 2\ln 3 - \ln 2$
$A = \ln 3.$

Savoir trouver l'expression d'une dérivée

ÉNONCÉ

Dans chaque cas, déterminer l'expression de la dérivée f' de f.

1. f définie sur $\mathbb{R}$ par $f(x) = \ln(1 + e^{x^2})$.

2. f définie sur $\mathbb{R}$ par $f(x) = \ln(x^2 + x + 1)$.

MÉTHODE

Utiliser la formule de dérivation du cours : si $u > 0$, $(\ln u)' = \frac{u'}{u}$.

CORRIGÉ

1. f est du type $\ln u$ avec $u(x) = 1 + e^{x^2}$.

Or, pour tout x de $\mathbb{R}$, $1 + e^{x^2} > 0$, donc f est dérivable sur $\mathbb{R}$ et $f'(x) = \frac{u'(x)}{u(x)}$.

Puisque $u(x) = 1 + e^{x^2}$, $u'(x) = 2xe^{x^2}$.

Finalement, pour tout réel x, $f'(x) = \frac{2xe^{x^2}}{1 + e^{x^2}}$.

2. f est du type $\ln u$ avec $u(x) = x^2 + x + 1$.
Il faut déterminer sur quel intervalle $u(x) > 0$.
Cette inéquation du second degré se résout avec le discriminant, $\Delta = -3$.
Donc, $u(x)$ est du signe de $a = 1$ sur $\mathbb{R}$, c'est-à-dire strictement positif.

Ainsi, f est dérivable sur $\mathbb{R}$ et $f'(x) = \frac{u'(x)}{u(x)}$.

Finalement, pour tout réel x, $f'(x) = \frac{2x + 1}{x^2 + x + 1}$.

Vérifiez vos connaissances

1 Vrai-Faux

Indiquer pour chaque proposition si elle est vraie (V) ou fausse (F).

1. Pour $x \in]0\,;1[$, $\ln x < 0$. ☐ V ☐ F

2. Pour $x \in]0\,;+\infty[$, $\ln(e^x + x) = x + \ln x$. ☐ V ☐ F

3. L'équation $\ln x = -3$ n'a pas de solution dans $\mathbb{R}$. ☐ V ☐ F

4. Si $g(x) = \ln(x^2 + 1)$, alors $g'(x) = \dfrac{2x}{x^2+1}$. ☐ V ☐ F

2 QCM

Pour chaque question, une seule réponse proposée (A, B ou C) est exacte.

		A	B	C
1.	L'équation $\ln x = -7$ a pour solution	$-\dfrac{1}{7}$	e^7	e^{-7}
2.	f est définie sur $]0\,;+\infty[$ par $f(x) = x + 2 - 2\ln x$	f est croissante sur $]0\,;+\infty[$	$\lim\limits_{x\to 0} f(x) = 2$	la courbe de f admet une asymptote verticale
3.	$\ln 49 - \ln 7 + 3\ln 2$ est égal à :	$\ln 7 + \ln 8$	$\ln\left(\dfrac{7}{8}\right)$	$\ln 8$
4.	Si $f(x) = \ln(x^4 + x^2)$, alors, pour $x \neq 0$, $f'(x)$ est égale à :	$\dfrac{1}{x^4+x^2}$	$\dfrac{4}{x^4+x^2}$	$\dfrac{4x^2+2}{x^3+x}$
5.	Une équation de la tangente en $x = 2$ à la courbe d'équation $y = \ln\left(1 - \dfrac{1}{x}\right)$ est	$y = \dfrac{1}{2}x - 1 - \ln 2$	$y = \dfrac{1}{2}x - \ln 2$	$y = 2x - \ln 2$

Exercices d'application

3 Étudier une fonction

f est la fonction définie sur $]0\,;+\infty[$ par $f(x) = 5x + \ln x$.

1. Étudier les limites de f en 0 et en $+\infty$.

2. Déterminer l'expression de la dérivée f' de f.

3. Dresser le tableau de variation de f.

4. Tracer la courbe représentative de f à la calculatrice.

4 Réduire des expressions

Réduire les expressions littérales suivantes :

1. $A(x) = e^{2\ln x} - 5\ln(e^x)$

2. $B(x) = \ln(e^x + 1) - x$

3. $C(x) = \ln(e^{2x} - 1) - \ln(e^x + 1)$.

Rappel

- Pour tout x, $\ln(e^x) = x$.
- $e^{2x} = (e^x)^2$ et $a^2 - b^2 = (a - b)(a + b)$.

5 Simplifier des nombres

Simplifier au maximum les nombres suivants :

$A = 3\ln 5 - \ln 25 + \ln(5^2) + \ln 10$.

$B = \ln 6 + \ln 8 - \ln 3$.

6 Dérivées

Déterminer l'expression de la dérivée des fonctions ci-dessous :

1. $f(x) = x^3 \ln x$

2. $f(x) = \dfrac{x + 2\ln x}{x}$

3. $f(x) = \ln(1 + x^2)$

4. $f(x) = \ln(1 + e^x)$

5. $f(x) = \dfrac{1}{\ln x}$

6. $f(x) = \ln(5x^2 + x - 1)$.

Exercices d'entraînement

7 Comme au Bac

Cet exercice est un questionnaire à choix multiples. Par chaque question, indiquer la bonne réponse parmi **a**, **b**, **c** ou **d**. Justifier.

1. L'équation $\ln 5 + \ln(x + 1) = 1$ a pour solution :

a. $x = e - 6$ **b.** $x = -1$

c. $x = \frac{1}{5}e - 1$ **d.** $x = -0,5$

2. f est la fonction définie et dérivable sur l'intervalle $]0\,;+\infty[$ par $f(x) = 2\ln(x) - x$. Le nombre $f'(2)$ est égal à :

a. -1 **b.** 0 **c.** $2\ln 2 - 2$ **d.** $2\ln 2 - 1$

3. Le plus petit entier naturel n solution de l'inéquation $2^n > 175$ est :

a. $n = \ln\left(\frac{175}{2}\right)$ **b.** $n = 7$ **c.** $n = 8$ **d.** $n = \ln 175 - \ln 2$

8 Réduire une somme

u est la suite définie, pour tout $n \in \mathbb{N}^*$, par $u_n = \ln\left(\frac{n+1}{n}\right)$.

Pour tout entier $n \in \mathbb{N}^*$, $S_n = u_1 + u_2 + \ldots + u_n$.

1. Calculer S_1, S_2 et S_3.

2. Conjecturer une expression de S_n en fonction de n.

3. Calculer chacun des nombres ci-dessous :

- $A = S_{100}$
- $B = S_{199} - S_{99}$.

9 Étude d'une fonction à l'aide d'une fonction auxiliaire

Partie A

u est la fonction définie sur $]0\,;+\infty[$ par $u(x) = \ln x + x - 3$.

1. Justifier que la fonction u est strictement croissante sur l'intervalle $]0\,;+\infty[$.

2. Démontrer que l'équation $u(x) = 0$ admet une unique solution α comprise entre 2 et 3.

3. En déduire le signe de $u(x)$ en fonction de x.

Partie B

f est la fonction définie sur l'intervalle $]0\,;+\infty[$ par $f(x)=\left(1-\dfrac{1}{x}\right)(\ln x-2)+2$.

On note $\mathscr{C}$ la courbe représentative de la fonction f dans un repère orthogonal.

1. Déterminer la limite de la fonction f en 0.

2. a. Démontrer que, pour tout réel x de l'intervalle $]0\,;+\infty[$, $f'(x)=\dfrac{u(x)}{x^2}$ où u est la fonction définie dans la partie A.

b. En déduire le sens de variation de la fonction f sur l'intervalle $]0\,;+\infty[$.

Partie C

$\mathscr{C}'$ est la courbe d'équation $y=\ln x$.

Démontrer que, pour tout réel x de l'intervalle $]0\,;+\infty[$, $f(x)-\ln x=\dfrac{2-\ln x}{x}$.

En déduire que les courbes $\mathscr{C}$ et $\mathscr{C}'$ ont un seul point commun dont on déterminera les coordonnées.

10 Étude d'une fonction

f est la fonction représentée par la courbe $\mathscr{C}$ ci-dessous.

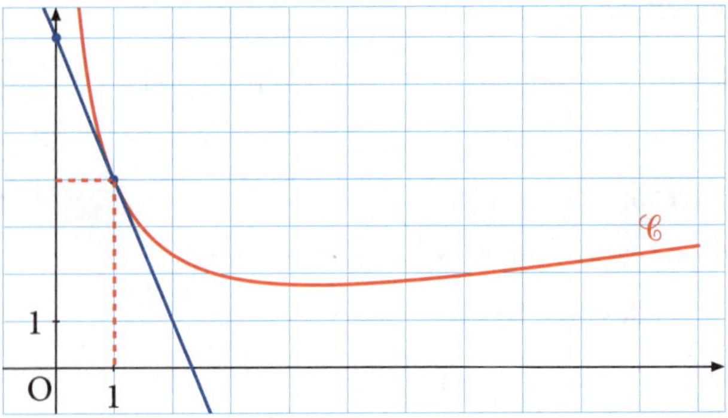

1. Conjecturer les limites de f aux bornes de l'intervalle $]0\,;+\infty[$, les variations sur $]0\,;+\infty[$ et l'équation de la tangente à $\mathscr{C}$ en $x=1$.

2. Sur $]0\,;+\infty[$, $f(x)=(\ln x)^2-3\ln x+4$.

Démontrer les conjectures précédentes.

Vérifiez vos connaissances

1 Vrai-Faux

1. Vrai **2.** Faux **3.** Faux **4.** Vrai

2 QCM

1. C **2.** C **3.** A **4.** C **5.** A

Exercices d'application

3 Étudier une fonction

1. $\lim\limits_{x \to 0} \ln x = -\infty$ et $\lim\limits_{x \to 0} 5x = 0$ donc $\lim\limits_{x \to 0} 5x + \ln x = -\infty$.

(Ainsi, la droite d'équation $x = 0$ (l'axe des ordonnées) est asymptote verticale à la courbe représentative de f.)

$\lim\limits_{x \to +\infty} \ln x = +\infty$ et $\lim\limits_{x \to +\infty} 5x = +\infty$ donc $\lim\limits_{x \to +\infty} 5x + \ln x = +\infty$.

2. Pour tout x de $]0\,;+\infty[$, $f'(x) = 5 + \dfrac{1}{x} = \dfrac{5x+1}{x}$.

3.

x	0		$+\infty$
$5x+1$	‖	$+$	
x	0	$+$	
$f'(x)$	‖	$+$	
$f(x)$	‖ $-\infty$	↗	$+\infty$

4.

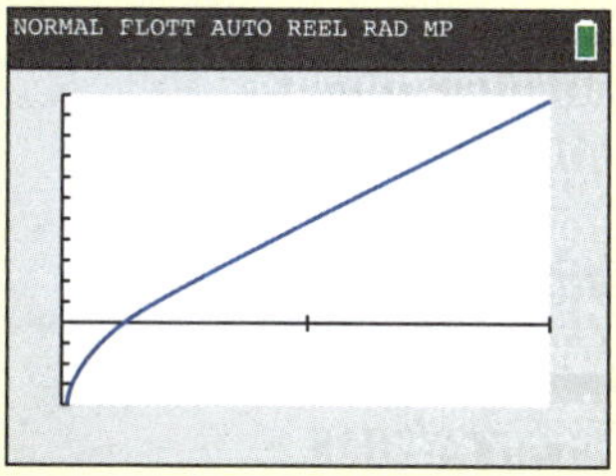

4 Réduire des expressions

1. $A(x) = e^{\ln(x^2)} - 5x = \boldsymbol{x^2 - 5x}$.

2. $B(x) = \ln(e^x + 1) + (-x) = \ln(e^x + 1) + \ln(e^{-x})$
$= \ln[(e^x + 1)(e^{-x})] = \mathbf{\ln(1 + e^{-x})}$.

3. $C(x) = \ln((e^x)^2 - (1)^2) - \ln(e^x + 1) = \ln\left(\dfrac{(e^x)^2 - (1)^2}{e^x + 1}\right)$
$= \ln\left(\dfrac{(e^x - 1) \times (e^x + 1)}{e^x + 1}\right) = \mathbf{\ln(e^x - 1)}$.

Rappel
Pour $X > 0$, $e^{\ln X} = X$.

Rappel
Pour tout réel X, $\ln(e^X) = X$.

5 Simplifier des nombres

$A = 3\ln 5 - \ln(5^2) + \ln(5^2) + \ln(5 \times 2)$

$A = 3\ln 5 + \ln 5 + \ln 2$

$A = 4\ln 5 + \ln 2$.

$B = \ln(2 \times 3) + \ln(2^3) - \ln 3$

$B = \ln 2 + \ln 3 + 3\ln 2 - \ln 3$

$B = 4\ln 2$.

6 Dérivées

1. $x^3 \ln(x)$ est de la forme $u \times v$, avec $u(x) = x^3$, donc $u'(x) = 3x^2$ et $v(x) = \ln x$, donc, $v'(x) = \dfrac{1}{x}$.

Ainsi, $(x^3 \ln x)' = 3x^2 \times \ln x + x^3 \times \dfrac{1}{x}$.

Finalement, $(x^3 \ln x)' = x^2(3 \ln x + 1)$.

Rappel
$(u \times v)' = u'v + uv'$.

2. $\dfrac{x + 2\ln x}{x}$ est de la forme $\dfrac{u}{v}$, avec $u(x) = x + 2\ln x$,

donc, $u'(x) = 1 + 2 \times \dfrac{1}{x} = 1 + \dfrac{2}{x}$ et $v(x) = x$, donc $v'(x) = 1$.

Ainsi, $\left(\dfrac{x + 2\ln x}{x}\right)' = \dfrac{\left(1 + \dfrac{2}{x}\right) \times x - (x + 2\ln x) \times 1}{x^2}$

$= \dfrac{x + 2 - x - 2\ln x}{x^2}$.

Finalement, $\left(\dfrac{x + 2\ln x}{x}\right)' = \dfrac{2(1 - \ln x)}{x^2}$.

Rappel
$\left(\dfrac{u}{v}\right)' = \dfrac{u'v - uv'}{v^2}$.

3. $\ln(1 + x^2)$ est de la forme $\ln u$ avec $u(x) = 1 + x^2$, donc $u'(x) = 2x$.

Ainsi, $\left(\ln(1+x^2)\right)' = \dfrac{2x}{1+x^2}$.

4. $\ln(1 + e^x)$ est de la forme $\ln u$ avec $u(x) = 1 + e^x$,
donc, $u'(x) = e^x$.

Ainsi, $\left(\ln(1+e^x)\right)' = \dfrac{e^x}{1+e^x}$.

5. $\dfrac{1}{\ln x}$ est de la forme $\dfrac{1}{u}$ avec $u(x) = \ln x$, donc $u'(x) = \dfrac{1}{x}$.

Ainsi, $\left(\dfrac{1}{\ln x}\right)' = -\dfrac{\frac{1}{x}}{(\ln x)^2} = -\dfrac{1}{x(\ln x)^2}$.

Rappel
$\left(\dfrac{1}{u}\right)' = -\dfrac{u'}{u^2}$.

6. $\ln(5x^2 + x - 1)$ est de la forme $\ln u$ avec $u(x) = 5x^2 + x - 1$, donc $u'(x) = 10x + 1$.

Ainsi, $\left(\ln(5x^2+x-1)\right)' = \dfrac{10x+1}{5x^2+x-1}$.

Exercices d'entraînement

7 Comme au Bac

1. L'équation $\ln 5 + \ln(x + 1) = 1$ a pour solution :

c. $x = \dfrac{1}{5}e - 1$

En effet, $\ln 5 + \ln(x + 1) = 1 \Leftrightarrow \ln(5(x + 1)) = \ln e \Leftrightarrow 5(x + 1) = e$

$\Leftrightarrow 5x + 5 = e \Leftrightarrow x = \dfrac{1}{5}e - 1$

2. f est la fonction définie et dérivable sur l'intervalle $]0\,;+\infty[$ par $f(x) = 2\ln(x) - x$.
Le nombre $f'(2)$ est égal à :

b. 0

En effet, $f(x) = 2\ln(x) - x$ donc $f'(x) = 2 \times \dfrac{1}{x} - 1$ donc $f'(2) = \dfrac{2}{2} - 1 = 0$.

3. Le plus petit entier naturel n solution de l'inéquation $2^n > 175$ est :

c. $n = 8$

En effet, $2^7 = 128 < 175$ et $2^8 = 256 > 175$.

On peut aussi tenir le raisonnement suivant :

$2^n > 175 \Leftrightarrow \ln(2^n) > \ln 175 \Leftrightarrow n \ln 2 > \ln 175 \Leftrightarrow n > \dfrac{\ln 175}{\ln 2}$ (car $\ln 2 > 0$)

Or $\dfrac{\ln 175}{\ln 2} \approx 7{,}45$, donc il faut prendre $n = 8$.

8 Réduire une somme

1. $S_1 = u_1 = \ln\left(\dfrac{1+1}{1}\right) = \mathbf{\ln 2}$.

$S_2 = u_1 + u_2 = \ln 2 + \ln\left(\dfrac{2+1}{2}\right) = \ln 2 + \ln \dfrac{3}{2} = \ln\left(2 \times \dfrac{3}{2}\right) = \mathbf{\ln 3}$.

$S_3 = u_1 + u_2 + u_3 = S_2 + u_3 = \ln 3 + \ln\left(\dfrac{3+1}{3}\right) = \ln 3 + \ln \dfrac{4}{3}$.

Ainsi, $S_3 = \ln\left(3 \times \dfrac{4}{3}\right) = \ln 4$.

2. On conjecture que, pour tout nombre entier naturel n non nul,

$S_n = \ln(n+1)$.

3. • $A = S_{100} = \ln(100 + 1) = \ln 101$

• $B = S_{199} - S_{99}$

$B = \ln(199 + 1) - \ln(99 + 1)$

$B = \ln 200 - \ln 100$

$B = \ln\left(\dfrac{200}{100}\right) = \ln 2$.

9 Étude d'une fonction à l'aide d'une fonction auxiliaire

Partie A

1. Les fonctions $x \mapsto \ln x$ et $x \mapsto x - 3$ sont strictement croissantes sur l'intervalle $]0\,; +\infty[$ donc leur somme $\boldsymbol{u}$ **est strictement croissante sur l'intervalle** $\mathbf{]0\,; +\infty[}$.

2. • $\lim\limits_{x \to 0^+} \ln x = -\infty$ et $\lim\limits_{x \to 0} x - 3 = -3$ donc $\lim\limits_{x \to 0} u(x) = -\infty$

$\lim\limits_{x \to +\infty} \ln x = +\infty$ et $\lim\limits_{x \to +\infty} x - 3 = +\infty$ donc $\lim\limits_{x \to +\infty} u(x) = +\infty$

La fonction u est continue et strictement croissante sur $]0 ; +\infty[$, $\lim\limits_{x \to 0} u(x) = -\infty$ et $\lim\limits_{x \to +\infty} u(x) = +\infty$ donc d'après le théorème des valeurs intermédiaires l'équation **$u(x) = 0$ admet une unique solution α.**

• $u(2) = \ln 2 - 1$ donc $u(2) < 0$ et $u(3) = \ln 3$ donc $u(3) > 0$. Ainsi, $0 \in [u(2) ; u(3)]$ et comme la fonction u est continue et strictement croissante sur $[2 ; 3]$, on en déduit d'après le théorème des valeurs intermédiaires qu'il existe un unique $\alpha \in]2 ; 3[$ tel que $u(\alpha) = 0$.

L'équation $u(x) = 0$ admet une unique solution α comprise entre 2 et 3 .

On pouvait aussi démontrer que la fonction u s'annulait une seule fois sur $[2; 3]$ mais il fallait ensuite justifier qu'elle ne s'annulait ni sur $]-\infty; 2[$ ni sur $]3; +\infty[$.

3. La fonction u est continue et strictement croissante sur $]0 ; +\infty[$, $u(\alpha) = 0$ donc si $x < \alpha$ alors $u(x) < 0$, si $x > \alpha$ alors $u(x) > 0$.

Tableau de signe

x		α	
$u(x)$	$-$	0	$+$

Partie B

1. $\lim\limits_{x \to 0^+} \ln x = -\infty$ et $\lim\limits_{x \to 0^+} \left(1 - \frac{1}{x}\right) = -\infty$ donc $\lim\limits_{x \to 0^+} f(x) = +\infty$

2. On pose $\begin{cases} u(x) = 1 - \dfrac{1}{x} \\ v(x) = \ln x - 2 \end{cases}$

donc $\begin{cases} u'(x) = \dfrac{1}{x^2} \\ v'(x) = \dfrac{1}{x} \end{cases}$ donc $f'(x) = \dfrac{1}{x^2}(\ln x - 2) + \left(1 - \dfrac{1}{x}\right) \times \dfrac{1}{x}$

$$f'(x) = \frac{\ln x - 2}{x^2} + \frac{x - 1}{x^2} = \frac{\ln x + x - 3}{x^2}.$$

Donc, pour tout réel x l'intervalle $]0; +\infty[$,

$$f'(x) = \frac{u(x)}{x^2}\ .$$

b. Pour tout réel x de l'intervalle $]0\,;+\infty[$, le dénominateur de $f'(x)$ est strictement positif donc $f'(x)$ est du signe de $u(x)$.

x	0		α		$+\infty$
$u(x)$	‖	$-$	0	$+$	
$f(x)$	‖ $+\infty$	↘	$f(\alpha)$	↗	

Partie C

1. • Pour tout réel x de l'intervalle $]0\,;+\infty[$, $f(x)=\ln x-2-\dfrac{\ln x-2}{x}+2=\ln x+\dfrac{2-\ln x}{x}$

donc $f(x)-\ln x=\dfrac{2-\ln x}{x}$.

• Chercher les points d'intersection des courbes $\mathscr{C}$ et $\mathscr{C}'$ revient à résoudre $f(x)-\ln x=0$ soit $2-\ln x=0$

$\ln x-2=0 \Leftrightarrow \ln x=2 \Leftrightarrow x=e^2$.

Les courbes $\mathscr{C}$ et $\mathscr{C}'$ ont un seul point commun de coordonnées $(e^2\,;2)$.

10 Étude d'une fonction

1. On peut conjecturer que $\lim\limits_{\substack{x\to 0\\ x>0}} f(x)=+\infty$ et $\lim\limits_{x\to+\infty} f(x)=+\infty$.

De plus, f semble être **décroissante puis croissante**.

On note T la tangente à $\mathscr{C}$ en 1.

$A(0\,;7)\in T$ et $B(1\,;4)\in T$ donc le cœfficient directeur de T est :

$a=\dfrac{y_B-y_A}{x_B-x_A}=\dfrac{4-7}{1-0}=-3$.

Ainsi, T a pour équation $y=-3x+b$.

De plus, $A(0\,;7)\in T$, donc $7=-3\times 0+b$ d'où $b=7$.

Finalement, l'équation de la tangente T est $\boldsymbol{y=-3x+7}$.

2. Pour tout réel $x>0$, $f(x)=\ln x(\ln x-3)+4$.

• $\lim\limits_{\substack{x\to 0\\ x>0}} \ln x=-\infty$ et $\lim\limits_{\substack{x\to 0\\ x>0}}(\ln x-3)=-\infty$.

Ainsi, $\lim\limits_{\substack{x\to 0\\ x>0}} f(x)=+\infty$.

• $\lim\limits_{x \to +\infty} \ln x = +\infty$ et $\lim\limits_{x \to +\infty} (\ln x - 3) = +\infty$.

Ainsi, $\lim\limits_{x \to +\infty} f(x) = +\infty$.

Puis, $f(x) = (\ln x)^2 - 3\ln x + 4$.

Donc, $f'(x) = 2 \times \dfrac{1}{x} \times \ln x - 3 \times \dfrac{1}{x} = \dfrac{2\ln x - 3}{x}$.

Comme $x > 0$, $f'(x)$ a le même signe que $2\ln x - 3$.

$2\ln x - 3 > 0 \Leftrightarrow \ln x > \dfrac{3}{2} \Leftrightarrow x > e^{\frac{3}{2}}$.

Rappel

$(u^2)' = 2u'u$.

Rappel

Pour étudier le signe de A(x), on peut résoudre une seule inéquation A(x) > 0 puis conclure par contraposée.

Tableau de variation de *f* sur]0 ; + ∞[

x	0		$e^{\frac{3}{2}}$		$+\infty$
$f'(x)$	‖	$-$	0	$+$	
$f(x)$	‖ $+\infty$	↘	$\frac{7}{4}$	↗	$+\infty$

$$f\left(e^{\frac{3}{2}}\right) = \left(\ln e^{\frac{3}{2}}\right)^2 - 3\ln\left(e^{\frac{3}{2}}\right) + 4$$
$$= \left(\frac{3}{2}\right)^2 - 3\left(\frac{3}{2}\right) + 4 = \frac{7}{4}.$$

Remarque : le minimum de *f* sur]0 ; + ∞[est positif donc, pour tout réel $x \in\ ]0\,;+\infty[$, $f(x) > 0$.

• $f(1) = (\ln 1)^2 - 3\ln 1 + 4 = 4$

et $f'(1) = \dfrac{2\ln 1 - 3}{1} = -3$.

Donc la tangente à $\mathscr{C}$ en 1 a pour équation :

$y = f'(1)\,(x - 1) + f(1)$ soit $y = -3(x - 1) + 4$ donc $y = -3x + 7$.

CHAPITRE

5 Fonctions convexes

1 Fonction convexe sur un intervalle

1 Fonction convexe, fonction concave

• **Définitions**

f est une fonction définie sur un intervalle I de $\mathbb{R}$ et $\mathscr{C}$ est la courbe représentative de f dans un repère.

• La **fonction** f est **convexe** sur I lorsque, sur I, la courbe $\mathscr{C}$ est située au-dessus de chacune de ses tangentes.

• La **fonction** f est **concave** sur I lorsque, sur I, la courbe $\mathscr{C}$ est située au-dessous de chacune de ses tangentes.

Exemples :

La fonction $x \mapsto x^2$ est convexe sur $\mathbb{R}$. La fonction $x \mapsto \sqrt{x}$ est concave sur $[0\,;+\infty[$.

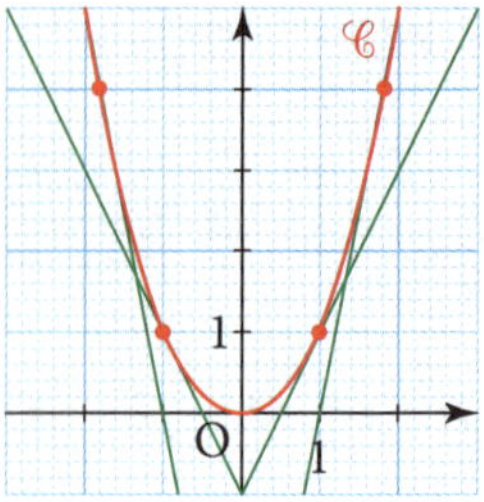

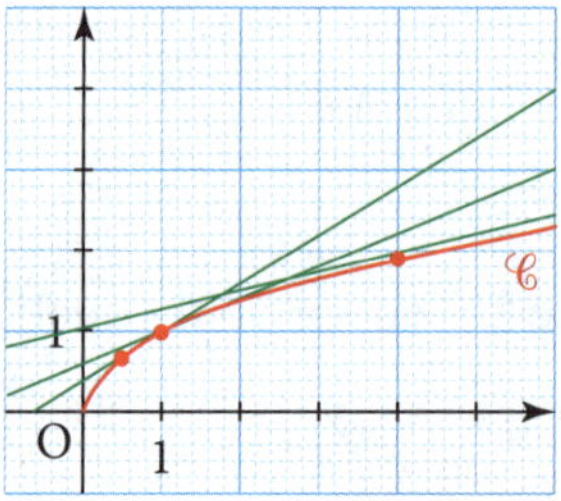

Comprendre graphiquement la convexité

2 Convexité et sens de variation

• **Propriétés**

f est une fonction dérivable sur un intervalle I.

• f est convexe sur I si, et seulement si, f' est croissante sur I.

• f est concave sur I si, et seulement si, f' est décroissante sur I.

EXERCICES RÉSOLUS

Lire la convexité ou la concavité d'une fonction sur sa courbe

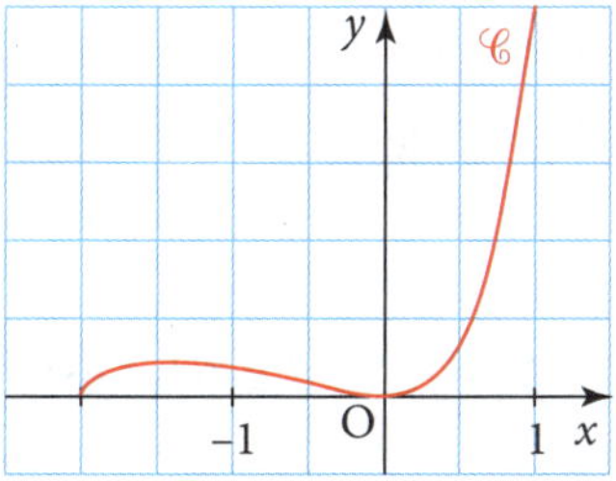

ÉNONCÉ

La courbe $\mathscr{C}$ ci-contre représente une fonction f définie sur $I = [-2 ; 1]$.

Lire les intervalles sur lesquels :

- f est convexe
- f est concave.

CORRIGÉ

On lit sur le graphique que :

- la courbe $\mathscr{C}$ est située au-dessus de ses tangentes sur l'intervalle $[0 ; 1]$. Donc f est convexe sur $[0 ; 1]$.
- la courbe $\mathscr{C}$ est située au-dessous de ses tangentes sur l'intervalle $[-2 ; 0]$. Donc f est concave sur $[-2 ; 0]$.

Remarque
Visualiser mentalement quelques tangentes à la courbe $\mathscr{C}$.

Utiliser le sens de variation de la dérivée

ÉNONCÉ

f est la fonction définie sur $\mathbb{R}$ par $f(x) = 3x^2 - 4x - 1$. g est la fonction définie sur $]0 ; +\infty[$ par $g(x) = \ln x$. Étudier la convexité des fonctions f et g.

CORRIGÉ

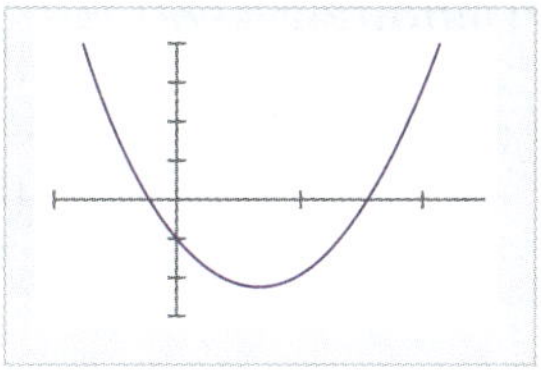

- Pour f : Pour tout x de $\mathbb{R}$, $f'(x) = 6x - 4$. Or la fonction affine $x \mapsto 6x - 4$ est croissante sur $\mathbb{R}$ (car $a = 6 > 0$), donc la fonction f est convexe sur $\mathbb{R}$.
- Pour g : Pour tout x de $]0 ; +\infty[$, $g'(x) = \dfrac{1}{x}$.

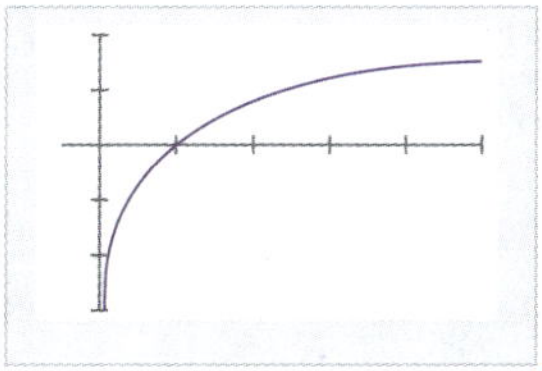

Or, la fonction inverse $x \mapsto \dfrac{1}{x}$ est décroissante sur $]0 ; +\infty[$, donc la fonction g est concave sur $]0 ; +\infty[$.

2 Dérivée seconde et point d'inflexion

1 Dérivée seconde et convexité

Définitions

f est une fonction dérivable sur un intervalle I.

- On dit qu'une **fonction f est deux fois dérivable** sur I lorsque sa dérivée f' est dérivable sur I.
- La dérivée de f' est notée f'' et elle est appelée **dérivée seconde** de f.

Propriétés

f est une fonction deux fois dérivable sur un intervalle I.

- f est convexe sur I si, et seulement si, pour tout x de $\mathbb{R}$, $f''(x) \geqslant 0$.
- f est concave sur I si, et seulement si, pour tout x de $\mathbb{R}$, $f''(x) \leqslant 0$.

Exemple :

f est la fonction définie sur $\mathbb{R}$ par $f(x) = x^3$. Ainsi $f'(x) = 3x^2$ et $f''(x) = 6x$.

$f''(x) = 6x$, donc pour $x \in [0\,; +\infty[$, $f''(x) \geqslant 0$.

La fonction $f : x \mapsto x^3$ est convexe sur $[0\,; +\infty[$.

2 Point d'inflexion

Dans ce paragraphe, f est une fonction deux fois dérivable sur un intervalle I, $a \in$ I et $\mathscr{C}$ est la courbe représentative de f dans un repère.

Définition

- Dire que le point A$(a\,; f(a))$ est un **point d'inflexion** de $\mathscr{C}$ signifie qu'au point A, la courbe $\mathscr{C}$ traverse sa tangente.

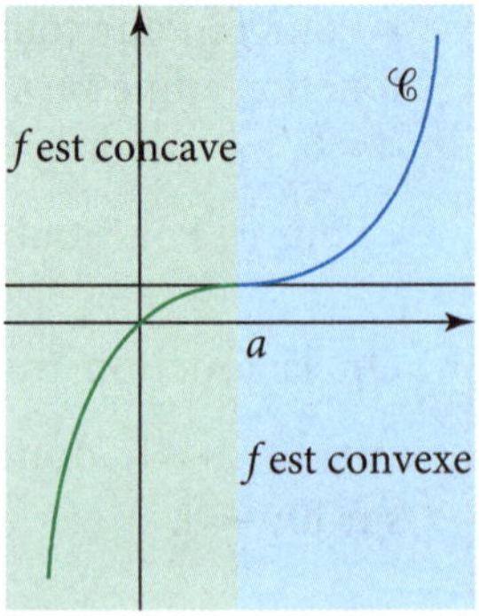

Remarque : Lorsque A$(a\,; f(a))$ est un point d'inflexion, f passe, en a, de convexe à concave ou de concave à convexe.

Propriété

A$(a\,; f(a))$ est un point d'inflexion de $\mathscr{C}$ si, et seulement si, $f''(a)$ s'annule en changeant de signe.

EXERCICES RÉSOLUS

Déterminer l'expression d'une dérivée seconde

ÉNONCÉ

Déterminer la dérivée seconde de la fonction g définie sur $\mathbb{R}$ par :
$g(x) = 2\,e^{x^2+1}$.

CORRIGÉ

Comprendre à l'aide d'un autre exemple

Pour tout x de $\mathbb{R}$,
$g(x) = 2e^{u(x)}$ avec $u(x) = x^2 + 1$,
donc $u'(x) = 2x$.
Ainsi, $g'(x) = 2u'(x)\,e^{u(x)} = 4x\,e^{x^2+1}$
Donc, $g'(x) = v(x)\,e^{u(x)}$ (avec $v(x) = 4x$) et
$g''(x) = v'(x)\,e^{u(x)} + v(x)(e^{u(x)})' = 4\,e^{x^2+1} + 4x \times 2xe^{x^2+1}$.
Finalement, $g''(x) = 4(1 + 2x^2)\,e^{x^2+1}$.

Réflexe à avoir
On applique les formules de dérivation (à connaître par cœur) vues dans les chapitres précédents.

Déterminer un point d'inflexion

ÉNONCÉ

f est la fonction définie sur $\mathbb{R}$ pour $f(x) = x^3 + 6x^2 + 12x - 5$.
On note $\mathscr{C}$ sa courbe représentative dans un repère.
Démontrer que la courbe $\mathscr{C}$ possède un point d'inflexion. Préciser ses coordonnées.

CORRIGÉ

Pour tout x de $\mathbb{R}$, $f'(x) = 3x^2 + 12x + 12$ et $f''(x) = 6x + 12$.
$f''(x) = 0$ si, et seulement si, $6x + 12 = 0$ soit $x = -2$.
Il se peut que $\mathscr{C}$ ait un point d'inflexion en $x = -2$.
On étudie le signe de $f''(x)$ pour le savoir.

x	$-\infty$		-2		$+\infty$
$f''(x) = 6x + 12$		$-$	0	$+$	

Ainsi, $f''(x) \leqslant 0$ sur $]-\infty\,;-2]$, donc f est concave sur $]-\infty\,;-2]$ et $f''(x) \geqslant 0$ sur $[-2\,;+\infty[$ donc f est convexe sur $[-2\,;+\infty[$.
Finalement, $\mathscr{C}$ possède un point d'inflexion A$(-2\,;-13)$ (car $f(-2) = -13$).

Savoir lire la convexité ou un point d'inflexion sur une courbe

ÉNONCÉ

f est la fonction définie sur [–5 ; 3] et représentée par la courbe $\mathscr{C}$ dans le repère ci-contre.

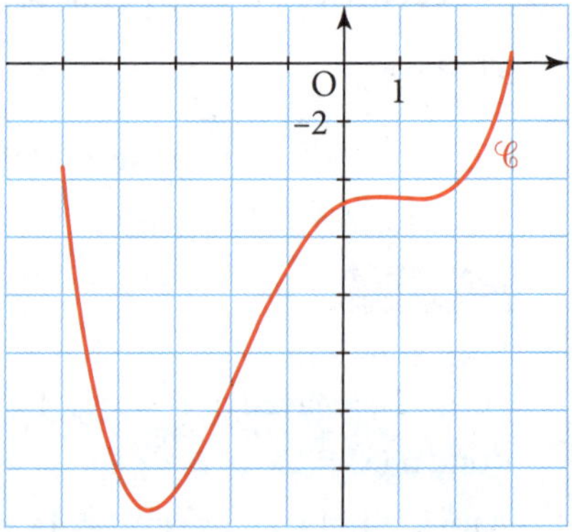

a. Préciser sur quel intervalle la fonction *f* est :

• convexe • concave.

b. La courbe $\mathscr{C}$ possède-t-elle des points d'inflexion ? Si oui, préciser leurs coordonnées approximatives.

MÉTHODE

• Revoir la définition de la convexité et de la concavité d'une fonction ; et la définition d'un point d'inflexion.

• Tracer mentalement quelques tangentes à la courbe $\mathscr{C}$ afin de lire les différentes informations selon l'intervalle.

CORRIGÉ

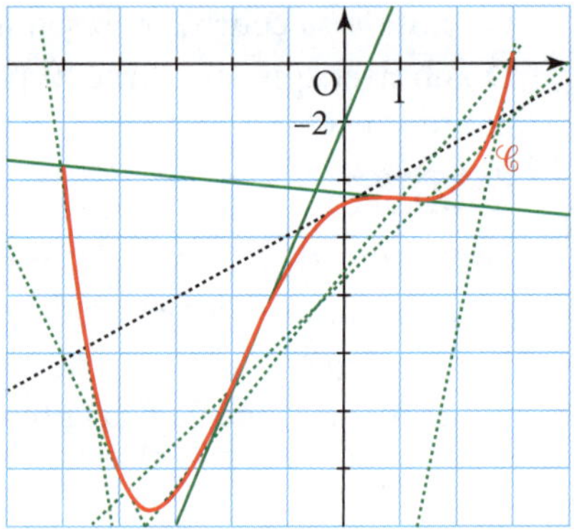

a. On lit, grâce aux tangentes tracées en vert, que :

f est convexe sur les intervalles [–5 ; –2] et [1 ; 3].

On lit, grâce à la tangente tracée en noir, que :

f est concave sur l'intervalle [–2 ; 1].

b. On lit, grâce aux tangentes tracées et à ce qui précède que $\mathscr{C}$ possède deux points d'inflexion :

A(–2 ; –11) et B(1 ; –4,7) (car $f(1) \simeq -4,7$).

Savoir déduire la convexité des variations de la dérivée

ÉNONCÉ

f et g sont les fonctions définies sur I par :
$f(x) = -5x\ln x + 1 + 5x$, $I =]0\,;+\infty[$
$g(x) = -3\ln x + 4$, $I =]0\,;+\infty[$.
Étudier la convexité des fonctions f et g sur I.

MÉTHODE

- Déterminer l'expression de la dérivée de la fonction f.
- Déterminer les variations de la fonction dérivée f' de f sur I, en utilisant par exemple, les fonctions usuelles ($x \mapsto x^2$; $x \mapsto x^3$; $x \mapsto \frac{1}{x}$; $x \mapsto e^x$; $x \mapsto \ln x$).
- En déduire la convexité ou la concavité de f grâce à la propriété du paragraphe 1.2.

Réflexe à avoir

Étudier la convexité d'une fonction, c'est indiquer sur quel intervalle elle est convexe ou concave.

CORRIGÉ

- Pour tout x de $]0\,;+\infty[$,
$f'(x) = (-5x)'\ln x - 5x(\ln x)' + (1 + 5x)'$
$f'(x) = -5\ln x - 5x \times \frac{1}{x} + 5 = -5\ln x - 5 + 5 = -5\ln x$.

Or la fonction $x \mapsto \ln x$ est croissante sur $]0\,;+\infty[$, donc la fonction $f' : x \mapsto -5\ln x$ est décroissante sur $]0\,;+\infty[$.
Ainsi, la fonction f est concave sur $]0\,;+\infty[$.

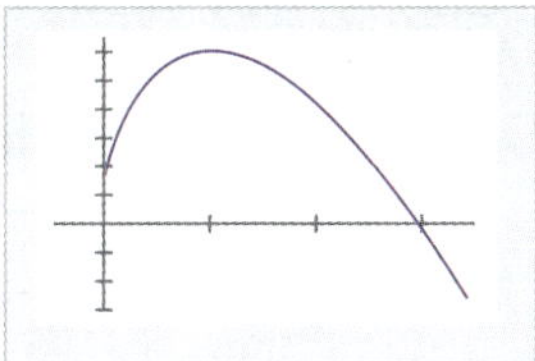

- Pour tout x de $]0\,;+\infty[$, $g'(x) = -\frac{3}{x}$.

Or la fonction $x \mapsto \frac{1}{x}$ est décroissante sur $]0\,;+\infty[$,
donc la fonction $g' : x \mapsto -\frac{3}{x}$ est croissante sur $]0\,;+\infty[$
Ainsi, la fonction g est convexe sur $]0\,;+\infty[$.

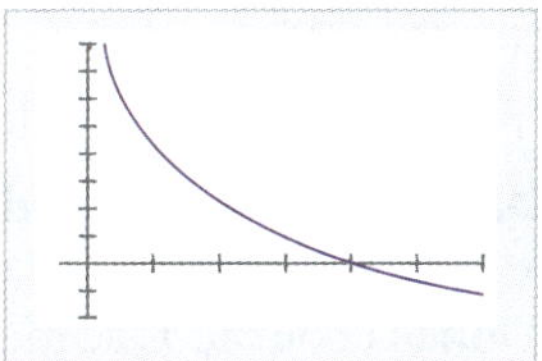

Remarque : Même si cela n'est pas demandé, penser à vérifier la cohérence des résultats à la calculatrice.

Savoir utiliser la dérivée seconde

ÉNONCÉ

f est la fonction définie sur $\mathbb{R}$ par $f(x) = x^4 + 2x^3 - 36x^2 + 48x - 12$.

a. Étudier la convexité de f sur $\mathbb{R}$.

b. La courbe $\mathscr{C}$ représentative de f dans un repère admet-elle des points d'inflexion ? Si oui, préciser leurs coordonnées.

MÉTHODE

- Utiliser les formules de dérivation vues dans les chapitres précédents afin de déterminer la dérivée f' de f; puis sa dérivée seconde f''.
- Étudier le signe de $f''(x)$ afin d'en déduire la convexité ou la concavité de f grâce à la propriété du paragraphe 2.1.
- Utiliser la propriété du paragraphe 2.2 pour étudier l'existence d'éventuels points d'inflexion.

CORRIGÉ

a. Pour tout x de $\mathbb{R}$, $f'(x) = 4x^3 + 6x^2 - 72x + 48$ et $f''(x) = 12x^2 + 12x - 72$.
On étudie le signe de $f''(x)$ grâce au discriminant.
$\Delta = 12^2 - 4 \times 12 \times (-72) = 3\,600 > 0$
Donc l'équation $f''(x) = 0$ admet deux solutions :

$$x_1 = \frac{-12 - \sqrt{3\,600}}{2 \times 12} = -3 \text{ et } x_2 = \frac{-12 + \sqrt{3\,600}}{2 \times 12} = 2$$

On en déduit le signe de $f''(x)$.

x	$-\infty$		-3		2		$+\infty$
signe de $f''(x)$		+	0	−	0	+	

Ainsi, $f''(x) \geqslant 0$ sur $]-\infty\,; -3] \cup [2\,; +\infty[$, donc f est convexe sur $]-\infty\,; -3] \cup [2\,; +\infty[$ et $f''(x) \leqslant 0$ sur $[-3\,; 2]$, donc f est concave sur $[-3\,; 2]$.

b. Grâce au tableau ci-dessus, on sait que $f''(x) = 0$ en changeant de signe lorsque $x = -3$ et lorsque $x = 2$. Or $f(-3) = -453$ et $f(2) = -28$.
Donc la courbe $\mathscr{C}$ admet deux points d'inflexion : A$(-3\,; -453)$ et B$(2\,; -28)$.

Comprendre à l'aide d'autres exemples

Vérifiez vos connaissances

1 Vrai-Faux

Indiquer pour chaque proposition si elle est vraie (V) ou fausse (F).

1. Une fonction dont la courbe est située au-dessous de toutes ses tangentes est convexe. ☐ V ☐ F

2. On sait que $f' : x \mapsto f'(x)$ est croissante sur $[-1 ; 3]$.
On peut en déduire que f est convexe sur $[-1 ; 3]$. ☐ V ☐ F

3. La fonction exponentielle $x \mapsto e^x$ est concave sur $\mathbb{R}$. ☐ V ☐ F

4. La fonction logarithme népérien $x \mapsto \ln x$ est concave sur $]0 ; +\infty[$. ☐ V ☐ F

5. f est la fonction définie sur $\mathbb{R}$ par $f(x) = 5x^2 - 10x + 1$.
La dérivée seconde de f est la fonction g définie sur $\mathbb{R}$ par $g(x) = 10x$. ☐ V ☐ F

6. Si $g''(a) = 0$ alors la courbe $\mathscr{C}$ de g admet toujours le point $A(a ; g(a))$ comme point d'inflexion. ☐ V ☐ F

2 QCM

Pour chaque question, une seule réponse proposée (A, B ou C) est exacte.

		A	B	C
1.	La fonction définie sur $\mathbb{R}$ par : $x \mapsto x^2 - 2x + 3$ est :	convexe sur $]-\infty ; 1]$ et concave sur $[1 ; +\infty[$	concave sur $]-\infty ; 1]$ et convexe sur $[1 ; +\infty[$	convexe sur $\mathbb{R}$
2.	La fonction usuelle indiquée est convexe sur $\mathbb{R}$.	$x \mapsto x^2$	$x \mapsto \frac{1}{x}$	$x \mapsto x^3$
3.	La courbe de la fonction usuelle indiquée possède un point d'inflexion	$x \mapsto x^2$	$x \mapsto \frac{1}{x}$	$x \mapsto x^3$
4.	Pour tout x de $\mathbb{R}$, on donne $f''(x) = 2x - 3$. On en déduit que :	f est convexe sur $\mathbb{R}$	f est concave sur $\left]-\infty ; \frac{3}{2}\right]$	f est convexe sur $\left]-\infty ; \frac{3}{2}\right]$
5.	La courbe $\mathscr{C}$ de la fonction f ci-dessus possède :	aucun point d'inflexion	un seul point d'inflexion	deux points d'inflexion

Exercices d'application

3 Lecture graphique

f est une fonction définie sur $[-1 ; 3]$.
La courbe $\mathscr{C}$ représentative de f a été tracée dans le repère ci-contre.

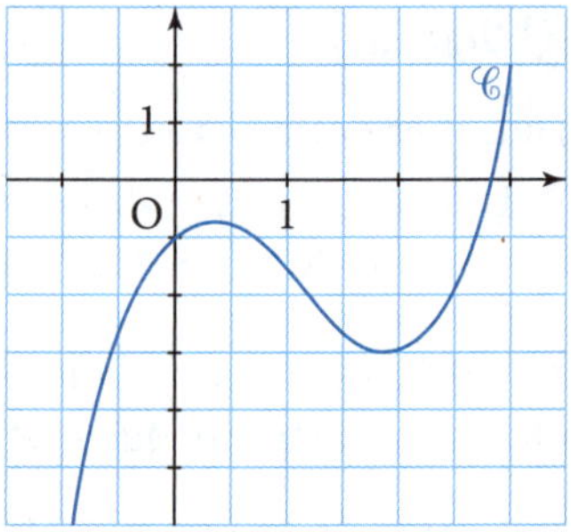

Indiquer, par lecture graphique :

a. l'intervalle sur lequel f est convexe.

b. l'intervalle sur lequel f est concave.

c. les coordonnées du point d'inflexion de $\mathscr{C}$.

4 Allure d'une courbe

Dessiner à main levée la courbe $\mathscr{C}$, représentative d'une fonction f, telle que :

- f est définie sur $[-4 ; 4]$.
- f est convexe sur $[-1 ; 2]$ et concave sur $[-4 ;-1] \cup [2 ; 4]$.
- $A(-1 ; 2)$ et $B\left(2 ; -\frac{1}{2}\right)$ sont deux points d'inflexion de la courbe $\mathscr{C}$.

5 Tableau de variation de f'

f est une fonction dérivable sur $[-10 ; 10]$.

Le tableau de variation de sa dérivée f' est donné ci-dessous.

x	− 10	− 5	2	3	10
$f'(x)$	↘	−1 ↗	3 ↘	−4 ↗	

Étudier la convexité de f sur $[-10 ; 10]$.

6 Courbe représentative de f'

f est une fonction dérivable sur $[-6 ; 5]$.
La courbe $\mathscr{C}_{f'}$ représentée ci-contre est celle de la dérivée f' de f.
Étudier la convexité de f sur $[-6 ; 5]$.

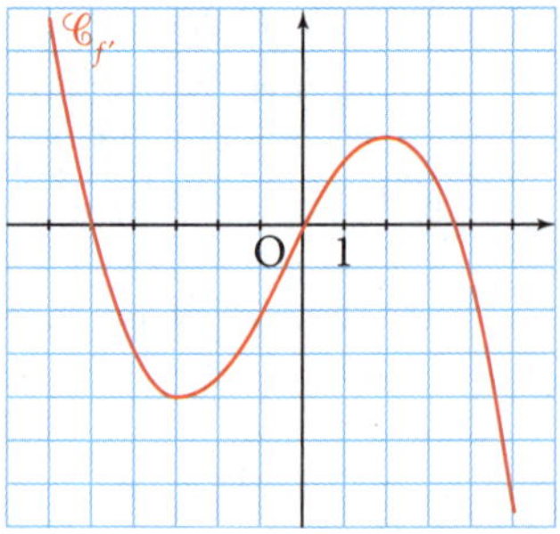

7 Tableau de signes de $f''(x)$

f est une fonction deux fois dérivable sur $\mathbb{R}$.
Le tableau de signes de la dérivée seconde $f''(x)$ est donné ci-dessous.

x	$-\infty$		-2		1		$+\infty$
$f''(x)$		$+$	0	$-$	0	$+$	

a. Étudier la convexité de f sur $[-5\,;\,5]$.

b. La courbe représentative $\mathscr{C}$ de f possède-t-elle des points d'inflexion ?

8 Calculs de dérivées secondes

Déterminer les dérivées secondes sur I des fonctions suivantes.

a. $f(x) = 7x^5 - x^3 + 2x - 1$, $\mathrm{I} = \mathbb{R}$

b. $f(x) = 4\,\mathrm{e}^{x^2-1}$, $\mathrm{I} = \mathbb{R}$

c. $f(x) = \ln(2x - 3)$, $\mathrm{I} = \left]\dfrac{3}{2}\,;+\infty\right[$

d. $f(x) = (4x - 5)^2$, $\mathrm{I} = \mathbb{R}$.

Exercices d'entraînement

9 Utilisation de la convexité

f est la fonction deux fois dérivables sur $]0\,;+\infty[$ définie par :

$f(x) = -1 + 2x + x^2\ln x$.

$\mathscr{C}$ est la courbe représentative de f dans un repère.

1. a. Déterminer $f''(x)$.

b. Étudier le signe de $f''(x)$; en déduire la convexité de f suivant les valeurs de x.

2. Déterminer une équation de la tangente à $\mathscr{C}$ au point d'abscisse 1.

3. Démontrer que, pour tout x de $\left[\mathrm{e}^{-\frac{3}{2}}\,;+\infty\right[$, $f(x) \geqslant 3x - 2$.

10 Courbes de *f'* et de *f''*

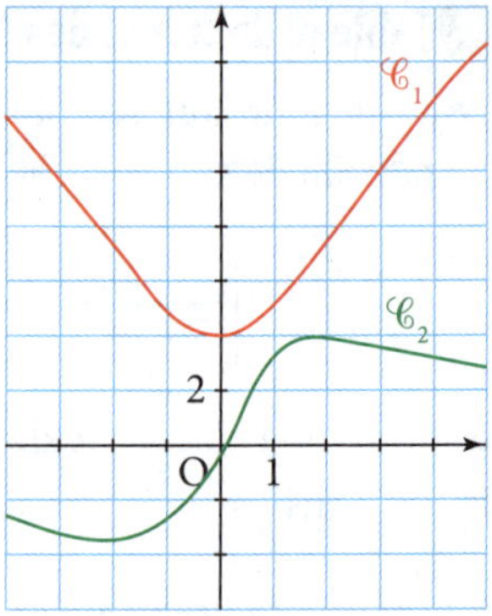

f est une fonction deux fois dérivable et définie sur [–4 ; 5].

Les courbes ci-contre sont celles de sa dérivée *f'* et de sa dérivée seconde *f''*.

1. À quelle courbe correspond *f'* ? *f''* ?

2. a. Étudier la convexité de *f*.

b. La courbe $\mathscr{C}$ représentative de *f* possède-t-elle des points d'inflexion ?

11 Avec un calcul formel

f est la fonction définie et dérivable sur l'intervalle [–10 ; 5] par : $f(x) = (x - 5)e^{0,2x} + 5$.

On note $\mathscr{C}$ la courbe représentative de *f* dans un repère.

1. On note *f'* la fonction dérivée de *f* sur l'intervalle [–10 ; 5].

a. Montrer que $f'(x) = 0,2xe^{0,2x}$.

b. Dresser le tableau de variation de la fonction *f* sur l'intervalle [–10 ; 5].

c. Déterminer la valeur exacte du coefficient directeur de la tangente T à $\mathscr{C}$ au point A d'abscisse –5.

2. Un logiciel de calcul formel donne les résultats suivants :

1.	g(x) = 0,2x * exp(0,2x) $\rightarrow g(x) = \frac{1}{5}xe^{\frac{1}{5}x}$
2.	Dérivée $g'(x) = \frac{1}{25}xe^{\frac{1}{5}x} + \frac{1}{5}e^{\frac{1}{5}x}$

a. En utilisant ces résultats, justifier que la dérivée seconde de *f*, notée *f''*, est définie par $f''(x) = (0,2 + 0,04x)e^{0,2x}$.

b. Étudier la convexité de la fonction *f* sur l'intervalle [–10 ; 5].

c. Déterminer les coordonnées exactes du point d'inflexion de $\mathscr{C}$.

12 Savoir lire beaucoup d'informations

Dans le repère ci-dessous, on note $\mathcal{C}_f$ la courbe représentative d'une fonction f définie sur l'intervalle $[-10 ; 2]$. On a placé les points A(0 ; 2), B(2 ; 0) et C(–2 ; 0).

On dispose des renseignements suivants :

- Le point B appartient à la courbe $\mathcal{C}_f$.
- La droite (AC) est tangente en A à la courbe $\mathcal{C}_f$.
- La tangente à la courbe $\mathcal{C}_f$ au point d'abscisse 1 est une droite horizontale.

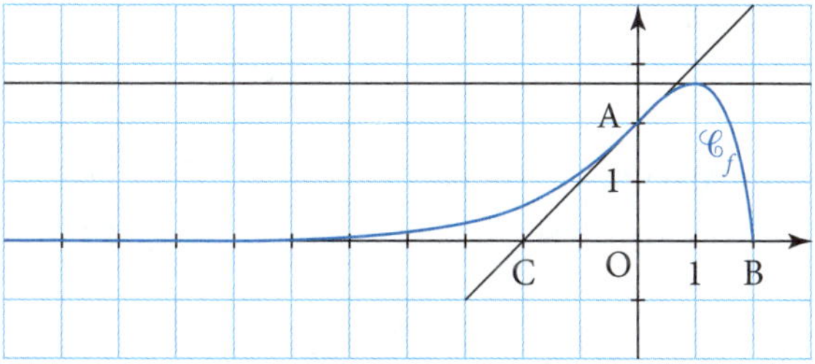

Répondre aux questions suivantes par lecture graphique.

1. Indiquer les valeurs de $f(0)$ et de $f(2)$.

2. Indiquer la valeur de $f'(1)$.

3. Donner une équation de la tangente à la courbe $\mathcal{C}_f$ au point A.

4. Indiquer le nombre de solutions de l'équation $f(x) = 1$ dans l'intervalle $[-10 ; 2]$.

5. Déterminer l'intervalle sur lequel la fonction f est convexe, et celui sur lequel elle est concave.

6. S'il existe, déterminer les coordonnées d'un point d'inflexion de la courbe $\mathcal{C}_f$.

Vérifiez vos connaissances

1 Vrai-Faux

1. Faux **2.** Vrai **3.** Faux **4.** Vrai **5.** Faux **6.** Faux

2 QCM

1. C **2.** A **3.** C **4.** B **5.** B

Exercices d'application

3 Lecture graphique

a. $\mathscr{C}$ est située au-dessus de ses tangentes sur [1 ; 3], donc f est convexe sur [1 ; 3].

b. $\mathscr{C}$ est située au-dessous de ses tangentes sur [–1 ; 1], donc f est concave sur [–1 ; 1].

c. Le point d'inflexion a pour coordonnées (1 ; –1,5).

4 Allure d'une courbe

Le dessin est réalisé à main levée.
Il y a plusieurs courbes possibles.

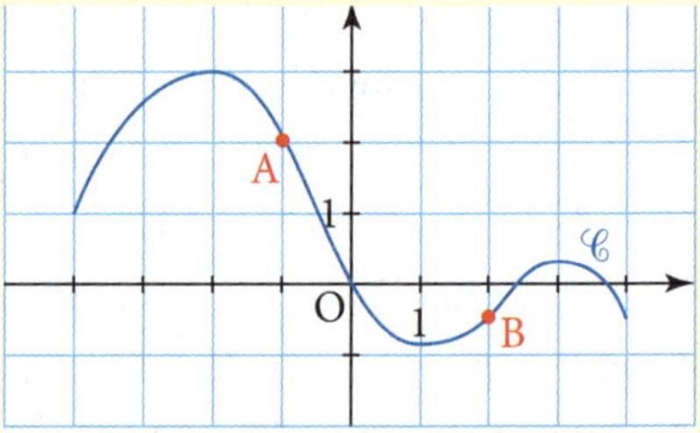

5 Tableau de variation de f'

La fonction dérivée f' de f est :

• croissante sur [–5 ; 2] ∪ [3 ; 10], on en déduit que la fonction f est convexe sur [–5 ; 2] ∪ [3 ; 10].

• décroissante sur [–10 ;–5] ∪ [2 ; 3], on en déduit que la fonction f est concave sur [–10 ; –5] ∪ [2 ; 3].

Réflexe à avoir

Penser à utiliser la propriété du paragraphe 1 du cours.

6 Courbe représentative de f'

La fonction dérivée f' de f est :

• croissante sur [–3 ; 2], on en déduit que la fonction f est convexe sur [–3 ; 2].

• décroissante sur [–6 ; –3] ∪ [2 ; 5], on en déduit que la fonction f est concave sur [–6 ; –3] ∪ [2 ; 5].

7 Tableau de signes de $f''(x)$

a. • $f''(x) \geqslant 0$ pour $x \in]-\infty ; -2] \cup [1 ; +\infty[$, donc f est convexe sur $]-\infty ; -2] \cup [1 ; +\infty[$.

• $f''(x) \leqslant 0$ pour $x \in [-2 ; 1]$, donc f est concave sur $[-2 ; 1]$.

b. $f''(x) = 0$ en changeant de signe pour $x = -2$ et pour $x = 1$.

$\mathscr{C}$ possède donc deux points d'inflexion A et B tels que $x_A = -2$ et $x_B = 1$.

Réflexe à avoir

Utiliser les deux propriétés du paragraphe 2 du cours.

8 Calculs de dérivées secondes

a. Pour tout x de $\mathbb{R}$, $f'(x) = 35x^4 - 3x^2 + 2$ donc $f''(x) = 140x^3 - 6x$.

b. Pour tout x de $\mathbb{R}$, $f'(x) = 4 \times 2x e^{x^2-1} = 8x e^{x^2-1} = u(x)\,v(x)$ avec $u(x) = 8x$ donc $u'(x) = 8$ et $v(x) = e^{x^2-1}$ donc $v'(x) = 2x e^{x^2-1}$.

Ainsi, $f''(x) = 8e^{x^2-1} + 8x \times 2x\, e^{x^2-1} = (8 + 16x^2)e^{x^2-1}$.

c. Pour tout x de , $f'(x) = \dfrac{2}{2x-3} = 2 \times \dfrac{1}{u(x)}$ avec $u(x) = 2x - 3$ donc $u'(x) = 2$.

Ainsi, $f''(x) = 2 \times \dfrac{-u'(x)}{u(x)^2} = \dfrac{-4}{(2x-3)^2}$.

d. Pour tout x de $\mathbb{R}$, $f(x) = u(x)^2$ avec $u(x) = 4x - 5$ donc $u'(x) = 4$.

D'où $f'(x) = 2 \times u'(x)\, u(x) = 8\,(4x - 5) = 32x - 40$. Ainsi, $f''(x) = 32$.

Exercices d'entraînement

9 Utilisation de la convexité

1. a. Pour tout x de $]0 ; +\infty[$, $f'(x) = 2 + 2x\ln x + x^2 \times \dfrac{1}{x} = 2 + x + 2x\ln x$.

Ainsi, $f''(x) = 1 + 2\ln x + 2x \times \dfrac{1}{x} = 3 + 2\ln x$.

b. $3 + 2\ln x \geqslant 0$ équivaut successivement à $2\ln(x) \geqslant -3$; $\ln(x) \geqslant -\dfrac{3}{2}$; $x \geqslant e^{-\frac{3}{2}}$.

D'où le tableau de signes de $f''(x)$.

x	0		$e^{-\frac{3}{2}}$		$+\infty$
$f''(x)$	‖	$-$	0	$+$	

$f''(x) \leqslant 0$ sur $\left]0 ; e^{-\frac{3}{2}}\right]$, donc f est concave sur $\left]0 ; e^{-\frac{3}{2}}\right]$.

$f''(x) \geqslant 0$ sur $\left[e^{-\frac{3}{2}} ; +\infty\right[$, donc f est convexe sur $\left[e^{-\frac{3}{2}} ; +\infty\right[$.

2. $f(1) = -1 + 2 \times 1 + 1^2 \ln 1 = 1$ et $f'(1) = 2 + 1 + 2 \times 1 \ln 1 = 3$.

Ainsi, T : $y = 3(x - 1) + 1$ d'où T : $y = 3x - 2$.

Réflexe à avoir

Équation de la tangente à $\mathscr{C}_f$ en a : $y = f'(a)(x - a) + f(a)$.

3. Comme f est convexe sur $\left[e^{-\frac{3}{2}} ; +\infty\right[$, c'est que la courbe $\mathscr{C}$ est située au-dessus de toutes ses tangentes, en particulier de la tangente T.

Ainsi, pour tout x de $\left[e^{-\frac{3}{2}} ; +\infty\right[$, $f(x) \geqslant 3x - 2$.

10 Courbes de f' et de f''

Réflexe à avoir

- Le signe d'une dérivée donne les variations de la fonction.
- f'' est la dérivée de f'.

1. Le signe de $\mathscr{C}_2$ correspond aux variations de $\mathscr{C}_1$.

Donc $\mathscr{C}_2$ est la courbe représentant f'' et $\mathscr{C}_1$ est la courbe représentant f'.

2. a. D'après la courbe $\mathscr{C}_2$, $f''(x) \leqslant 0$ sur $[-4 ; 0]$ et $f''(x) \geqslant 0$ sur $[0 ; 5]$, donc f est concave sur $[-4 ; 0]$ et convexe sur $[0 ; 5]$.

b. D'après la courbe $\mathscr{C}_2$, $f''(x) = 0$ en changeant de signe pour $x = 0$, donc la courbe $\mathscr{C}$ de f possède un point d'inflexion d'abscisse 0.

11 Avec un calcul formel

1. a. Pour tout x de $[-10 ; 5]$, $f'(x) = 1e^{0,2x} + (x - 5) \times 0,2e^{0,2x}$ donc
$f'(x) = e^{0,2x} + 0,2x\,e^{0,2x} - e^{0,2x} = 0,2x\,e^{0,2x}$.

b.

x	-10		0		5
$0,2x$		$-$	0	$+$	
$e^{0,2x}$		$+$		$+$	
$f'(x)$		$-$	0	$+$	
$f(x)$	$5 - 15e^{-2}$	↘	0	↗	5

$f(-10) = (-10 - 5)\,e^{0,2 \times (-10)} + 5 = -15e^{-2} + 5$;
$f(5) = (5 - 5)e^{0,2 \times 5} + 5 = 5$;
$f(0) = (0 - 5)\,e^{0,2 \times 0} + 5 = -5 \times 1 + 5 = 0$.

c. $f'(-5) = 0,2 \times (-5)\,e^{0,2\times(-5)} = -1\,e^{-1} = \dfrac{-1}{e}$.

Réflexe à avoir

Le coefficient directeur de la tangente en a est le nombre dérivé de f en a, c'est-à-dire $f'(a)$.

Le coefficient directeur de la tangente T à $\mathscr{C}$ en -5 est $-\dfrac{1}{e}$.

2. a. Pour tout x de [–10 ; 5], $g(x) = f'(x)$, donc $g'(x) = f''(x)$.

Ainsi, $f''(x) = \frac{1}{25} x e^{\frac{1}{5}x} + \frac{1}{5} e^{\frac{1}{5}x}$. Or $\frac{1}{5} = 0{,}2$ et $\frac{1}{25} = 0{,}04$.

Donc, $f''(x) = 0{,}04x\, e^{0{,}2x} + 0{,}2\, e^{0{,}2x} = (0{,}2 + 0{,}04x)\, e^{0{,}2x}$.

b. On étudie le signe de $f''(x)$ afin d'en déduire la convexité de f.

x	–10		–5		5
$0{,}2 + 0{,}04x$		–	0	+	
$e^{0{,}2x}$		+		+	
$f''(x)$		–	0	+	

$f''(x) \leqslant 0$ sur [–10 ;–5], donc f est concave sur [–10 ;–5] et $f''(x) \geqslant 0$ sur [–5 ; 5], donc f est convexe sur [–5 ; 5].

c. D'après le tableau précédent, $f''(x) = 0$ en changeant de signe pour $x = -5$, donc $\mathscr{C}$ possède un point d'inflexion A d'abscisse $x_A = -5$.

Or $f(x_A) = f(-5) = (-5 - 5)\, e^{0{,}2 \times (-5)} + 5 = -10e^{-1} + 5$.

Ainsi, les coordonnées de A sont $(-5 ; -10e^{-1} + 5)$.

12 Savoir lire beaucoup d'informations

1. $f(0) = 2$; $f(2) = 0$ (car $A(0 ; 2) \in \mathscr{C}_f$ et $B(2 ; 0) \in \mathscr{C}_f$).

2. La tangente à $\mathscr{C}_f$ au point d'abscisse 1 est une droite horizontale, donc $f'(1) = 0$.

3. Le coefficient directeur de la tangente en A à $\mathscr{C}_f$, c'est-à-dire de la droite (AC) est :

$$a = \frac{y_C - y_A}{x_C - x_A} = \frac{0 - 2}{-2 - 0} = 1.$$

Ainsi, (AC) a pour équation : $y = x + b$.

De plus, $A(0 ; 2) \in (AC)$ donc $y_A = x_A + b$ d'où $2 = 0 + b$ donc $b = 2$.

Ainsi, la droite (AC) a pour équation $y = x + 2$.

4. L'équation $f(x) = 1$ possède deux solutions ($x_1 \in [-2 ; -1]$ et $x_2 \in [1 ; 2]$)

5. La tangente (AC) traverse la courbe $\mathscr{C}_f$.

On en déduit que f est convexe sur [– 10 ; 0] et concave sur [0 ; 2].

6. D'après la réponse à la question **5.**, le point A(0 ; 2) est le point d'inflexion de $\mathscr{C}_f$.

CHAPITRE

6 Primitives et équations différentielles

1 Primitives d'une fonction

1 Solution d'une équation différentielle

- **Définitions**

f désigne une fonction continue sur un intervalle I.

- **Résoudre** sur I **l'équation différentielle $y' = f$**, d'inconnue y, c'est trouver toutes les fonctions y dérivables sur I telles que, pour tout x de I, $y'(x) = f(x)$.
- Une telle fonction y est appelée **solution de l'équation différentielle $y' = f$**.

2 Primitives d'une fonction

- **Définition**

f désigne une fonction continue sur un intervalle I.

On dit que la fonction F est une **primitive de f sur I** lorsque, F est dérivable sur I et que F est une solution de l'équation différentielle $y' = f$.

Exemple : f est la fonction définie sur $\mathbb{R}$ par $f(x) = 2x - 1$.

La fonction F définie sur $\mathbb{R}$ par $F(x) = x^2 - x + 3$ est une primitive de f sur $\mathbb{R}$. En effet, F est dérivable sur $\mathbb{R}$ et $F'(x) = 2x - 1$, donc F est solution de l'équation différentielle $y' = f$.

- **Propriété**

f désigne une fonction continue sur un intervalle I et F est une primitive de f sur I.

Toutes les primitives de f sur I sont les fonctions G définies sur I par :

$G(x) = F(x) + C$ où C est un nombre réel.

EXERCICES RÉSOLUS

Vérifier qu'une fonction est solution d'une équation différentielle

ÉNONCÉ

(E) est l'équation différentielle donnée sur $]0\,;+\infty[$ par : $y'(x) = \ln x$.
Vérifier si les fonctions f et g ci-dessous sont solutions de (E).
- $f(x) = x\ln x - x$
- $g(x) = (1 + x)\ln x$

CORRIGÉ

- Pour tout x de $]0\,;+\infty[$,

$$f'(x) = 1 \times \ln x + x \times \frac{1}{x} - 1 = \ln x + 1 - 1 = \ln x.$$

Ainsi, f est solution de (E) sur $]0\,;+\infty[$ puisqu'elle vérifie $y' = \ln x$.

- Pour tout x de $]0\,;+\infty[$,

$$g'(x) = 1 \times \ln x + (1 + x) \times \frac{1}{x} = \ln x + \frac{1+x}{x} \neq \ln x.$$

Donc, g n'est pas une solution de (E).

> **Remarque**
> $f = u \times v + w$
> donc
> $f' = u'v + uv' + w'$

Vérifier qu'une fonction est une primitive

ÉNONCÉ

f est la fonction définie sur $\mathbb{R}$ par $f(x) = (2x + 3)e^x$.

a. Vérifier que la fonction F définie sur $\mathbb{R}$ par $F(x) = (2x + 1)e^x$ est une primitive de f sur $\mathbb{R}$.

b. En déduire toutes les primitives de f sur $\mathbb{R}$.

c. Déterminer la primitive de f qui prend la valeur 2 en 0.

CORRIGÉ

a. Pour tout x de $\mathbb{R}$, $F'(x) = 2e^x + (2x + 1)e^x = (2x + 3)e^x$.
Ainsi, la fonction F est solution de l'équation différentielle $y' = f$; c'est donc une primitive de f sur $\mathbb{R}$.

b. D'après la propriété, les primitives de f sont de la forme : $G(x) = F(x) + C$ avec $C \in \mathbb{R}$.

c. $G(0) = 2$ équivaut à $(2 \times 0 + 1)e^0 + C = 2$
c'est-à-dire $1 + C = 2$ donc $C = 1$.
La primitive cherchée est : $G(x) = (2x + 1)e^x + 1$.

> **Astuce du prof**
> G prend la valeur 2 en 0 signifie que $G(0) = 2$.

2 Tableaux des primitives

Propriétés

F et G sont des primitives sur I de deux fonctions f et g. $\alpha \in \mathbb{R}$.

- F + G est alors une primitive sur I de la fonction $f + g$.
- αF est alors une primitive sur I de la fonction αf.

1 Primitives de fonctions de référence

Fonction : $f(x) =$	Primitive : $F(x) =$	Intervalle I
k	$kx + C$	$\mathbb{R}$
x	$\frac{1}{2}x^2 + C$	$\mathbb{R}$
x^2	$\frac{1}{3}x^3 + C$	$\mathbb{R}$
x^n	$\frac{1}{n+1}x^{n+1} + C$	$\mathbb{R}$
$\frac{1}{x}$	$\ln x + C$	$]0\,;+\infty[$
$\frac{1}{x^2}$	$-\frac{1}{x} + C$	$]-\infty\,;0[$ ou $]0\,;+\infty[$
$\frac{1}{2\sqrt{x}}$	$\sqrt{x} + C$	$]0\,;+\infty[$
e^x	e^x	$\mathbb{R}$

2 Primitives de formes usuelles

u désigne une fonction dérivable sur un intervalle I.

Fonction : $f(x) =$	Primitive : $F(x) =$	Condition
$2uu'$	$u^2 + C$	
$\frac{u'}{u}$	$\ln u + C$	$u > 0$ sur I
$u'e^u$	$e^u + C$	

EXERCICES RÉSOLUS

Déterminer une primitive d'une fonction de référence

ÉNONCÉ

Déterminer une primitive sur $\mathbb{R}$ des fonctions f et g.

a. $f(x) = 7x^5 + \dfrac{3}{\sqrt{x}}$

b. $g(x) = 5 + 2e^x$.

CORRIGÉ

a. Une primitive de $x \mapsto x^5$ est $x \mapsto \dfrac{1}{6}x^6$.

Une primitive de $x \mapsto \dfrac{1}{2\sqrt{x}}$ est $x \mapsto \sqrt{x}$.

Donc une primitive de $f : x \mapsto 7 \times x^5 + 6 \times \dfrac{1}{2\sqrt{x}}$ est $F : x \mapsto \dfrac{7}{6}x^6 + 6\sqrt{x}$.

b. Une primitive de $x \mapsto 5$ est $x \mapsto 5x$.
Une primitive de $x \mapsto e^x$ est $x \mapsto e^x$.
Donc une primitive de f: $x \mapsto 5 + 2e^x$ est $F : x \mapsto 5x + 2e^x$.

Déterminer la primitive d'une fonction

ÉNONCÉ

f est la fonction définie sur $\mathbb{R}$ par $f(x) = (2x - 3)(4x^2 - 12x + 3)$.
Déterminer une primitive F de f sur $\mathbb{R}$.

CORRIGÉ

On pose $u(x) = 4x^2 - 12x + 3$ donc $u'(x) = 8x - 12$.
D'où $u'(x) = 4(2x - 3)$.

Ainsi, $f(x) = \dfrac{1}{4}u'(x)\,u(x)$.

La fonction F définie sur $\mathbb{R}$ par $F(x) = \dfrac{1}{4}u(x)^2 = \dfrac{1}{4}(4x^2 - 12x + 3)^2$ est donc une primitive de f sur $\mathbb{R}$.

3 Équations différentielles de la forme $y' = ay + b$

1 Équations différentielles de la forme $y' = ay$

Propriété

a désigne un nombre réel non nul.

Les solutions sur $\mathbb{R}$ de l'équation différentielle $y' = ay$ sont les fonctions définies sur $\mathbb{R}$ par : $f_k(x) = k\mathrm{e}^{ax}$ avec k un nombre réel.

Allure des solutions

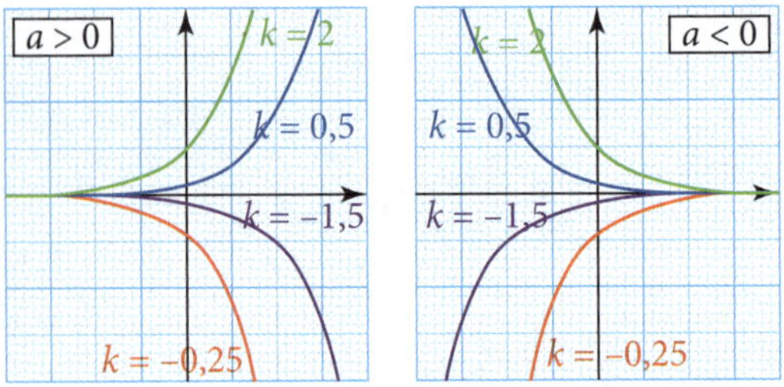

2 Équations différentielles de la forme $y' = ay + b$

Propriétés

a et b désignent deux nombres réels non nuls.

- La fonction constante $f_c : x \mapsto -\dfrac{b}{a}$ est une solution particulière de l'équation différentielle $y' = ay + b$.
- Les solutions sur $\mathbb{R}$ de l'équation différentielle $y' = ay + b$ sont les fonctions $y_k = f_k + f_c$ où f_k sont les solutions sur $\mathbb{R}$ de l'équation différentielle $y' = ay$.

C'est-à-dire les fonctions définies sur $\mathbb{R}$ par $y_k(x) = k\mathrm{e}^{ax} - \dfrac{b}{a}$ avec $k \in \mathbb{R}$.

Allure des solutions

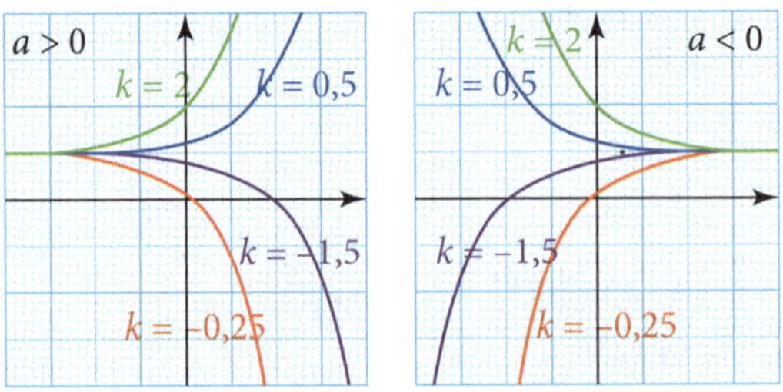

• **Propriété – Définition**

• Pour tout couple $(x_0 ; y_0)$ de nombres réels, l'équation différentielle $y' = ay + b$ admet une unique solution g sur $\mathbb{R}$ qui vérifie $y_0 = g(x_0)$.

• Le couple $(x_0 ; y_0)$ (ou la condition $y_0 = g(x_0)$) est appelée **condition initiale** de l'équation différentielle.

EXERCICE RÉSOLU

Résoudre une équation différentielle de la forme $y' = ay + b$

ÉNONCÉ

(E) est l'équation différentielle $y' = 2y - 6$.

a. Déterminer les solutions de l'équation différentielle (E′) : $y' = 2y$.
b. Déterminer la solution particulière constante de (E).
c. En déduire les solutions de (E).
d. Déterminer la solution de (E) qui vérifie la condition initiale (0 ; 2).

CORRIGÉ

a. $a = 2$. Donc les solutions de (E′) sont les fonctions :
$f_k : x \mapsto k\,e^{2x}$ avec $k \in \mathbb{R}$.

b. $a = 2$ et $b = -6$ donc $-\dfrac{b}{a} = 3$. Ainsi, la solution particulière constante de (E) est la fonction :

$$f_c : x \mapsto 3.$$

c. On déduit des réponses précédentes que les solutions de (E) sont les fonctions :

$$g_k : x \mapsto k\,e^{2x} + 3 \text{ avec } k \in \mathbb{R}.$$

d. On cherche k tel que $g(0) = 2$.
Or $g(0) = 2$ équivaut à $k\,e^0 + 3 = 2$ c'est-à-dire $k + 3 = 2$ d'où $k = -1$.
La solution cherchée est donc la fonction g définie sur $\mathbb{R}$ par $g(x) = -\,e^{2x} + 3$.

Remarque
Les questions a) et b) servent à déterminer toutes les solutions de (E) : voir la première propriété du paragraphe 3.2.

Savoir justifier qu'une fonction est solution d'une équation différentielle $y' = f$

ÉNONCÉ

(E) est l'équation différentielle donnée sur $\mathbb{R}$ par : $y'(x) = 3x^2 + 6x + 2$.
Justifier que l'une des deux fonctions définies sur $\mathbb{R}$ ci-dessous est solution de (E).

- $g(x) = (x + 1)^3 - x$
- $h(x) = x^3 + 3x^2 - x + 2$

MÉTHODE

Pour justifier qu'une fonction g est solution d'une équation différentielle de la forme $y' = f$, il suffit de vérifier si, pour tout x, $g'(x) = f(x)$ (si, pour tout x, $g'(x) \neq f(x)$, c'est que g n'est pas solution).

CORRIGÉ

- Pour tout x de $\mathbb{R}$, $g(x) = u(x)^3 - x$ donc $g'(x) = 3u'(x)u(x)^2 - 1$ d'où $g'(x) = 3 \times 1 \times (x + 1)^2 - 1 = 3(x^2 + 2x + 1) - 1 = 3x^2 + 6x + 2 = f(x)$.
Ainsi, g est solution de (E).
- Pour tout x de $\mathbb{R}$, $h'(x) = 3x^2 + 6x - 1 \neq f(x)$.
Ainsi, h n'est pas solution de (E).

Savoir justifier qu'une fonction F est une primitive d'une fonction f

ÉNONCÉ

f est la fonction définie sur $]2\,; +\infty[$ par $f(x) = 2x + \dfrac{1}{x - 2}$.

Justifier que la fonction F définie sur $]2\,; +\infty[$ par $F(x) = x^2 + \ln(2x - 4)$ est une primitive de f sur $]2\,; +\infty[$.

MÉTHODE

Pour justifier qu'une fonction F est une primitive d'une fonction f sur un intervalle I, il suffit de vérifier que, pour tout x de I, $F'(x) = f(x)$.

CORRIGÉ

Pour tout x de $]2\,;+\infty[$, $F'(x) = 2x + \dfrac{2}{2x-4} = 2x + \dfrac{2}{2(x-2)} = 2x + \dfrac{1}{x-2} = f(x)$.

Donc F est une primitive de f sur $]2\,;+\infty[$.

Savoir déterminer les primitives, puis la primitive d'une fonction *f*

ÉNONCÉ

On reprend la situation précédente.

a. Déterminer toutes les primitives sur $]2\,;+\infty[$ de la fonction f.

b. Déterminer la primitive de f qui vaut 10 en $\dfrac{5}{2}$.

MÉTHODE

a. Lorsque F est une primitive de *f*, toutes les primitives de *f* sont de la forme :
$G(x) = F(x) + C$ où C est une constante

b. Pour déterminer la primitive de *f* qui vérifie $G(x_0) = y_0$, on résout l'équation $G(x_0) = y_0$; c'est à dire $F(x_0) + C = y_0$ afin de trouver la valeur de C.

CORRIGÉ

a. Puisqu'on sait que la fonction F telle que $F(x) = x^2 + \ln(2x-4)$ est une primitive de f sur $]2\,;+\infty[$, on en déduit que toutes les primitives de f sur $]2\,;+\infty[$ sont de la forme : $G(x) = F(x) + C$ où $C \in \mathbb{R}$, c'est-à-dire : $G(x) = x^2 + \ln(2x-4) + C$ où $C \in \mathbb{R}$.

b. La condition « qui vaut 10 en $\dfrac{5}{2}$ » se traduit par $G\left(\dfrac{5}{2}\right) = 10$,

c'est-à-dire $\left(\dfrac{5}{2}\right)^2 + \ln\left(2\left(\dfrac{5}{2}\right) - 4\right) + C = 10$

ou encore $\dfrac{25}{4} + \ln(5-4) + C = 10$ d'où $\dfrac{25}{4} + C = 10$ ainsi $C = \dfrac{15}{4}$.

La primitive cherchée est la fonction définie sur $]2\,;+\infty[$ par :

$$G(x) = x^2 + \ln(2x-4) + \frac{15}{4}.$$

Comprendre à l'aide d'autres exemples

Savoir utiliser les tableaux des primitives

ÉNONCÉ

Déterminer une primitive sur $\mathbb{R}$ de chacune des fonctions suivantes.

a. $f(x) = 5x^2 - x + 2$ **b.** $g(x) = (x + 1)(x^2 + 2x - 3)$

c. $h(x) = (6x - 6)e^{x^2-2x+4}$

MÉTHODE

Pour déterminer une primitive d'une fonction f, il faut écrire f sous la forme :

- d'une somme de fonctions de référence (tableau 1 paragraphe 2.1),
- d'une des formes usuelles : $2uu'$; $\frac{u'}{u}$; $u'e^u$ (tableau 2 paragraphe 2.2), quitte à adapter avec un coefficient multiplicatif.

CORRIGÉ

a. f s'écrit sous la forme d'une somme de puissances de x.

$F(x) = 5 \times \frac{1}{3}x^3 - \frac{1}{2}x^2 + 2x$ est une primitive de f sur $\mathbb{R}$.

b. g s'écrit presque sous la forme $2u'u$ avec $u(x) = x^2 + 2x - 3$ donc $u'(x) = 2x + 2$.

Ainsi, $g(x) = \frac{1}{2}u'(x)\,u(x)$ donc

$G(x) = \frac{1}{2}u(x)^2 = \frac{1}{2}(x^2 + 2x - 3)^2$ est une primitive de g sur $\mathbb{R}$.

c. h s'écrit presque sous la forme $u'e^u$ avec $u(x) = x^2 - 2x + 4$ donc $u'(x) = 2x - 2$.

Ainsi, $h(x) = 3u'(x)e^{u(x)}$ donc $H(x) = 3e^{u(x)} = 3e^{x^2-2x+4}$ est une primitive de h sur $\mathbb{R}$.

Remarque

Penser à adapter avec un coefficient multiplicatif ($k = \frac{1}{2}$ pour le **b**) ; et $k = 3$ pour le **c**) afin de donner la forme exacte de la fonction.

Savoir déterminer les solutions d'une équation différentielle de la forme $y' = ay + b$

ÉNONCÉ

1. Résoudre l'équation différentielle (E) : $y' + 3y = -6$.

2. Déterminer la solution de (E) qui vérifie la condition initiale $y(0) = 2$.

MÉTHODE

❶ Si ce n'est pas le cas, commencer par écrire (E) sous la forme $y' = ay + b$ ou $y' = ay$.

❷ Utiliser la propriété du paragraphe 3.1 pour donner les solutions de l'équation différentielle $y' = ay$: $f_k(x) = ke^{ax}$ avec $k \in \mathbb{R}$.

❸ Si (E) est de la forme $y' = ay + b$, poursuivre le raisonnement en utilisant la première propriété du paragraphe 3.2 :

ⓐ donner la solution particulière constante de (E) : $f_c(x) = -\dfrac{b}{a}$,

ⓑ en déduire les solutions de (E): $g_k(x) = ke^{ax} - \dfrac{b}{a}$ avec $k \in \mathbb{R}$.

❹ Pour déterminer la solution qui vérifie $y(x_0) = y_0$, on résout l'équation $g_k(x_0) = y_0$ afin de trouver la valeur de k.

CORRIGÉ

1. ❶ (E) : $y' + 3y = -6$ équivaut à $y' = -3y - 6$
Donc (E) est de la forme $y' = ay + b$ avec $a = -3$ et $b = -6$.

❷ Les solutions de $y' = -3y$ sont de la forme $f_k(x) = ke^{-3x}$ avec $k \in \mathbb{R}$.

❸ ⓐ $-\dfrac{b}{a} = -\dfrac{-6}{-3} = -2$. La solution particulière constante de (E) est $f_c(x) = -2$.

ⓑ Les solutions de (E) sont donc de la forme $g_k(x) = ke^{-3x} - 2$ avec $k \in \mathbb{R}$.

2. La condition initiale $y(0) = 2$ se traduit par $g_k(0) = 2$ c'est-à-dire $ke^{-3 \times 0} - 2 = 2$, soit $k - 2 = 2$ d'où $k = 4$.

Ainsi, la solution cherchée est la fonction définie sur $\mathbb{R}$ par $g(x) = 4e^{-3x} - 2$.

Comprendre à l'aide d'autres exemples

Vérifiez vos connaissances

1 Vrai-Faux

Indiquer pour chaque proposition si elle est vraie (V) ou fausse (F).

1. $g(x) = e^{x^2-3}$ est solution de l'équation différentielle $y' = 2x e^{x^2-3}$ ☐ V ☐ F

2. $F(x) = 2x + 1$ est une primitive sur $\mathbb{R}$ de la fonction $f(x) = x^2 + x + 5$. ☐ V ☐ F

3. $h(x) = \dfrac{1}{x} - \dfrac{1}{x^2}$ admet pour primitive sur $]0\,;+\infty[$ la fonction

$H(x) = 5 + \dfrac{1}{x} + \ln x$. ☐ V ☐ F

4. $k(x) = 10e^{4x}$ est une solution de l'équation différentielle
(E) : $y' - 4y = 0$. ☐ V ☐ F

2 QCM

Pour chaque question, une seule des réponses proposées A, B ou C est exacte.

		A	B	C
1.	$f(x) = \ln(1 + e^{2x})$ est solution de l'équation différentielle	$y'(x) = \dfrac{2x}{1+e^{2x}}$	$y'(x) = \dfrac{2e^{2x}}{1+e^{2x}}$	$y'(x) = \dfrac{e^{2x}}{1+e^{2x}}$
2.	$G(x) = 3x^2 e^{2x} - 5$ est une primitive sur $\mathbb{R}$ de $g(x)$	$6x(1 + x)\,e^{2x}$	x^3e^{2x-5}	$12xe^{2x} - 5$
3.	Une primitive sur $]0\,;+\infty[$ de $h(x) = 1 + \dfrac{4}{\sqrt{x}} + x^7$ est $H(x) =$	$x - \dfrac{4}{2\sqrt{x}} + \dfrac{1}{8}x^8$	$x + 2\sqrt{x} + 7x^6$	$\dfrac{1}{8}x^8 + x + 8\sqrt{x}$
4.	La solution particulière constante de (E) : $y' = 2y + 5$ est	$f_c(x) = -\dfrac{5}{2}$	$f_c(x) = \dfrac{5}{2}$	$f_c(x) = -\dfrac{2}{5}$
5.	Les solutions de (F) : $y' + y = 0$ sont les fonctions $f_k(x) =$	ke^x (avec $k \in \mathbb{R}$)	ke^{-x} (avec $k \in \mathbb{R}$)	$ke^{-x} - 1$ (avec $k \in \mathbb{R}$)

Exercices d'application

3 Solutions d'une équation différentielle $y' = f$

(E) est l'équation différentielle donnée sur $\mathbb{R}$ par : $y'(x) = 3(x^2 + 4x + 4)$.

Parmi les fonctions ci-dessous, indiquer celles qui sont solutions de (E) :

- $f(x) = (x + 2)^3$
- $g(x) = x^3 + 2x^2 + 3$
- $h(x) = x^3 + 6x(x + 2)$.

4 Primitives d'une fonction

f est la fonction définie sur $\mathbb{R}$ par $f(x) = \dfrac{4x}{2x^2 + 1}$.

1. Vérifier que la fonction F définie par $F(x) = \ln(4x^2 + 2)$ est une primitive de f sur $\mathbb{R}$.

2. En déduire toutes les primitives de F sur $\mathbb{R}$.

3. Représenter à la calculatrice trois primitives de f.

5 Primitives de fonctions de référence

Déterminer une primitive sur I de chacune des fonctions f ci-dessous.

a. $f(x) = x^5 - 3x^2 + x - 7$; $I = \mathbb{R}$

b. $f(x) = \dfrac{2}{x} + \dfrac{4}{x^2}$; $I =]0 ; +\infty[$

c. $f(x) = \dfrac{10}{\sqrt{x}} - x^6$, $I =]0 ; +\infty[$

6 Primitives de formes usuelles

Déterminer une primitive sur $\mathbb{R}$ de chacune des fonctions f ci-dessous.

a. $f(x) = 2(2x - 1)(x^2 - x + 5)$

b. $f(x) = \dfrac{x + 2}{x^2 + 4x + 5}$

c. $f(x) = x\,e^{x^2+1}$

7 La primitive d'une fonction

f est la fonction définie sur $]0 ; +\infty[$ par : $f(x) = \dfrac{x^2 - 1}{x}$.

1. Démontrer que, pour tout x de $]0 ; +\infty[$, $f(x) = x - \dfrac{1}{x}$.

2. Déterminer toutes les primitives sur $]0 ; +\infty[$ de la fonction f.

3. Déterminer la primitive de f qui vaut 5 en 1.

8 Variations de primitives

Les courbes représentatives de deux fonctions f et g définies respectivement sur [–4 ; 4] et sur [– 4 ; 2] sont tracées ci-dessous.

F est la primitive de f telle que : $F(-4) = F(3) = -3$ et $F(-3) = F(4) = 4$.

G est la primitive de g telle que : $G(-4) = G(-1{,}5) = G(2) = 1$ et $G(-3) = G(1{,}6) = -5$.

Dresser le tableau de variation des fonctions F et G sur [–4 ; 4].

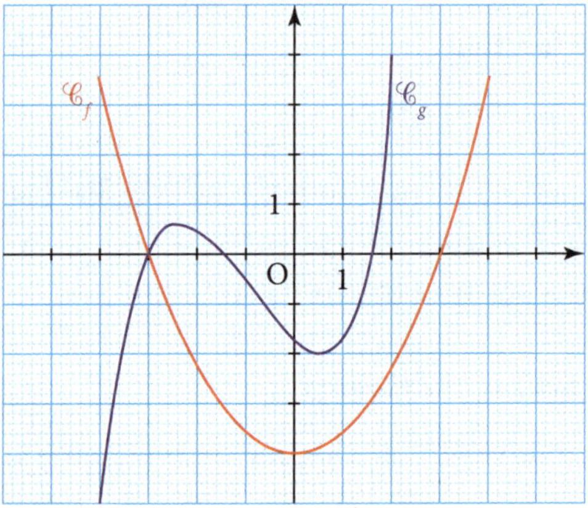

9 Équations différentielles de la forme $y' = ay$

Résoudre les équations différentielles suivantes.

a. (E) : $y' = -\dfrac{1}{4}y$ **b.** (F) : $y' + 5y = 0$

10 Équations différentielles de la forme $y' = ay + b$

Résoudre les équations différentielles suivantes.

a. (E) : $y' = 2y + 3$ **b.** (F) : $2y' - y + 1 = 0$

11 Condition particulière

(E) est l'équation différentielle : $y' + 4y = -40$.

1. Résoudre (E).

2. Déterminer la solution de (E) qui vérifie la condition initiale $y(0) = 5$.

Exercices d'entraînement

12 Calcul de coefficients

f est la fonction définie sur $\mathbb{R}$ par $f(x) = (3x - 2)e^{-2x}$.

(E) est l'équation différentielle : $y' = f$.

Déterminer les coefficients a et b pour que la fonction F définie sur $\mathbb{R}$ par $F(x) = (ax + b)e^{-2x}$ soit solution de (E).

13 Des solutions particulières

(E) est l'équation différentielle $2y' + y = 2$.

1. Résoudre (E).

2. Dans le repère ci-contre, on a représenté quatre solutions g_1, g_2, g_3, g_4 par leur courbe respective $\mathscr{C}_1$, $\mathscr{C}_2$, $\mathscr{C}_3$, $\mathscr{C}_4$.

Déterminer l'expression de chacune des fonctions g_1 à g_4.

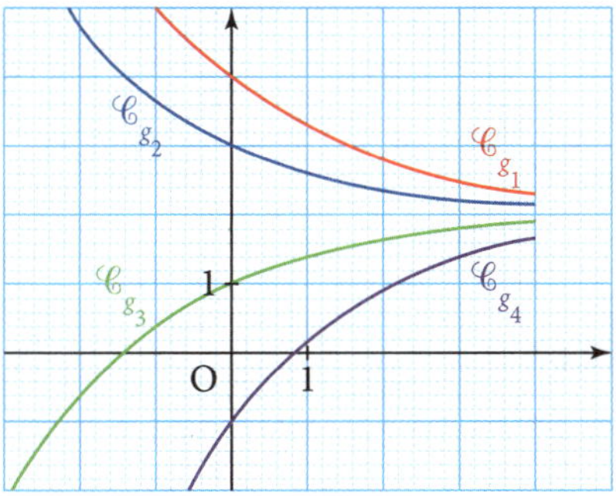

14 Une solution particulière

Dresser le tableau de variation de la solution de l'équation différentielle (E) : $\frac{1}{3}y' + y = 0$ qui vérifie la condition initiale $y(1) = 2$.

15 La primitive

f est la fonction définie sur $]0\,;+\infty[$ par $f(x) = 3x + 4 + (6x + 4)\ln x$.

1. Déterminer les coefficients a et b pour que la fonction F définie par : $F(x) = (ax^2 + bx)\ln x$ soit une primitive de f sur $]0\,;+\infty[$.

2. En déduire la primitive de f qui vaut -3 en 1.

Vérifiez vos connaissances

1 Vrai-Faux

1. Vrai **2.** Faux **3.** Vrai **4.** Vrai

2 QCM

1. B **2.** A **3.** C **4.** A **5.** B

Exercices d'application

3 Solutions d'une équation différentielle $y' = f$

• Pour tout x de $\mathbb{R}$, $f(x) = u(x)^3$ avec $u(x) = x + 2$ donc $u'(x) = 1$.

Ainsi, $f'(x) = 3 \times 1 \times (x + 2)^2 = 3(x + 2)^2 = 3(x^2 + 4x + 4)$.

Donc f est solution de (E).

• Pour tout x de $\mathbb{R}$, $g'(x) = 3x^2 + 4x \neq 3(x^2 + 4x + 4)$.

Donc g n'est pas solution de (E).

• Pour tout x de $\mathbb{R}$, $h(x) = x^3 + 6x^2 + 12x$ donc $h'(x) = 3x^2 + 12x + 12$ ainsi, $h'(x) = 3(x^2 + 4x + 4)$.

Donc h est solution de (E).

4 Primitives d'une fonction

1. Pour tout x de $\mathbb{R}$, $\mathrm{F}(x) = \ln(u(x))$ avec $u(x) = 4x^2 + 2$ donc $u'(x) = 8x$.

Donc $\mathrm{F}'(x) = \dfrac{8x}{4x^2+2} = \dfrac{2 \times 4x}{2(2x^2+1)} = \dfrac{4x}{2x^2+1} = f(x)$.

Ainsi, F est une primitive de f sur $\mathbb{R}$.

> **Réflexe à avoir**
> Il suffit de vérifier que $\mathrm{F}' = f$.

2. Les primitives G de f sur $\mathbb{R}$ sont donc de la forme :

$\mathrm{G}(x) = \mathrm{F}(x) + \mathrm{C}$ où $\mathrm{C} \in \mathbb{R}$, c'est à dire $\mathrm{G}(x) = \ln(4x^2 + 2) + \mathrm{C}$ où $\mathrm{C} \in \mathbb{R}$.

3. On choisit, par exemple :

$\mathrm{C} = 0 : y_1(x) = \ln(4x^2 + 2)$

$\mathrm{C} = 2 : y_2(x) = \ln(4x^2 + 2) + 2$

$\mathrm{C} = -1 : y_3(x) = \ln(4x^2 + 2) - 1$

Et la fenêtre graphique : $-5 \leqslant \mathrm{X} \leqslant 5$ et $-1 \leqslant \mathrm{Y} \leqslant 6$.

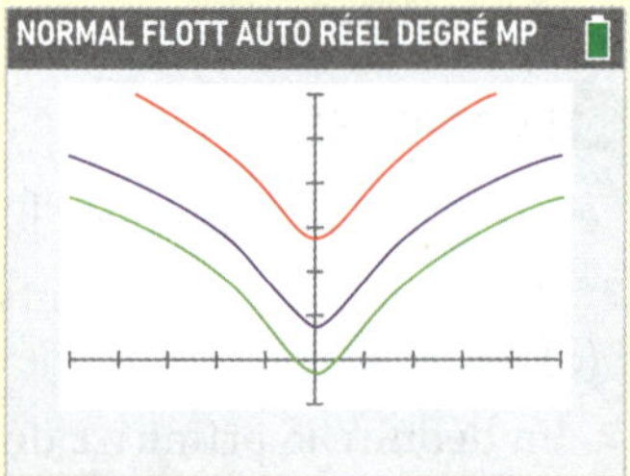

5 Primitives de fonctions de référence

a. $f(x) = x^5 - 3x^2 + x - 7$ donc $F(x) = \frac{1}{6}x^6 - x^3 + \frac{1}{2}x^2 - 7x$ est une primitive de f sur $\mathbb{R}$.

b. $f(x) = 2 \times \frac{1}{x} - 4 \times \left(-\frac{1}{x^2}\right)$ donc $F(x) = 2\ln x - 4 \times \frac{1}{x}$ est une primitive de f sur $]0\,;+\infty[$.

c. $f(x) = 20 \times \frac{1}{2\sqrt{x}} - x^6$ donc $F(x) = 20\sqrt{x} - \frac{1}{7}x^7$ est une primitive de f sur $]0\,;+\infty[$.

Remarque
On utilise le tableau du paragraphe 2.1.

6 Primitives de formes usuelles

a. Pour tout x de $\mathbb{R}$, $f(x) = ku'(x)\,u(x)$ avec $u(x) = x^2 - x + 5$ et $u'(x) = 2x - 1$.
Donc : $f(x) = 2u'(x)u(x) = 2(2x-1)(x^2 - x + 5)$ et
$F(x) = u(x)^2 = (x^2 - x + 5)^2$ est une primitive de f sur $\mathbb{R}$.

Remarque
On utilise le tableau du paragraphe 2.2.

b. Pour tout x de $\mathbb{R}$, $f(x) = k\frac{u'(x)}{u(x)}$ avec $u(x) = x^2 + 4x + 5$ et $u'(x) = 2x + 4$.

Donc $f(x) = \frac{1}{2} \times \frac{u'(x)}{u(x)} = \frac{1}{2} \times \frac{2x+4}{x^2+4x+5}$ et

$F(x) = \frac{1}{2}\ln(x^2 + 4x + 5)$ est une primitive de f sur $\mathbb{R}$.

Astuce du prof
Quand on utilise le tableau du paragraphe 2.2 écrire :
$f = ku'u$ ou $f = k\frac{u'}{u}$ ou
$f = ku'e^u$ puis trouver k.

c. Pour tout x de $\mathbb{R}$, $f(x) = ku'(x)e^{u(x)}$ avec $u(x) = x^2 + 1$ et $u'(x) = 2x$.

Donc $f(x) = \frac{1}{2} \times u'(x)e^{u(x)} = \frac{1}{2} \times 2x\,e^{x^2+1}$.

et $F(x) = \frac{1}{2}e^{x^2+1}$ est une primitive de f sur $\mathbb{R}$.

7 La primitive d'une fonction

1. Pour tout x de $]0\,;+\infty[$, $f(x) = \frac{x^2}{x} - \frac{1}{x} = x - \frac{1}{x}$.

2. $F(x) = \frac{1}{2}x^2 - \ln x$ est une primitive de f sur $]0\,;+\infty[$.

Ainsi, les primitives de f sur $]0\,;+\infty[$ sont les fonctions G d'expression :

$G(x)=\frac{1}{2}x^2-\ln x+C$ où $C\in\mathbb{R}$.

3. $G(1)=5$ équivaut successivement à $\frac{1}{2}\times 1^2-\ln 1+C=5$; $\frac{1}{2}-0+C=5$; $C=5-\frac{1}{2}$; $C=\frac{9}{2}$.

Ainsi, la primitive cherchée est définie sur $]0\,;+\infty[$ par :

$G(x)=\frac{1}{2}x^2-\ln x+\frac{9}{2}$.

Astuce du prof

Traduire la condition « qui vaut 5 en 1 » par $G(1)=5$.

8 Variations de primitives

On lit le signe de chacune des fonctions f et g grâce aux courbes représentatives $\mathscr{C}_f$ et $\mathscr{C}_g$

On complète les tableaux de variation grâce aux valeurs de F et G données dans l'énoncé.

Astuce du prof

La dérivée de F est $F'=f$. Or, le signe de la dérivée (ici f) donne les variations de la fonction (ici F).

x	-4		-3		3		4
$F'(x)=F(x)$		+	0	−	0	+	
$F(x)$	-3	↗	4	↘	-3	↗	4

x	-4		-3		$-1{,}5$		$1{,}6$		2
$G'(x)=g(x)$		−	0	+	0	−	0	+	
$G(x)$	1	↘	-5	↗	1	↘	-5	↗	1

9 Équations différentielles de la forme $y'=ay$

a. (E) est de la forme $y'=ay$ avec $a=-\frac{1}{4}$.

Les solutions de (E) sont les fonctions définies sur $\mathbb{R}$ par : $f_k(x)=k\mathrm{e}^{-\frac{1}{4}x}$ avec $k\in\mathbb{R}$.

Remarque

On écrit (E) sous la forme $y'=ay$ et on applique la propriété du paragraphe 3.1.

b. (F) est de la forme $y' + 5y = 0$ c'est-à-dire $y' = -5y$. Donc $a = -5$.
Les solutions de (F) sont les fonctions définies sur $\mathbb{R}$ par : $f_k(x) = ke^{-5x}$ avec $k \in \mathbb{R}$.

10 Équations différentielles de la forme $y' = ay + b$

Remarque
On écrit (E) sous la forme $y' = ay + b$ et on applique la première propriété du paragraphe 3.2.

a. (E) est de la forme $y' = ay + b$ avec $a = 2$ et $b = 3$.

- Les solutions de (E') : $y' = 2y$ sont de la forme :
$f_k(x) = ke^{2x}$ avec $k \in \mathbb{R}$.
- La solution particulière constante de (E) est :
$f_c(x) = -\frac{b}{a} = -\frac{3}{2}$.
- On en conclut que les solutions de (E) sont de la forme :
$g_k(x) = ke^{2x} - \frac{3}{2}$ avec $k \in \mathbb{R}$.

b. (F) est de la forme $2y' - y + 1 = 0$ c'est-à-dire $y' = \frac{1}{2}y - \frac{1}{2}$ donc $a = \frac{1}{2}$ et $b = -\frac{1}{2}$.

- Les solutions de (F') : $y' = \frac{1}{2}y$ sont de la forme :
$f_k(x) = ke^{\frac{1}{2}x}$ avec $k \in \mathbb{R}$.
- La solution particulière constante de (F) est :
$f_c(x) = -\frac{b}{a} = 1$.
- On en conclut que les solutions de (F) sont de la forme :
$g_k(x) = ke^{\frac{1}{2}x} + 1$ avec $k \in \mathbb{R}$.

11 Condition particulière

1. (E) est de la forme $y' = -4y - 40$.

En reprenant le raisonnement du corrigé de l'exercice 10, on en déduit que les solutions de (E) sont de la forme :

$g_k(x) = ke^{-4x} - 10$ avec $k \in \mathbb{R}$.

2. La condition initiale $y(0) = 5$ se traduit par $g_k(0) = 5$ c'est-à-dire $ke^{-4\times 0} - 10 = 5$ c'est-à-dire $k - 10 = 5$ donc $k = 15$.
La solution cherchée est : $g(x) = 15e^{-4x} - 10$.

Exercices d'entraînement

12 Calcul de coefficients

On doit vérifier que, pour tout x de $\mathbb{R}$, $F'(x) = (3x - 2)\,e^{-2x}$.

Or, pour tout x de $\mathbb{R}$, $F(x) = u(x) \times v(x)$ avec $u(x) = ax + b$ donc $u'(x) = a$ et $v(x) = e^{-2x}$ donc $v'(x) = -2e^{-2x}$.

Ainsi, $F'(x) = u'(x) \times v(x) + u(x) \times v'(x) = ae^{-2x} + (ax + b) \times (-2)e^{-2x}$

$F'(x) = (-2ax + (a - 2b))\,e^{-2x}$.

En posant $F'(x) = (3x - 2)\,e^{-2x}$, on en déduit que $\begin{cases} -2a = 3 \\ a - 2b = -2 \end{cases}$

d'où $\begin{cases} a = -\dfrac{3}{2} \\ b = \dfrac{1}{4} \end{cases}$

La fonction F définie sur $\mathbb{R}$ par $F(x) = \left(-\dfrac{3}{2}x + \dfrac{1}{4}\right)e^{-2x}$ est donc une solution de l'équation différentielle $y' = f$.

13 Des solutions particulières

1. On reprend le raisonnement de l'exercice 10 et on en déduit que les solutions de (E) sont de la forme : $g(x) = ke^{-\frac{1}{2}x} + 2$.

2. On lit sur les courbes les conditions initiales suivantes :

$g_1(0) = 4$; $g_2(0) = 3$; $g_3(0) = 1$; $g_4(0) = -1$.

- $g_1(0) = 4$ équivaut à $ke^{-\frac{1}{2}x} + 2 = 4$ donc $k = 2$. Ainsi, $g_1(x) = 2e^{-\frac{1}{2}x} + 2$.
- $g_2(0) = 3$ équivaut à $ke^{-\frac{1}{2}x} + 2 = 3$ donc $k = 1$. Ainsi, $g_2(x) = e^{-\frac{1}{2}x} + 2$.
- $g_3(0) = 1$ équivaut à $ke^{-\frac{1}{2}x} + 2 = 1$ donc $k = -1$. Ainsi, $g_3(x) = -e^{-\frac{1}{2}x} + 2$.
- $g_4(0) = -1$ équivaut à $k\,e^{-\frac{1}{2}x} + 2 = -1$ donc $k = -3$. Ainsi, $g_4(x) = -3e^{-\frac{1}{2}x} + 2$.

14 Une solution particulière

(E) est équivalente à $y' = -3y$.

Donc les solutions de (E) sont de la forme : $f_k(x) = k\mathrm{e}^{-3x}$.

La condition initiale $y(1) = 2$ équivaut à $k\mathrm{e}^{-3\times 1} = 2$ donc $k\mathrm{e}^{-3} = 2$ d'où $k = 2\mathrm{e}^3$.

La solution cherchée est la fonction f définie sur $\mathbb{R}$ par $f(x) = 2\mathrm{e}^3\mathrm{e}^{-3x} = 2\mathrm{e}^{-3x+3}$.

Ici $a = -3 < 0$ et $k = 2\mathrm{e}^3 > 0$, d'où le tableau.

x	$-\infty$	$+\infty$
$f(x)$	↘	

Remarque

On peut utiliser les allures des courbes des solutions de $y' = ay$ du paragraphe 3.1 pour en déduire sans calculs le tableau de variation de f.

15 La primitive

1. On résout l'équation (d'inconnues a et b) : $F'(x) = f(x)$.

Or $F'(x) = (2ax + b)\ln x + (ax^2 + bx) \times \dfrac{1}{x} = (2ax + b)\ln x + ax + b$.

Ainsi, $F'(x) = f(x)$ équivaut à $a = 3$ et $b = 4$.

$F(x) = (3x^2 + 4x)\ln x$ est donc une primitive de f sur $]0\,;+\infty[$.

2. Les primitives de f sur $]0\,;+\infty[$ sont de la forme $G(x) = F(x) + C$ où $C \in \mathbb{R}$.

La condition $G(1) = -3$ équivaut à $(3 \times 1^2 + 4 \times 1)\ln 1 + C = -3$ d'où $C = -3$.

La primitive cherchée est donc $G(x) = (3x^2 + 4x)\ln x - 3$.

Chapitre 7 Calcul intégral

1 Intégrale d'une fonction continue et positive

1 Définition

• Dans un repère orthogonal $(O\,;\overrightarrow{OI},\overrightarrow{OJ})$, on appelle **unité d'aire** l'aire du rectangle *OIKJ* où $K(1\,;1)$.
Elle est notée **u.a.**

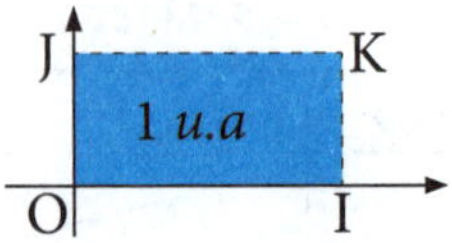

• f est une fonction continue, positive sur $[a\,;b]$ et $\mathscr{C}$ sa courbe représentative dans un repère orthogonal.

L'intégrale de *a* à *b* de la fonction *f* est l'aire, en unités d'aire, du domaine situé entre $\mathscr{C}$, l'axe des abscisses et limité par les droites verticales $x = a$ et $x = b$.

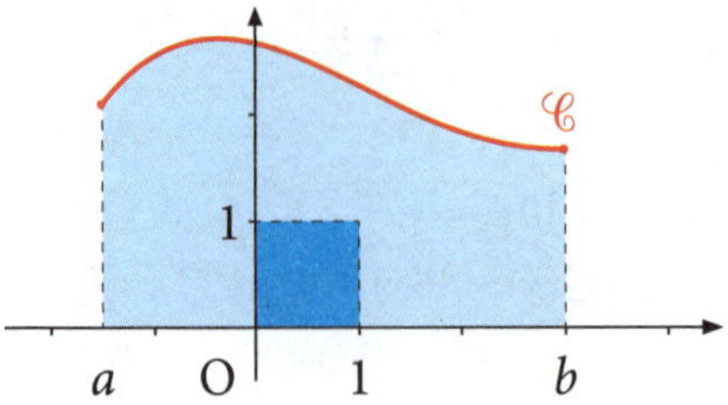

On note cette aire $\int_a^b f(x)\mathrm{d}x$.

On lit « intégrale de a à b de f »
ou « intégrale de a à b de f de x dx ».

2 Propriétés

• $\int_a^a f(x)\mathrm{d}x = 0$.

• **Relation de Chasles**
Pour tous réels a, b et c tels que $a \leqslant c \leqslant b$,

$$\int_a^b f(x)\mathrm{d}x = \int_a^c f(x)\mathrm{d}x + \int_c^b f(x)\mathrm{d}x\ .$$

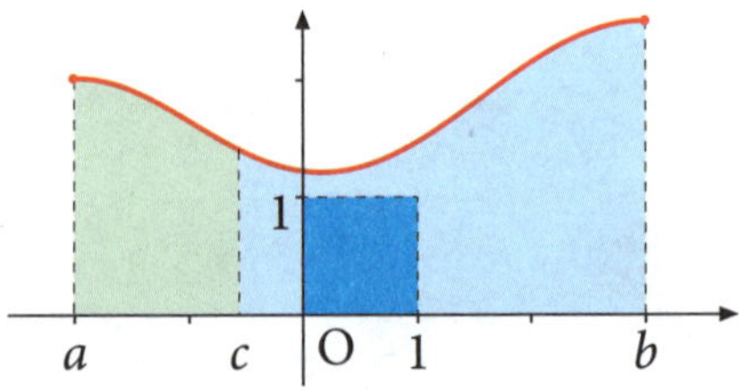

• **Conséquence :** $\int_a^b f(x)\mathrm{d}x = -\int_b^a f(x)\mathrm{d}x$.

EXERCICES RÉSOLUS

Calculer une intégrale de fonction continue positive

ÉNONCÉ

f est la fonction définie sur $[-1\,;1]$ par $f(x)=-\dfrac{2}{3}x+2$.

1. Représenter f dans un repère orthogonal.

2. Calculer $\displaystyle\int_{-1}^{1} f(x)\mathrm{d}x$.

CORRIGÉ

1.

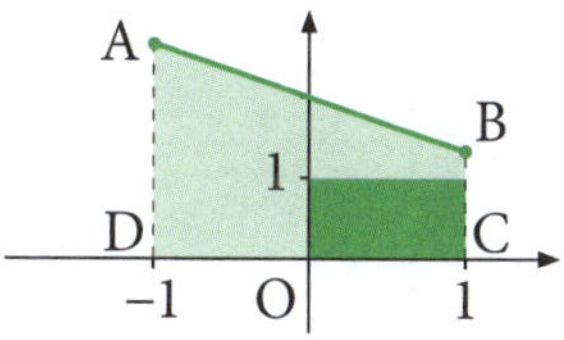

$f(-1)=-\dfrac{2}{3}\times(-1)+2=\dfrac{8}{3}\,;\ A\left(-1\,;\dfrac{8}{3}\right)$.

$f(1)=-\dfrac{2}{3}\times 1+2=\dfrac{4}{3}\,;\ B\left(1\,;\dfrac{4}{3}\right)$.

2. f est définie, continue et positive sur $[-1\,;1]$,
donc $\displaystyle\int_{-1}^{1} f(x)\mathrm{d}x$ est l'aire $\mathscr{A}$ du trapèze $ABCD$, en unités d'aire.

$$\mathscr{A}=\frac{(\text{Petite base}+\text{Grande base})}{2}\times\text{Hauteur}=\frac{(BC+AD)}{2}\times\text{DC}=\frac{f(1)+f(-1)}{2}\times 2=4.$$

Ainsi, $\displaystyle\int_{-1}^{1} \boldsymbol{f(x)\mathrm{d}x=4}$ **u.a.**

Utiliser la relation de Chasles

ÉNONCÉ

La fonction f représentée ci-contre est définie sur $[-1\,;2]$.

Calculer $\displaystyle\int_{-1}^{2} f(x)\mathrm{d}x$.

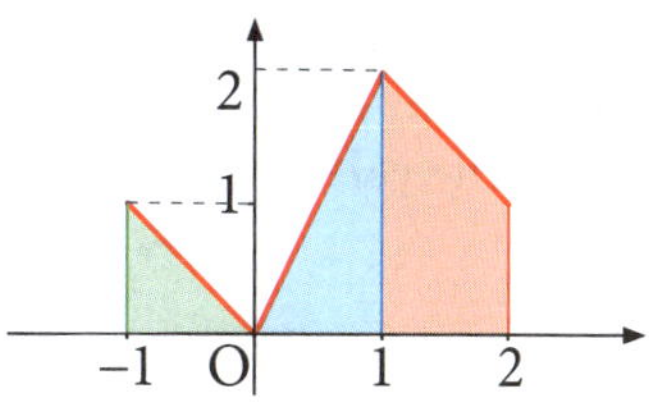

CORRIGÉ

$$\int_{-1}^{2} f(x)\mathrm{d}x=\int_{-1}^{0} f(x)\mathrm{d}x+\int_{0}^{1} f(x)\mathrm{d}x+\int_{1}^{2} f(x)\mathrm{d}x,$$

donc $\displaystyle\int_{-1}^{2} \boldsymbol{f(x)\mathrm{d}x=\frac{1\times 1}{2}+\frac{1\times 2}{2}+\frac{(1+2)}{2}\times 1}$.

Ainsi, $\displaystyle\int_{-1}^{2} \boldsymbol{f(x)\mathrm{d}x=3}$ **u.a.**

Rappel

L'aire d'un triangle est $\dfrac{\text{Base}\times\text{Hauteur}}{2}$.

2 Approximation d'une intégrale par la méthode des rectangles

Principe

Pour déterminer une approximation de l'aire située sous une courbe et entre deux valeurs a et b, on découpe l'intervalle $[a\ ;\ b]$ en intervalles de même taille. On obtient ainsi des rectangles de même largeur et de longueurs différentes.

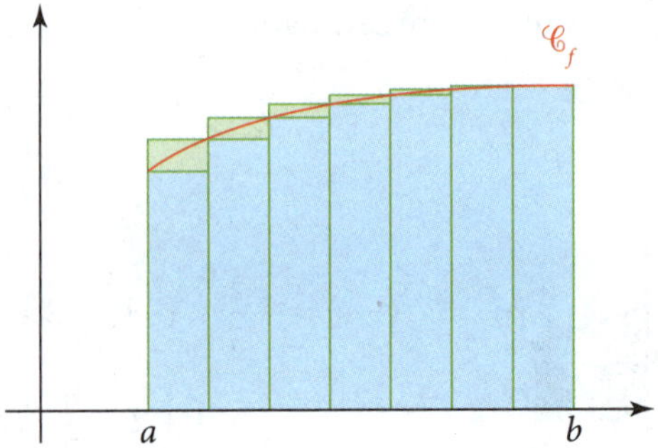

L'aire située sous la courbe $\mathscr{C}_f$ et entre a et b est alors comprise entre :

- la somme des aires des petits rectangles bleus ;
- et la somme des aires des grands rectangles verts.

3 Valeur moyenne d'une fonction

- **Définition**

On appelle **valeur moyenne d'une fonction *f* sur un intervalle [*a* ; *b*]**,

le réel μ égal à $\dfrac{1}{b-a}\displaystyle\int_a^b f(x)\mathrm{d}x$.

Interprétation graphique

Pour une fonction f positive sur $[a\ ;\ b]$, l'aire du domaine coloré $\left(\displaystyle\int_a^b f(x)\mathrm{d}x\right)$ est égale à l'aire du rectangle de longueur $b - a$ et de largeur μ.

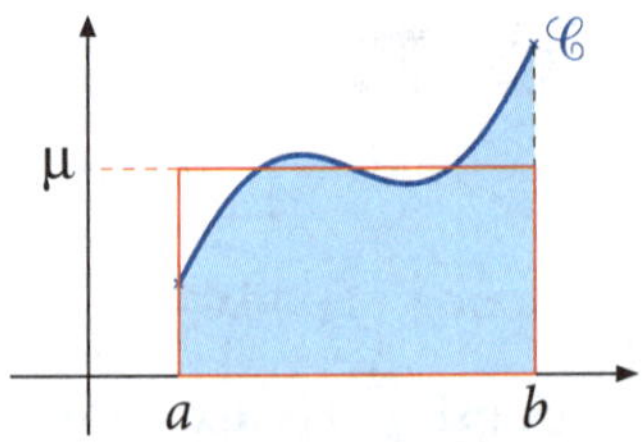

EXERCICES RÉSOLUS

Donner l'approximation d'une aire

ÉNONCÉ

f est la fonction représentée par la courbe rouge ci-contre sur l'intervalle [1 ; 4].
Utiliser la méthode d'approximation des rectangles pour déterminer un encadrement de l'aire située sous la courbe de f.

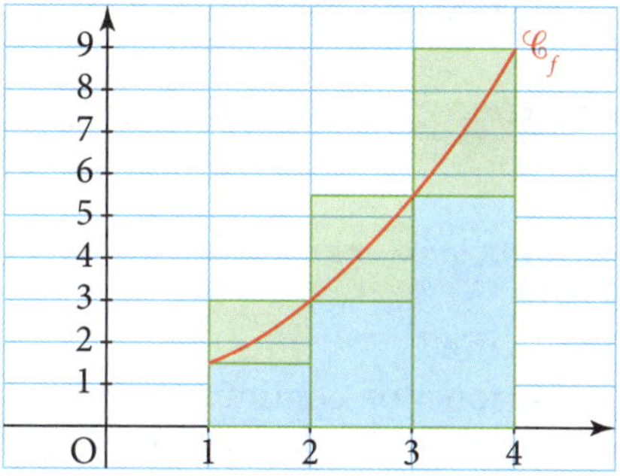

CORRIGÉ

L'aire $\mathscr{A}$ cherchée est encadrée par la somme s des aires des petits rectangles bleus et la somme S des aires des grands rectangles verts.
Or, $s = 1 \times 1{,}5 + 1 \times 3 + 1 \times 5{,}5 = 10$
et $S = 1 \times 3 + 1 \times 5{,}5 + 1 \times 9 = 17{,}5$. Ainsi, $10 < \mathscr{A} < 17{,}5$.

Déterminer une valeur moyenne par lecture graphique

ÉNONCÉ

f est la fonction représentée par la courbe rouge ci-contre.
Déterminer la valeur moyenne μ de f sur l'intervalle [–1 ; 3].

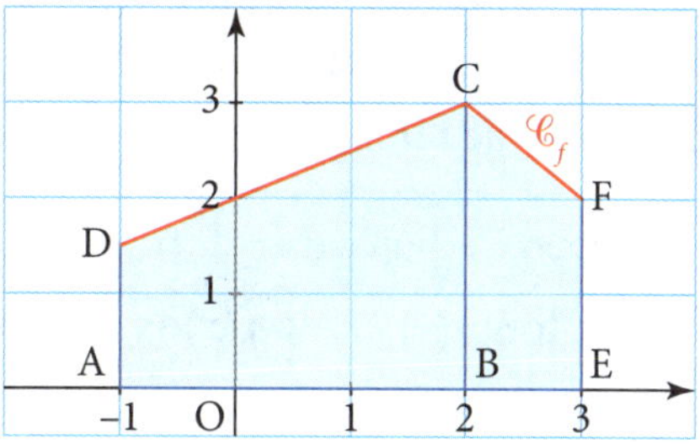

CORRIGÉ

L'intégrale $\int_{-1}^{3} f(x)\mathrm{d}x$ est la somme des aires des trapèzes $ABCD$ et $BEFC$.

Donc $\int_{-1}^{3} f(x)\mathrm{d}x = \dfrac{(1{,}5+3)\times 3}{2} + \dfrac{(2+3)\times 1}{2} = 6{,}75 + 2{,}5 = 9{,}25$.

Ainsi, la valeur moyenne de f est $\mu = \dfrac{1}{3-(-1)} \times \int_{-1}^{3} f(x)\mathrm{d}x = \dfrac{1}{4} \times 9{,}25 = 2{,}3125$.

4 Intégrale d'une fonction continue de signe quelconque

1 Théorème fondamental

f est une fonction continue sur $[a\,;b]$.

La fonction F définie par $\boldsymbol{x \mapsto \int_a^x f(t)\mathrm{d}t}$ est dérivable sur $[a\,;b]$ et sa dérivée est f.

2 Calcul d'une intégrale

- **Théorème**

f est une fonction continue et positive sur un intervalle $[a\,;b]$.
F est une primitive de f sur $[a\,;b]$.

$$\int_a^b f(x)\mathrm{d}x = F(b) - F(a) .$$

- Extension au cas d'une fonction continue et de signe quelconque sur $[a\,;b]$.

L'intégrale de $\boldsymbol{a}$ à $\boldsymbol{b}$ de la fonction $\boldsymbol{f}$ est le nombre réel $F(b) - F(a)$, où F est une primitive de f sur $[a\,;b]$.

Remarque : On note $\int_a^b f(x)\mathrm{d}x = [F(x)]_a^b = F(b) - F(a)$.

3 Propriétés de l'intégrale

f et g sont deux fonctions continues sur $[a\,;b]$.

- **Linéarité de l'intégration**

→ $\int_a^b f(x)\mathrm{d}x + \int_a^b g(x)\mathrm{d}x = \int_a^b (f(x) + g(x))\mathrm{d}x.$
→ Pour tout réel λ, $\lambda \int_a^b f(x)\mathrm{d}x = \int_a^b \lambda f(x)\mathrm{d}x.$

- **Relation de Chasles**

Pour tous réels c, d et e de l'intervalle $[a\,;b]$,
$\int_c^d f(x)\mathrm{d}x + \int_d^e f(x)\mathrm{d}x = \int_c^e f(x)\mathrm{d}x.$

EXERCICES RÉSOLUS

Calcul d'une intégrale à l'aide d'une primitive

ÉNONCÉ

Calculer $I = \int_{-1}^{1} (x^2 + x + 1)\mathrm{d}x$ et $J = \int_{1}^{1} \left(\frac{1}{1+x} + \mathrm{e}^x\right)\mathrm{d}x$.

CORRIGÉ

D'après le tableau des primitives vues au chapitre 6,

- $I = \left[\frac{1}{3}x^3 + \frac{1}{2}x^2 + x\right]_{-1}^{1} = \left(\frac{1}{3} \times 1^3 + \frac{1}{2} \times 1^2 + 1\right) - \left(\frac{1}{3} \times (-1)^3 + \frac{1}{2} \times (-1)^2 + (-1)\right)$.

Ainsi, $I = \frac{11}{6} - \left(\frac{-5}{6}\right) = \mathbf{\frac{8}{3}}$.

- $J = \left[\ln(1+x) + \mathrm{e}^x\right]_0^1 = (\ln 2 + \mathrm{e}^1) - (\ln 1 + \mathrm{e}^0)$.

Ainsi, $J = \ln 2 + \mathrm{e} - 1$.

Comprendre à l'aide d'un autre exemple

Utiliser la linéarité de l'intégrale

ÉNONCÉ

1. Calculer $\int_0^1 1\mathrm{d}x$ et $\int_0^1 x\,\mathrm{d}x$.

2. a et b sont deux réels, exprimer $\int_0^1 (ax+b)\mathrm{d}x$ en fonction de a et b.

CORRIGÉ

1. $\int_0^1 1\mathrm{d}x = [x]_0^1 = 1 - 0 = 1$.

$\int_0^1 x\,\mathrm{d}x = \left[\frac{1}{2}x^2\right]_0^1 = \frac{1}{2} \times 1^2 - \frac{1}{2} \times 0^2 = \mathbf{\frac{1}{2}}$.

2. $\int_0^1 (ax+b)\mathrm{d}x = a\int_0^1 x\,\mathrm{d}x + b\int_0^1 1\mathrm{d}x$, grâce à la linéarité de l'intégrale,

donc $\boldsymbol{\int_0^1 (ax+b)\mathrm{d}x = \frac{1}{2}a + b}$.

Savoir relier aire sous une courbe et intégrale

ÉNONCÉ

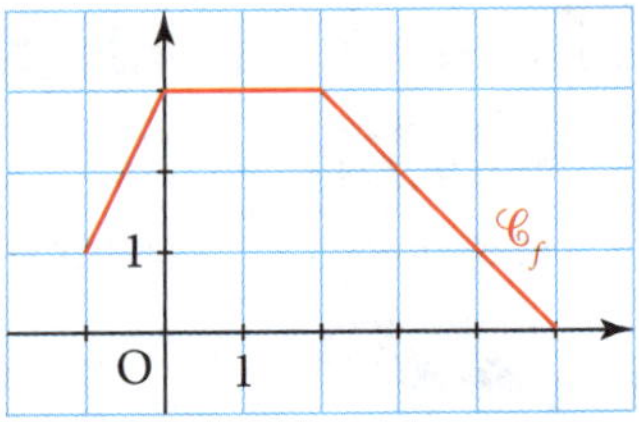

f est la fonction représentée par la courbe rouge ci-contre.
Déterminer la valeur de $\int_{-1}^{5} f(x)\mathrm{d}x$

MÉTHODE

Lorsque f est une fonction positive sur $[a\,;b]$, $\int_a^b f(x)\mathrm{d}x$ est l'aire située sous la courbe de f et entre a et b.

Rappels : Aire d'un triangle : $\dfrac{\text{base} \times \text{hauteur}}{2}$

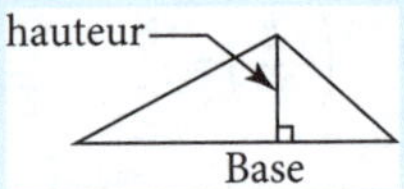

Aire d'un trapèze : $\dfrac{(\text{Base} + \text{base}) \times \text{hauteur}}{2}$

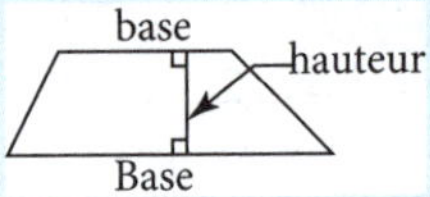

CORRIGÉ

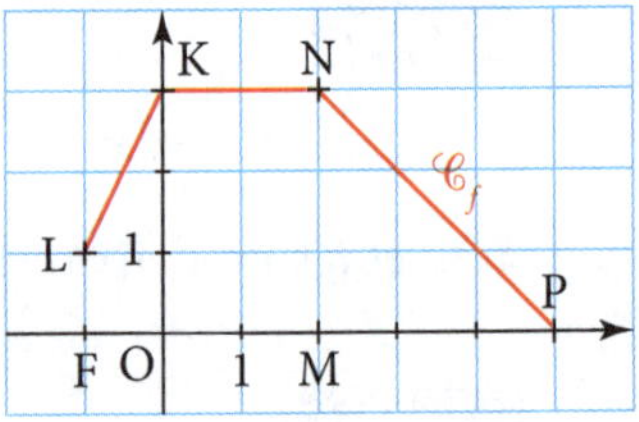

Le nombre $\int_{-1}^{5} f(x)\mathrm{d}x$ est la somme des aires du trapèze FOKL, du rectangle OMNK et du triangle MNP.

Ainsi, $\int_{-1}^{5} f(x)\mathrm{d}x = \dfrac{(1+3)\times 1}{2} + 2 \times 3 + \dfrac{3 \times 3}{2} = 12{,}5.$

Savoir déterminer une valeur moyenne à partir d'un graphique

ÉNONCÉ

On reprend la situation de la méthode précédente.
Déterminer la valeur moyenne de la fonction f sur l'intervalle $[-1\,;5]$.

MÉTHODE

Appliquer la définition : la valeur moyenne μ de f sur $[a\,;b]$ est :

$$\mu = \frac{1}{b-a} \times \int_a^b f(x)\mathrm{d}x$$

CORRIGÉ

La valeur moyenne de f sur [–1 ; 5] est :

$$\mu = \frac{1}{5-(-1)} \times \int_{-1}^{5} f(x)\mathrm{d}x = \frac{1}{6} \times 12{,}5 = \frac{25}{12} \text{ (soit environ 2,08).}$$

Savoir calculer une intégrale

ÉNONCÉ

Calculer $\displaystyle\int_{\frac{1}{2}}^{1} \frac{3}{2x+1}\mathrm{d}x$.

Comprendre à l'aide d'un autre exemple

MÉTHODE

Pour calculer $\int_a^b f(x)\mathrm{d}x$, il faut, en général :
- déterminer une primitive F de f sur $[a ; b]$;
- calculer le nombre $F(b) - F(a) = \int_a^b f(x)\mathrm{d}x$.

CORRIGÉ

D'après le chapitre 6, une primitive de $f(x) = \dfrac{3}{2x+1}$ sur $\left]-\dfrac{1}{2} ; +\infty\right[$ est F définie par $F(x) = \dfrac{3}{2}\ln(2x+1)$.

Donc, une primitive de f sur $\left[\dfrac{1}{2} ; 1\right]$ est F.

Ainsi, $\displaystyle\int_{\frac{1}{2}}^{1} f(x)\,\mathrm{d}x = F(1) - F\left(\frac{1}{2}\right) = \frac{3}{2}\ln(2 \times 1 + 1) - \frac{3}{2}\ln\left(2 \times \frac{1}{2} + 1\right)$.

Finalement, $\displaystyle\int_{\frac{1}{2}}^{1} f(x)\,\mathrm{d}x = \frac{3}{2}\ln 3 - \frac{3}{2}\ln 2 = \frac{3}{2}\ln\frac{3}{2}$.

Savoir calculer une valeur moyenne

ÉNONCÉ

f est la fonction définie sur [–5 ; 5] par $f(x) = 3x^2 + 4x - 5$.
Calculer la valeur moyenne de f sur [–5 ; 5].

MÉTHODE

Pour calculer la valeur moyenne d'une fonction f sur $[a ; b]$:
- déterminer une primitive F de f sur $[a ; b]$
- calculer $\int_a^b f(x)dx$ à l'aide de la formule $\int_a^b f(x)dx = F(b) - F(a)$
- appliquer la définition de la valeur moyenne de f sur $[a ; b]$: $\mu = \frac{1}{b-a}\int_a^b f(x)dx$

CORRIGÉ

$F(x) = x^3 + 2x^2 - 5x$ est une primitive de f sur $[-5 ; 5]$.

$\int_{-5}^{5} f(x)dx = F(5) - F(-5) = 150 - (-50) = 200.$

Ainsi, la valeur moyenne de f sur $[-5 ; 5]$ est

$$\mu = \frac{1}{5-(-5)} \times \int_{-5}^{5} f(x)dx = \frac{1}{10} \times 200 = 20.$$

Savoir calculer une aire entre deux courbes

ÉNONCÉ

f et g sont les fonctions définies sur $[0 ; 4]$ par $f(x) = x^2 - 4x + 8$ et $g(x) = x + 1$ et représentées par les courbes ci-contre.
Calculer l'aire du domaine coloré situé entre ces deux courbes.

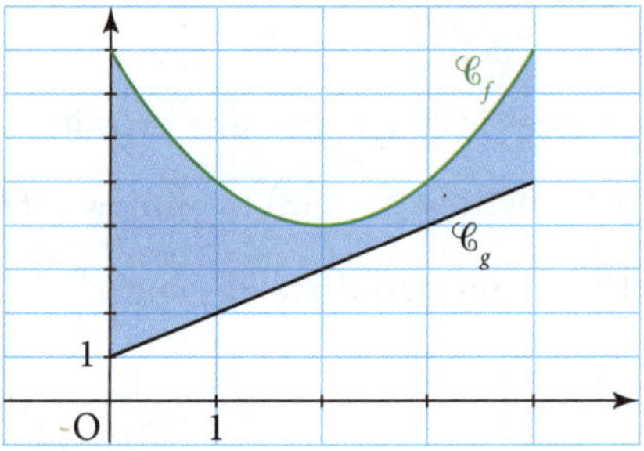

MÉTHODE

On suppose que, sur un intervalle $[a ; b]$, la courbe $\mathscr{C}_f$ représentative de f est située au-dessus de la courbe $\mathscr{C}_g$ représentative de g (ainsi, pour tout x de $[a ; b]$, $f(x) - g(x) \geqslant 0$).
Pour calculer l'aire située entre $\mathscr{C}_f$ et $\mathscr{C}_g$ et entre a et b, on calcule $\int_a^b (f(x) - g(x))dx$.

CORRIGÉ

Pour tout x de $[0\ ;\ 4]$, $f(x) - g(x) = (x^2 - 4x + 8) - (x + 1) = x^2 - 5x + 7$.

Une primitive de cette fonction $f - g$ est H donnée par $H(x) = \frac{1}{3}x^3 - \frac{5}{2}x^2 + 7x$.
Ainsi, l'aire du domaine bleu situé entre $\mathscr{C}_f$ et $\mathscr{C}_g$ est :

$$\int_0^4 (f(x) - g(x))\mathrm{d}x = H(4) - H(0) = \frac{1}{3} \times 4^3 - \frac{5}{2} \times 4^2 + 7 \times 4 - 0 = \frac{28}{3} \simeq 9{,}33.$$

Savoir calculer une intégrale à l'aide de la calculatrice

ÉNONCÉ

Vérifier à l'aide de la calculatrice que $\int_0^1 x\sqrt{x}\,\mathrm{d}x \approx 0{,}4$.

MÉTHODE

Casio

Dans le MENU de calcul ;
- Taper **OPTN** ;
- Sélectionner **CALC** (**F4**) ;
- Sélectionner **∫dx** ;
- Saisir l'expression de *f*(*x*) et les bornes *a* et *b*.

TI

Dans le MENU de calcul ;
- Taper **MATH** ;
- Sélectionner **9** : **INTÉGRFONCT(** ;
- Saisir l'expression de *f*(*x*) et les bornes *a* et *b*.

CORRIGÉ

Casio

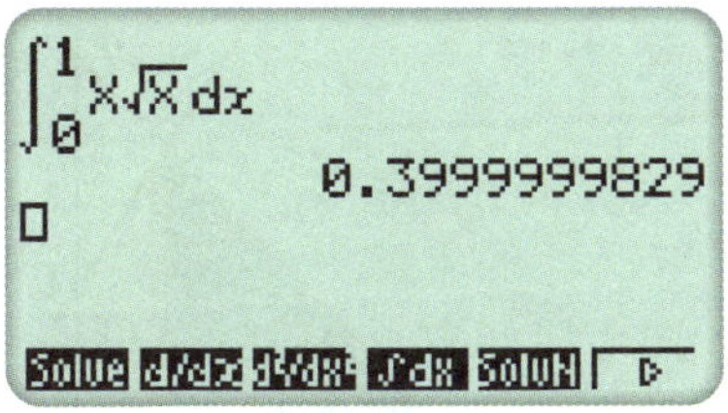

TI

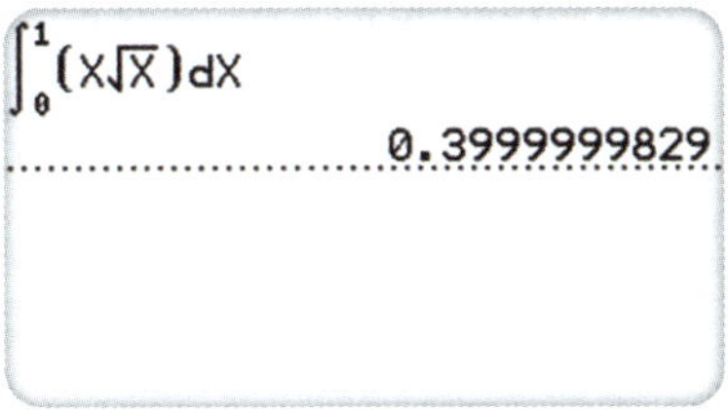

Vérifiez vos connaissances

1 Vrai-Faux

Indiquer, pour chaque proposition, si elle est vraie (V) ou fausse (F).

f et g sont deux fonctions continues sur [0 ; 10] telles que :

- F et G sont des primitives de f et g sur [0 ; 10]
- $\int_0^{10} f(x)\mathrm{d}x = 50$ et $\int_0^{10} g(x)\mathrm{d}x = 4$.

1. $F(10) - F(0) = 50$. ☐ V ☐ F

2. $\int_0^{10} (f(x) + g(x))\mathrm{d}x = 54$. ☐ V ☐ F

3. La valeur moyenne de f sur [0 ; 10] est 5. ☐ V ☐ F

4. La valeur moyenne de g sur [0 ; 4] est 1. ☐ V ☐ F

5. La fonction $x \mapsto \int_0^x f(t)\mathrm{d}t$ a pour dérivée F. ☐ V ☐ F

2 QCM

Pour chaque question, une seule réponse proposée (A, B ou C) est exacte.

		A	B	C
1.	$\int_0^1 x^2\mathrm{d}x$ est égal à :	$\frac{1}{3}$	1	–1
2.	$\int_1^e \frac{1}{x}\mathrm{d}x$ est égal à :	e	1	e – 1
3.	f est définie sur $\mathbb{R}$ par $f(x) = x^4 - x^2$ La valeur moyenne de f sur [0 ; 2] est égale à :	$\frac{56}{15}$	$\frac{28}{15}$	2

Exercices d'application

3 Calcul d'intégrale à l'aide de la géométrie

f et g sont deux fonctions définies sur $\mathbb{R}$ et représentées ci-contre par $\mathscr{C}_f$ et $\mathscr{C}_g$.

On donne $f(x) = x + 4$ et $g(x) = -\frac{3}{2}x + 1,5$.

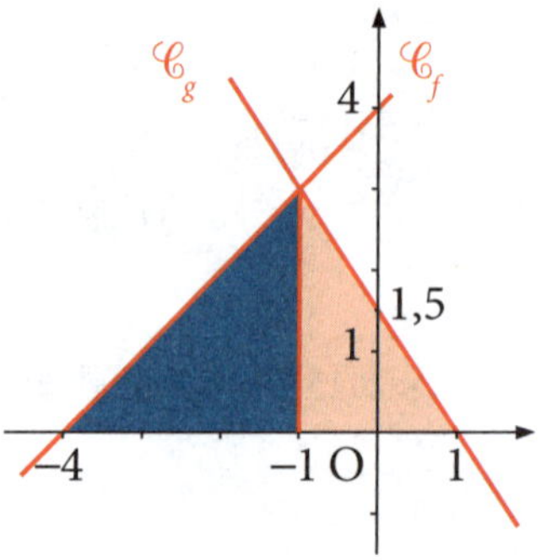

1. Utiliser des aires de triangles pour calculer $\int_{-4}^{-1} f(x)\,\mathrm{d}x$ et $\int_{-1}^{1} g(x)\,\mathrm{d}x$.

2. En déduire l'aire $\mathscr{A}$ totale du domaine colorié.

4 Valeur moyenne à l'aide d'un graphique

f est la fonction représentée par la courbe rouge ci-contre.

1. Calculer la valeur moyenne de f sur l'intervalle $[-3 ; 2]$.

2. Calculer la valeur moyenne de f sur l'intervalle $[0 ; 5]$.

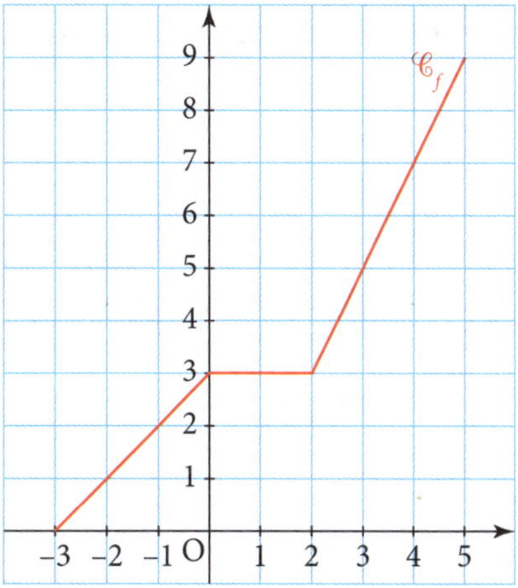

5 Calculs d'intégrales (1)

Calculer les intégrales suivantes.

a. $\int_0^4 e^{2x}dx$ **b.** $\int_{-1}^1 (x^5 + x^3)dx$

c. $\int_1^e \left(\frac{5}{x} + 1\right)dx$

6 Calcul d'intégrales (2)

Calculer les intégrales suivantes.

a. $\int_0^1 x(x^2 + 1)\,dx$ **b.** $\int_0^1 \frac{e^x}{e^x + 1}dx$ **c.** $\int_1^e \frac{\ln x}{x}dx$.

7 Valeurs moyennes de fonctions

Dans chacun des cas suivants, calculer la valeur moyenne de f sur l'intervalle $[a ; b]$.

1. f est la fonction d'expression $f(x) = \frac{e^x}{1 + e^x}$ et $[a ; b] = [0 ; 1]$.

2. f est la fonction d'expression $f(x) = x^2 + x + 1$ et $[a ; b] = [-1 ; 1]$.

8 Manipulation de la calculatrice

Utiliser la calculatrice pour donner les nombres I et J.

$I = \int_{-5}^5 (x^7 + 1)dx$ $J = \int_0^1 \ln(1 + 2xe^x)dx$.

9 Une aire entre deux courbes

f et g sont les fonctions définies sur $[-1 ; 3]$ par :

$f(x) = x + 8$

$g(x) = 1 + x^2$

$\mathscr{C}_f$ et $\mathscr{C}_g$ sont les courbes représentatives de f et g dans le repère ci-contre.

Calculer l'aire du domaine coloré.

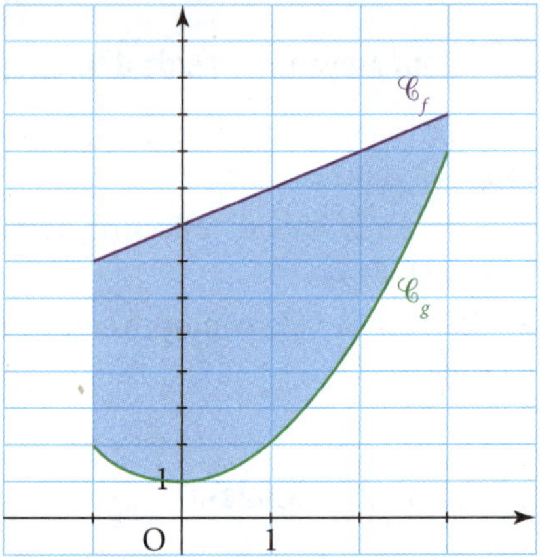

Exercices d'entraînement

10 Une primitive donnée

f est la fonction définie sur $]0 ; +\infty[$ par $f(x) = 2 - \frac{1}{x} - \ln x$.

1. Déterminer la fonction dérivée de la fonction G définie sur $]0 ; +\infty[$ par $G(x) = x - x\ln x$.

2. En déduire une primitive de f sur $]0 ; +\infty[$, puis calculer $\int_1^6 f(x)\,\mathrm{d}x$.

11 Aire entre deux courbes

f et g sont deux fonctions définies sur $]0 ; +\infty[$ par $f(x) = \frac{1}{x}$ et $g(x) = \ln x + 1$ dont les courbes $\mathscr{C}_f$ et $\mathscr{C}_g$ sont représentées ci-contre dans un repère orthonormé.

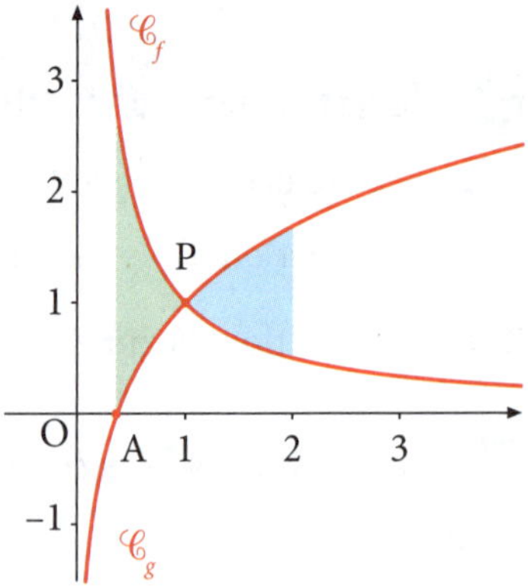

1. Déterminer les coordonnées de A.

2. Justifier que les coordonnées de P sont $(1 ; 1)$.

3. Exprimer à l'aide d'une intégrale l'aire $\mathscr{A}$, colorée en vert sur le graphique, puis l'aire $\mathscr{A}'$, colorée en bleu sur le graphique.

4. Montrer que la fonction H définie sur $]0 ; +\infty[$ par $H(x) = x\ln x - \ln x$ est une primitive de $x \mapsto \ln x + 1 - \frac{1}{x}$.

5. Calculer alors $\mathscr{A}$ et $\mathscr{A}'$.

12 Audience d'une chaîne de télévision

On cherche à prévoir l'évolution de l'audience d'une chaîne de télévision lors des dix prochaines années.

On considère que le nombre journalier (exprimé en milliers) de téléspectateurs de la chaîne est modélisé par la fonction f définie sur l'intervalle [0 ; 29] par :

$$f(x) = (20x^2 - 80x + 460)e^{-0,1x}$$

où x représente le nombre d'années depuis 2000 (par exemple $x = 19$ pour l'année 2019).

1. Donner une valeur approchée au millier du nombre de téléspectateurs de la chaîne le 1er janvier 2014.

2. On note f' la fonction dérivée de f sur l'intervalle [0 ; 29].

a. Démontrer que f' est définie par :

$$f'(x) = (-2x^2 + 48x - 126)e^{-0,1x}.$$

b. On considère l'équation : $-2x^2 + 48x - 126 = 0$.

Un logiciel de calcul formel donne :

Instruction :	Résultat :
Solve($-2x^2 + 48x - 126 = 0$)	3 et 21

Retrouver ce résultat par le calcul.

c. En déduire le signe de $f'(x)$ sur l'intervalle [0 ; 29] et construire le tableau des variations de f sur l'intervalle [0 ; 29]. Arrondir les éléments du tableau à l'unité.

d. Le nombre journalier de téléspectateurs de cette chaîne de télévision dépassera-t-il la barre du million avant l'année 2029 ? Justifier.

3. Montrer que l'équation $f(x) = 800$ admet une unique solution α dans l'intervalle [3 ; 21].

Déterminer un encadrement d'amplitude 1 de α.

Au cours de quelle année le nombre journalier de téléspectateurs de la chaîne de télévision dépassera-t-il 800 000 ?

4. On admet que la fonction F définie sur l'intervalle [0 ; 29] par :

$F(x) = (-200x^2 - 3200x - 36\,600)e^{-0,1x}$

est une primitive de la fonction f.

Déterminer à mille près l'audience journalière moyenne de téléspectateurs de la chaîne de télévision entre le 1er janvier 2018 et le 1er janvier 2021.

Vérifiez vos connaissances

1 Vrai-Faux

1. Vrai **2.** Vrai **3.** Vrai **4.** Faux **5.** Faux

2 QCM

1. A **2.** B **3.** B

Exercices d'application

3 Calcul d'intégrale à l'aide de la géométrie

1. $\int_{-4}^{-1} f(x)\,\mathrm{d}x$ = aire du triangle bleu $= \dfrac{3\times 3}{2} =$ **4,5**.

$\int_{-1}^{1} g(x)\,\mathrm{d}x$ = aire du triangle rouge $= \dfrac{2\times 3}{2} =$ **3**.

Rappel
L'aire d'un triangle est : $\dfrac{\text{Base}\times\text{Hauteur}}{2}$.

2. f et g sont positives sur $[-4\,;1]$,
donc $\mathscr{A} = \int_{-4}^{-1} f(x)\,\mathrm{d}x + \int_{-1}^{1} g(x)\,\mathrm{d}x$.
Ainsi, $\mathscr{A} = 4{,}5 + 3 =$ **7,5**.

4 Valeur moyenne à l'aide d'un graphique

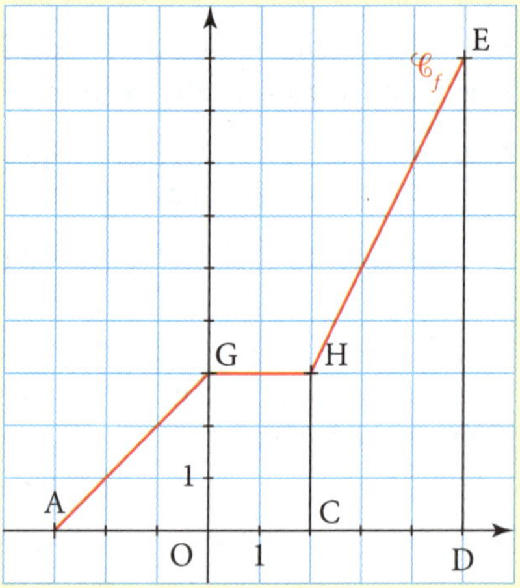

1. $\int_{-3}^{2} f(x)$ est la somme des aires du triangle AOG et du rectangle OCHG.

Donc $\int_{-3}^{2} f(x)\mathrm{d}x = \dfrac{3\times 3}{2} + 2\times 3 = 10{,}5$.

Ainsi, la valeur moyenne de f sur $[-\,3\,;2]$ est :

$\mu = \dfrac{1}{2-(-3)} \times \int_{-3}^{2} f(x)\mathrm{d}x = \dfrac{1}{5}\times 10{,}5 = 2{,}1$.

2. $\int_{0}^{5} f(x)\mathrm{d}x$ est la somme des aires du rectangle OCHG et du trapèze CDEH.

Donc $\int_{0}^{5} f(x)\mathrm{d}x = 2\times 3 + \dfrac{(3+9)\times 3}{2} = 24$.

Ainsi, la valeur moyenne de f sur $[0\,;5]$ est : $\mu' = \dfrac{1}{5-0}\times\int_{0}^{5} f(x)\mathrm{d}x = \dfrac{1}{5}\times 24 = 4{,}8$.

5 Calculs d'intégrales (1)

a. $f : x \mapsto e^{2x}$ a pour primitive $F : x \mapsto \frac{1}{2}e^{2x}$.

Ainsi, $\int_0^4 e^{2x}\,dx = \frac{1}{2}e^{2\times 4} - \frac{1}{2}e^{2\times 0}$

$= \frac{1}{2}e^8 - \frac{1}{2}$.

b. $f : x \mapsto x^5 + x^3$ a pour primitive $F : x \mapsto \frac{1}{6}x^6 + \frac{1}{4}x^4$

Ainsi, $\int_{-1}^1 (x^5 + x^3)\,dx = \left(\frac{1}{6}\times 1^6 + \frac{1}{4}\times 1^4\right) - \left(\frac{1}{6}\times(-1)^6 + \frac{1}{4}\times(-1)^4\right)$

$= \frac{1}{6} + \frac{1}{4} - \frac{1}{6} - \frac{1}{4} = 0$

c. $f : x \mapsto \frac{5}{x} + 1$ a pour primitive $F : x \mapsto 5\ln x + x$.

Ainsi, $\int_1^e \left(\frac{5}{x} + 1\right) dx = (5\ln e + e) - (5\ln 1 + 1) = 5 + e - 1 = 4 + e$.

Rappel

Pour calculer $\int_b^a f(x)dx$:
– on commence par déterminer une primitive F de f sur $[a ; b]$
– on applique la formule : $\int_a^b f(x)dx = F(b) - F(a)$.

6 Calculs d'intégrales (2)

a. $\int_0^1 x(x^2+1)\,dx = \int_0^1 \left(\frac{1}{2}\times 2x \times (x^2+1)\right)dx$

$= \left[\frac{1}{2}\times\frac{1}{2}(x^2+1)^2\right]_0^1$

$= \frac{1}{4}(1^2+1)^2 - \frac{1}{4}(0^2+1)^2 = \frac{1}{4}\times 4 - \frac{1}{4} = \frac{3}{4}$.

Rappel

$\frac{1}{n+1}u^{n+1}$ est une primitive de $u'u^n$.

b. Pour $x \in [0 ; 1]$, e^x et $e^x + 1$ sont strictement positifs donc leur quotient aussi.

$\int_0^1 \frac{e^x}{e^x+1}dx = [\ln(e^x+1)]_0^1$

$= \ln(e^1 + 1) - \ln(e^0 + 1)$

$= \ln(e+1) - \ln 2 = \ln\left(\frac{e+1}{2}\right)$.

Rappel

$\ln u$ est une primitive de $\frac{u'}{u}$ si $u > 0$.

c. $\int_1^e \frac{\ln x}{x}dx = \int_1^e \frac{1}{x}\times\ln x\,dx = \left[\frac{1}{2}(\ln x)^2\right]_1^e$

$= \frac{1}{2}(\ln e)^2 - \frac{1}{2}(\ln 1)^2 = \frac{1}{2}$.

L'astuce du prof

On fait apparaître $u \times u'$ qui a pour primitive $\frac{1}{2}u^2$.

7 Valeurs moyennes de fonctions

1. La fonction $f : x \mapsto \dfrac{e^x}{1 + e^x}$ a pour primitive sur [0 ; 1] la fonction F d'expression $F(x) = \ln(1 + e^x)$.

Ainsi, $\int_0^1 f(x)dx = [\ln(1 + e^x)]_0^1 = \ln(1 + e^1) - \ln(1 + e^0) = \ln(1 + e) - \ln 2$.

La valeur moyenne de f sur [0 ; 1] est donc :

$$\mu = \frac{1}{1-0} \times \int_0^1 f(x)dx = \ln(1 + e) - \ln 2.$$

2. La fonction $f : x \mapsto x^2 + x + 1$ a pour primitive sur [–1 ; 1] la fonction F d'expression $F(x) = \frac{1}{3}x^3 + \frac{1}{2}x^2 + x$. Ainsi,

$$\int_{-1}^1 f(x)dx = \left[\frac{1}{3}x^3 + \frac{1}{2}x^2 + x\right]_{-1}^1 = \left(\frac{1}{3} \times 1^3 + \frac{1}{2} \times 1^2 + 1\right) - \left(\frac{1}{3} \times (-1)^3 + \frac{1}{2} \times (-1)^2 + (-1)\right)$$

$$= \left(\frac{1}{3} + \frac{1}{2} + 1\right) - \left(-\frac{1}{3} + \frac{1}{2} - 1\right) = \frac{11}{6} - \left(-\frac{5}{6}\right) = \frac{16}{6} = \frac{8}{3}.$$

La valeur moyenne de f sur [–1 ; 1] est donc :

$$\mu = \frac{1}{1-(-1)} \times \int_{-1}^1 f(x)dx = \frac{1}{2} \times \frac{8}{3} = \frac{4}{3}.$$

8 Manipulation de la calculatrice

Calcul de I

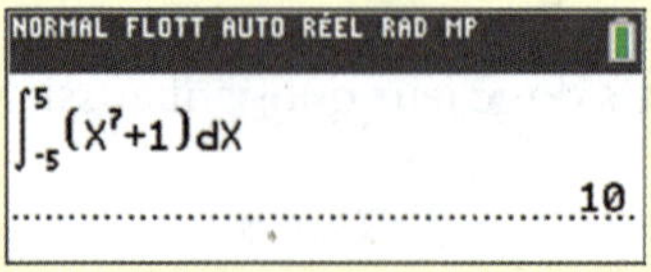

Calcul de J

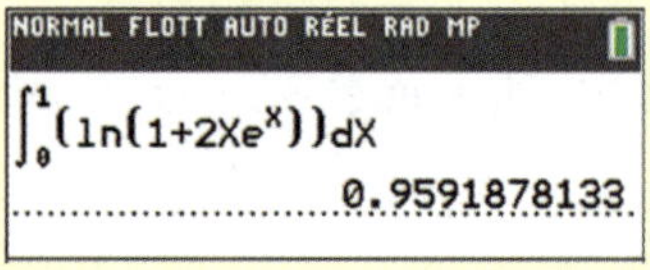

9 Une aire entre deux courbes

$\mathscr{C}_f$ est située au-dessus de $\mathscr{C}_g$ sur l'intervalle [–1 ; 3].

L'aire colorée est donc égale à : $\mathscr{A} = \int_{-1}^3 (f(x) - g(x))dx$.

Or $f(x) - g(x) = (x + 8) - (1 + x^2) = -x^2 + x + 7$.

Cette fonction $f-g$ a pour primitive H d'expression $H(x) = -\frac{1}{3}x^3 + \frac{1}{2}x^2 + 7x$.

Ainsi, l'aire colorée est : $\mathscr{A} = \int_{-1}^{3}(-x^2 + x + 7)\mathrm{d}x = \left[-\frac{1}{3}x^3 + \frac{1}{2}x^2 + 7x\right]_{-1}^{3}$

$$\mathscr{A} = \left(-\frac{1}{3} \times 3^3 + \frac{1}{2} \times 3^2 + 7 \times 3\right) - \left(\frac{1}{3} \times (-1)^3 + \frac{1}{2} \times (-1)^2 + 7 \times (-1)\right)$$

$$= 16{,}5 - \left(-\frac{37}{6}\right) = \frac{68}{3}.$$

Exercices d'entrainement

10 Une primitive donnée

1. Pour tout réel $x \in \,]0\,;+\infty[$, $G'(x) = 1 - \left(1 \times \ln x + x \times \frac{1}{x}\right)$.
Ainsi $\boldsymbol{G'(x) = -\ln x}$.

> **Rappel**
> $(u \times v)' = u'v + uv'$.

2. f est une somme, donc pour rechercher une primitive de f sur $]0\,;+\infty[$, on va rechercher une primitive de chaque terme de la somme.

Une primitive de $x \mapsto 2$ est $x \mapsto 2x$, puis de $x \mapsto -\frac{1}{x}$ est $x \mapsto -\ln x$.
Ensuite, d'après **1.**, $G'(x) = -\ln x$, donc une primitive de la fonction $x \mapsto -\ln x$ sur $]0\,;+\infty[$ est G.

Ainsi, une primitive de f sur $]0\,;+\infty[$ est $F(x) = 2x - \ln x + x - x\ln x$,
soit $\boldsymbol{F(x) = 3x - (1 + x)\ln x}$.

On a donc $\int_1^6 f(x)\,\mathrm{d}x = [3x - (1 + x)\ln x]_1^6$

$$= (3 \times 6 - (1 + 6)\ln 6) - (3 \times 1 - (1 + 1)\ln 1)$$
$$= 18 - 7\ln 6 - 3 = \mathbf{15 - 7\ln 6}.$$

11 Aire entre deux courbes

1. A est le point d'intersection de $\mathscr{C}_g$ et de l'axe des abscisses donc $y_A = 0$,
$y_A = g(x_A) = 0 \Leftrightarrow \ln x_A + 1 = 0 \Leftrightarrow \ln x_A = -1 \Leftrightarrow \mathrm{e}^{\ln(x_A)} = \mathrm{e}^{-1} \Leftrightarrow x_A = \frac{1}{\mathrm{e}}$.

Ainsi, $A\left(\frac{1}{\mathrm{e}}\,;0\right)$.

2. P est le point d'intersection de $\mathscr{C}_f$ et $\mathscr{C}_g$, donc $f(x_p) = g(x_p)$.
Or, si $x = 1$, on a $f(1) = \frac{1}{1} = 1$ et $g(1) = \ln(1) + 1 = 1$.
Donc, si $x = 1$, on a $f(x) = g(x)$, donc $P(1\,;1)$.

> **Rappel**
> $\ln 1 = 0$.

3. Sur]0 ; 1], $\mathscr{C}_f$ est au-dessus de $\mathscr{C}_g$ donc $\mathscr{A} = \int_{\frac{1}{e}}^{1} (f(x) - g(x))\,dx$.

Sur [1 ; +∞[, $\mathscr{C}_f$ est au-dessous de $\mathscr{C}_g$ donc $\mathscr{A}' = \int_{1}^{2} (g(x) - f(x))\,dx$.

4. Pour tout réel $x \in]0 ; +\infty[$, on a $H'(x) = 1 \times \ln x + x \times \frac{1}{x} - \frac{1}{x} = \ln x + 1 - \frac{1}{x}$.

Donc, **H est une primitive de $x \mapsto \ln x + 1 - \frac{1}{x}$ sur]0 ; +∞[.**

5. $\int_{\frac{1}{e}}^{1} \left(\frac{1}{x} - \ln x - 1\right) dx = [-H(x)]_{\frac{1}{e}}^{1} = -H(1) + H\left(\frac{1}{e}\right) = \frac{1}{e}\ln\frac{1}{e} - \ln\frac{1}{e}$, or $\ln\frac{1}{e} = -1$,

donc $\mathscr{A} = 1 - \frac{1}{e}$ u.a. .

> **Rappel**
>
> $\frac{1}{e} = e^{-1}$, donc
> $\ln\frac{1}{e} = \ln e^{-1} = -1$.

Puis, $\int_{1}^{2} \left(\ln x + 1 - \frac{1}{x}\right) dx = [H(x)]_{1}^{2} = H(2) - H(1)$

$= (2\ln 2 - \ln 2) - (1\ln 1 - \ln 1)$.

Donc, $\mathscr{A}' = 2\ln 2 - \ln 2 = \ln 2$ u.a. .

12 Audience d'une chaîne de télévision

1. 2014 correspond à $x = 14$. D'où $f(14) = (20 \times 14^2 - 80 \times 14 + 460)e^{-0,1 \times 14} = 803,91$ soit 804 milliers de téléspectateurs à un millier près.

2. On note f' la fonction dérivée de f sur l'intervalle [0 ; 29].

a. f est le produit de fonctions dérivables sur $\mathbb{R}$, donc sur [0 ; 29] :

$f'(x) = (2 \times 20x - 80)e^{-0,1x} + (20x^2 - 80x + 460)\,(-0,1)e^{-0,1x}$

$= (40x - 80 - 2x^2 + 8x - 46)e^{-0,1x} = (-2x^2 + 48x - 126)e^{-0,1x}$.

b. On considère l'équation : $-2x^2 + 48x - 126 = 0$.

Pour ce trinôme :

$\Delta = 48^2 - 4 \times (-2) \times (-126) = 1\,296$ et $\sqrt{1\,296} = 36$.

$\Delta > 0$, donc l'équation du second degré a deux solutions :

$$x_1 = \frac{-48 + 36}{2 \times (-2)} = 3 \text{ et } x_2 = \frac{-48 - 36}{2 \times (-2)} = 21.$$

c. On sait que le trinôme est du signe de $a = -1$ donc négatif sauf sur [3 ; 21], où $f'(x) \geqslant 0$.

La fonction est donc décroissante sauf sur l'intervalle [3 ; 21] où elle est croissante.

On a $f(0) = 460$; $f(3) \approx 296$; $f(21) \approx 931$ et $f(29) \approx 823$. D'où le tableau de variations :

x	0		3		21		29
$f'(x)$		–	0	+	0	–	
$f(x)$	460	↘	296	↗	931	↘	823

d. Le tableau de variations de la fonction f montre que le maximum de téléspectateurs est de 931 milliers en 2021 ; la barre du million ne sera jamais atteinte entre 2000 et 2029.

3. On a vu que sur l'intervalle [3 ; 21] la fonction est strictement croissante de $f(3) \approx 296$ à $f(2) \approx 931$, elle est continue sur cet intervalle donc d'après la propriété des valeurs intermédiaires comme $296 < 800 < 931$, il existe un réel unique $\alpha \in \,]3\,;21[$ tel que $f(\alpha) = 800$.

La calculatrice donne $f(13) \approx 763$ et $f(14) \approx 804$, donc $13 < \alpha < 14$.

Comme à peu près 803 000 téléspectateurs regarderont la chaîne le 1er janvier 2014, le nombre de 800 000 sera atteint à la fin de la 13e année : soit en 2013.

4. L'audience journalière moyenne de téléspectateurs de la chaine de télévision entre le 1er janvier 2018 et le 1er janvier 2021 est égale, en milliers, à la valeur moyenne de la fonction f sur l'intervalle [18 ; 21]. C'est-à-dire :

$$\frac{1}{21-18}\int_{18}^{21} f(x)\mathrm{d}x = [F(x)]_{18}^{21} = F(21) - F(18)$$

$$= \frac{1}{3} \times [(-200 \times 21^2 - 3200 \times 21 - 36\,600)\mathrm{e}^{-0,1 \times 21} - (-200 \times 18^2 - 3200 \times 18 - 36\,600)\mathrm{e}^{-0,1 \times 18}] \approx 923.$$

L'audience moyenne durant cette période sera d'environ 923 000 spectateurs.

CHAPITRE

8 Lois discrètes

1 Loi uniforme discrète

• Définition – Propriété

• On dit qu'une variable aléatoire X suit la **loi uniforme discrète** sur l'ensemble $\{1\,;\,2\,;\ldots;\,n\}$, avec $n \in \mathbb{N}^*$, lorsque X peut prendre toutes les valeurs entières de 1 à n, avec la même probabilité égale à $\frac{1}{n}$.

• Ainsi, pour tout k entre 1 et n, $P(X = k) = \frac{1}{n}$.

• Espérance

X suit la loi uniforme discrète sur $\{1\,;\,2\,;\ldots;\,n\}$.
L'espérance de X est alors donnée par : $E(X) = \frac{n+1}{2}$.

2 Schéma de Bernoulli

1 Loi de Bernoulli

Connaître la vie de Jacques Bernoulli

• Définition

Une **épreuve de Bernoulli** est une expérience aléatoire comportant deux issues :
- l'une est appelée **succès** (et notée **S**) ;
- l'autre est appelée **échec** (et notée $\mathbf{E} = \overline{\mathbf{S}}$).

• Loi de Bernoulli

La **loi de Bernoulli** de paramètre p est la loi de probabilité associée à une épreuve de Bernoulli dont la probabilité de succès est p.
Elle peut être décrite à l'aide du tableau ci-contre :

Issue	S	$\overline{S}$
Probabilité	p	q

Remarque : • $p = P(S)$; • $q = P(\overline{S})$; • $q = 1 - p$.

2 Schéma de Bernoulli

• Définition

Un **schéma de Bernoulli** est une expérience aléatoire qui consiste à répéter plusieurs fois, de manière identique et indépendante, une épreuve de Bernoulli.

EXERCICE RÉSOLU

Construire l'arbre pondéré associé à un schéma de Bernoulli

ÉNONCÉ

Lors d'un match de handball, un joueur est confronté trois fois à l'épreuve des penaltys. Il en réussit 9 sur 10 en moyenne. On suppose que ses trois tirs sont indépendants.

1. Expliquer pourquoi cet énoncé peut être associé à un schéma de Bernoulli.

2. Construire un arbre pondéré qui illustre ce schéma de Bernoulli.

CORRIGÉ

1. Chaque penalty peut être associé à une épreuve de Bernoulli car il donne lieu à deux issues. On associe un penalty réussi au **succès** et un penalty manqué à l'**échec**.

2.

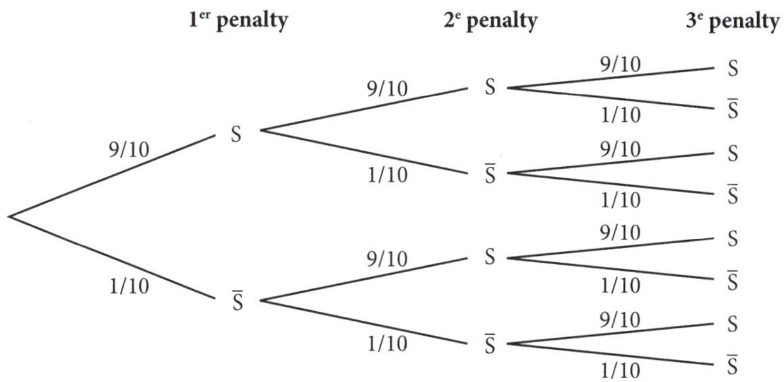

On peut ajouter que $p = P(S) = \frac{9}{10} = 0{,}9$ et $q = 1 - p = P(\overline{S}) = \frac{1}{10} = 0{,}1$.

3 Loi binomiale $\mathcal{B}$ (*n* ; *p*)

1 Loi du nombre de succès

- **Principe**

On considère un schéma de Bernoulli de probabilité p et constitué de n épreuves. On note X **la variable aléatoire qui compte le nombre de succès** obtenus sur les n épreuves.

- **Définition**

La variable aléatoire X **suit la loi binomiale de paramètres n et p**.
On note $X \sim \mathcal{B}(n\,;p)$.

Remarque : Les issues possibles pour la variable aléatoire X sont tous les nombres entiers naturels entre 0 (aucun succès) et n (que des succès).

- **Paramètres de la loi $\mathcal{B}(n\,;p)$**

X est une variable aléatoire qui suit la loi binomiale $\mathcal{B}(n\,;p)$.

- Espérance : $E(X) = np$
- Écart-type : $\sigma(X) = \sqrt{npq}$.

2 Coefficient binomial

Un arbre pondéré étant associé à une loi binomiale $\mathcal{B}(n\,;p)$, le **coefficient binomial $\binom{n}{k}$** est égal au nombre de chemins de l'arbre réalisant k succès sur les n épreuves.

Remarque : Lorsque l'arbre pondéré est de taille raisonnable, on trouve $\binom{n}{k}$ en comptant le nombre de chemins, sinon on utilise la calculatrice.

- **Propriété**

X est une variable aléatoire qui suit la loi binomiale $\mathcal{B}(n\,;p)$.
Pour tout nombre entier naturel k tel que $0 \leqslant k \leqslant n$,

$$P(X=k) = \binom{n}{k} \times p^k \times (1-p)^{n-k}$$

3 Triangle de Pascal

- Pour $n \in \mathbb{N}$, $k \in \mathbb{N}$ et $k \leqslant n$.

$$\binom{n}{k} + \binom{n}{k+1} = \binom{n+1}{k+1}$$

$\left(\text{ici } \binom{3}{2} + \binom{3}{3} = \binom{4}{3}\right)$

1				
1	1			
1	2	1 +		
1	3	③	① =	
1	4	6	④	1
⋮	⋮	⋮	⋮	⋮ ⋱

EXERCICE RÉSOLU

Calculer une probabilité

ÉNONCÉ

On effectue trois tirages avec remise dans une urne contenant 4 boules rouges et 6 boules vertes. On associe au succès le fait d'obtenir une boule rouge. X est la variable aléatoire qui compte le nombre de succès.

1. Modéliser cette situation par une loi binomiale et construire l'arbre associé.
2. Quelle est la probabilité d'obtenir 2 boules rouges ?

CORRIGÉ

1. Pour chaque tirage, il y a deux issues : Rouge et Verte.
Chaque tirage est donc associé à une épreuve de Bernoulli.
On effectue 3 tirages avec remise. On peut donc modéliser cette situation par une loi binomiale de paramètres $n = 3$ et $p = P(S) = P(\text{Rouge}) = \frac{4}{10} = 0{,}4$, où X est la variable aléatoire qui compte le nombre de succès :

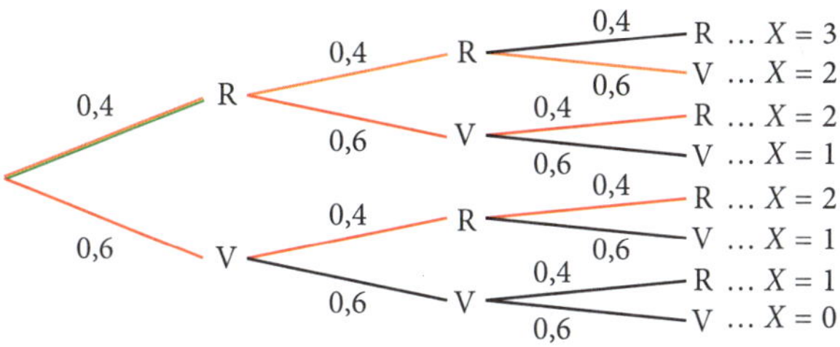

2. Sur l'arbre ci-dessus, il y a 3 chemins menant à 2 succès, donc $\binom{3}{2} = 3$.
Ainsi, $P(X = 2) = \binom{3}{2} p^2 q^{3-2} = 3 \times 0{,}4^2 \times 0{,}6 = 0{,}288$.
La probabilité d'obtenir 2 boules rouges est de 0,288.

4 Loi géométrique

1 Principe

On considère une expérience aléatoire qui n'a que deux issues ; l'une notée S (succès) et l'autre notée $E = \overline{S}$ (échec). On note $p = P(S)$.

On répète cette expérience aléatoire n fois de manière identique et indépendante.

• Définition

On dit que la variable aléatoire X suit la **loi géométrique** de paramètre p lorsque X indique le rang du premier succès obtenu lorsqu'on répète cette expérience. On note $X \sim \mathcal{G}(p)$.

X suit la loi géométrique $\mathcal{G}(p)$.

Pour tout nombre entier naturel k non nul,

$$P(X = k) = p(1 - p)^{k-1}$$

Illustration graphique

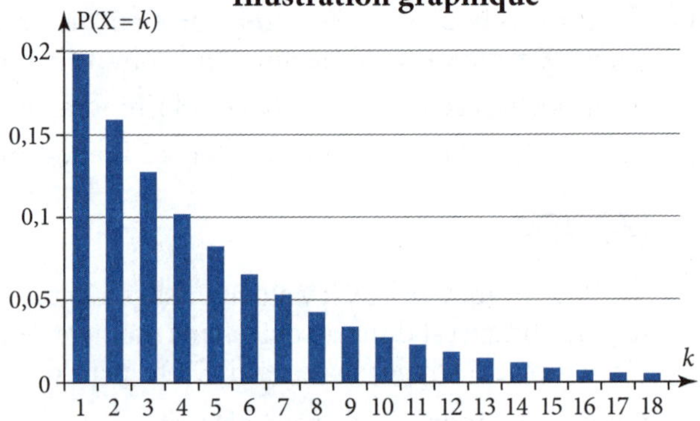

2 Espérance

• Propriété

X suit la loi géométrique $\mathcal{G}(p)$, $\quad E(X) = \dfrac{1}{p}$.

3 Propriété caractéristique

• Propriété

X suit la loi géométrique $\mathcal{G}(p)$.

Pour tous nombre entiers naturels n, k non nuls, $P_{(X \geqslant n)}(X \geqslant n + k) = P(X \geqslant k)$

Remarque : Cette propriété illustre le fait que la loi géométrique est une **loi sans mémoire**.

EXERCICE RÉSOLU

Comprendre la loi géométrique

ÉNONCÉ

Au casino, le jeu de la roulette comporte 37 numéros de 0 à 36. Un joueur mise à chaque fois sur le numéro 7.

Il décide de s'arrêter de jouer dès qu'il a gagné une fois.

1. Modéliser cette situation par une loi géométrique.

2. Représenter la situation jusqu'à la 4e partie.

3. Calculer la probabilité qu'il gagne pour la première fois lors de la 9e partie.

CORRIGÉ

1. Le succès est S : « Le joueur gagne la partie ». Ainsi, $p = P(S) = \frac{1}{37}$.

On note X la variable aléatoire qui donne le rang du premier succès obtenu.

Ainsi, X suit la loi géométrique $\mathcal{G}\left(\frac{1}{37}\right)$.

2.

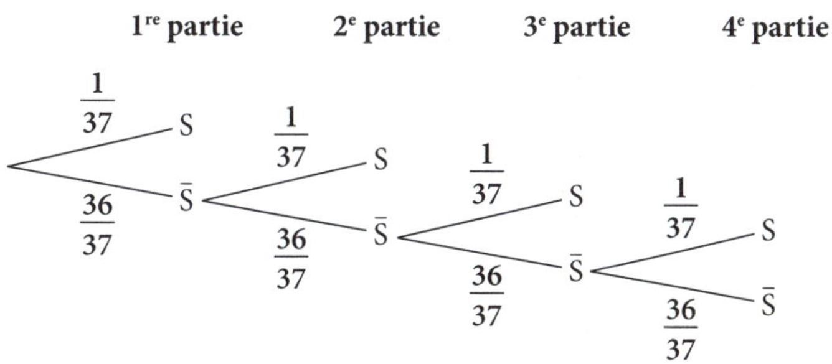

3. D'après la propriété du paragraphe 4.1,

$$P(X = 9) = p(1 - p)^{9-1} = \frac{1}{37} \times \left(\frac{36}{37}\right)^8 \approx 0{,}022.$$

La probabilité qu'il gagne pour la première fois lors de la 9e partie est environ égale à 0,022.

Savoir reconnaître une loi uniforme sur $\{1 ; 2 ;... ; n\}$

ÉNONCÉ

On tire au hasard une boule dans une urne contenant 10 boules numérotées de 1 à 10 ; et on note le numéro obtenu.

1. Modéliser cette situation par une loi uniforme.

2. Calculer et interpréter l'espérance.

MÉTHODE

La loi uniforme sur $\{1 ; 2 ;... ; n\}$ est utilisée lorsqu'on choisit au hasard un nombre entier naturel entre 1 et n.

CORRIGÉ

1. La situation revient à choisir un nombre entier au hasard entre 1 et 10.
Il s'agit donc d'une loi uniforme sur $\{1 ; 2 ;... ; 10\}$.

2. Si on note X la variable aléatoire qui indique le numéro de la boule, alors $E(X) = \frac{10+1}{2} = 5{,}5$. Ainsi, sur un grand nombre de tirages, on obtient en moyenne, un résultat égal à 5,5 par tirage.

Savoir calculer une probabilité avec une loi binomiale

ÉNONCÉ

X est une variable aléatoire qui suit la loi binomiale $\mathcal{B}(5 ; 0{,}3)$. Calculer $P(X = 2)$.

MÉTHODE

Pour calculer une probabilité liée à une loi binomiale, il faut :

- si ce n'est pas précisé dans l'énoncé, identifier la loi binomiale ;
- construire un arbre pondéré ou utiliser la calculatrice pour trouver $\binom{n}{k}$;
- utiliser la formule du cours : $P(X = k) = \binom{n}{k} p^k q^{n-k}$ et conclure.

CORRIGÉ

La calculatrice donne $\binom{5}{2} = 10$. $P(X = 2) = \binom{5}{2} p^2 q^{5-2} = 10 \times 0{,}3^2 \times 0{,}7^3 = 0{,}308\,7$.

La probabilité d'obtenir 2 succès sur les 5 épreuves est de 0,308 7.

Savoir calculer une probabilité du type P(*X* ⩽ *k*) ou P(*X* > *k*) avec une loi binomiale

ÉNONCÉ

X est une variable aléatoire qui suit la loi binomiale $\mathcal{B}$ (10 ; 0,2).
Calculer $P(X \leqslant 2)$; puis $P(X > 1)$.

MÉTHODE

On reprend la méthode du savoir précédent et on peut, pour s'aider, visualiser sur une droite graduée les issues de *X* correspondantes.
Puisque $n = 10$, *X* peut prendre toutes les valeurs entières de 0 à 10.

CORRIGÉ

- $P(X \leqslant 2) = P(X = 0) + P(X = 1) + P(X = 2)$

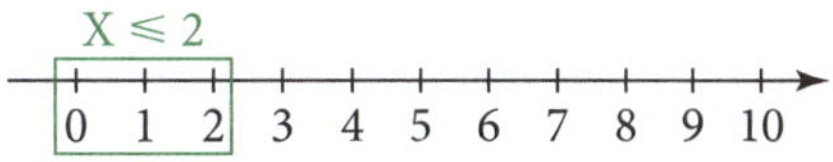

$$= \binom{10}{0} \times 0{,}2^0 \times 0{,}8^{10} + \binom{10}{1} \times 0{,}2^1 \times 0{,}8^9 + \binom{10}{2} \times 0{,}2^2 \times 0{,}8^8$$

$$\approx 0{,}678.$$

- $P(X > 1) = P(X = 2) + P(X = 3) + \ldots + P(X = 10)$

$$= 1 - P(X \leqslant 1)$$

$$= 1 - [P(X = 0) + P(X = 1)]$$

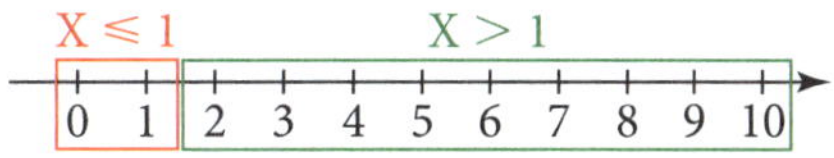

$$= 1 - \left[\binom{10}{0} \times 0{,}2^0 \times 0{,}8^{10} + \binom{10}{1} \times 0{,}2^1 \times 0{,}8^9\right]$$

$$\approx 0{,}624.$$

L'astuce du prof
Pour accélérer les calculs, il est parfois utile de penser à l'événement contraire. Ici le contraire de $X > 1$ est $X \leqslant 1$.

Savoir utiliser sa calculatrice Texas Instrument

Savoir utiliser sa calculatrice Casio

Savoir reconnaître une loi binomiale et interpréter l'espérance

ÉNONCÉ

Modéliser l'énoncé ci-dessous à l'aide d'une loi binomiale, puis calculer et interpréter l'espérance.
Orange, le premier opérateur de télécommunications français, dispose de 44 % de part de marché. On choisit, au hasard et avec remise, 200 abonnés français (tous opérateurs confondus).
X est la variable aléatoire qui compte le nombre d'abonnés chez Orange.

MÉTHODE

1. Pour reconnaître une loi binomiale, il faut :
- que pour chaque tirage (épreuve) il n'y ait que deux issues ;
- que chaque tirage (épreuve) soit indépendante des autres ;
- préciser alors les paramètres $p = p(S)$ et n = le nombre d'épreuves.

2. L'espérance est le nombre moyen de succès obtenus sur n épreuves, quand on réalise l'expérience un grand nombre de fois.

CORRIGÉ

• Pour chaque abonné choisi, il y a deux issues : être abonné Orange ou pas. – Puisqu'il y a remise, chaque tirage est indépendant des autres.
On associe au succès le fait d'être abonné chez Orange, donc $p = 0{,}44$ et l'épreuve est répétée $n = 200$ fois.
Ainsi, la variable aléatoire X, qui compte le nombre d'abonnés chez Orange sur les 200 abonnés choisis, suit la loi binomiale de paramètres $p = 0{,}44$ et $n = 200$.

• $E(X) = np = 200 \times 0{,}44 = 88$.
En moyenne, si on réalise un grand nombre de fois le tirage de 200 abonnés à la téléphonie mobile en France, on trouvera 88 abonnés Orange.

Réflexe à avoir

Puisque le succès n'est pas précisé dans l'énoncé, on aurait pu prendre comme succès le fait de ne pas être abonné chez Orange.
Dans ce cas, X suit $\mathcal{B}(200\,;0{,}56)$.

Comprendre à l'aide d'un autre exemple

Savoir utiliser une loi géométrique

ÉNONCÉ

Une personne (qui n'a pas la chance de connaître les probabilités !) décide de jouer chaque semaine à un jeu à gratter. Elle va jouer à ce jeu jusqu'à ce qu'elle remporte le gain maximal de 500 €.
Pour un ticket de jeu donné, la probabilité de gagner 500 € est de 0,001.

1. Calculer la probabilité que cette personne s'arrête de jouer à la 10e partie.

2. Calculer le nombre moyen de parties qu'elle doit s'attendre à jouer.

3. Sachant qu'à la 99e partie, elle n'a toujours pas gagné, calculer la probabilité qu'elle gagne après la 103e partie.

MÉTHODE

On reconnaît une loi géométrique lorsque, pour chaque expérience aléatoire il n'y a que deux issues : succès ou échec ; et que le jeu s'arrête dès l'obtention du premier succès.

CORRIGÉ

1. On note S le succès : « la personne gagne 500 € ». Ainsi, $p = P(S) = 0{,}001$.
La variable aléatoire X qui donne le rang du premier succès obtenu suit la loi géométrique $\mathcal{G}(0{,}001)$.
$P(X = 10) = 0{,}001 \times (1 - 0{,}001)^{10-1} = 0{,}001 \times 0{,}999^9 \approx 9{,}9 \times 10^{-4}$.
Ainsi, la probabilité que cette personne s'arrête de jouer à la dixième partie, c'est-à-dire qu'elle gagne les 500 € à la dixième partie, est environ égale à 0,00099.

2. $E(X) = \dfrac{1}{p} = \dfrac{1}{0{,}001} = 1000$.

En moyenne, le premier succès est obtenu au bout de 1 000 parties.

3. $P_{(X \geqslant 100)}(X \geqslant 104) = P(X \geqslant 104 - 100) = P(X \geqslant 4)$

$P(X \geqslant 4) = 1 - P(X < 4) = 1 - P(X \leqslant 3)$

$P(X \geqslant 4) = 1 - (P(X = 1) + P(X = 2) + P(X = 3))$

$P(X \geqslant 4) = 1 - (0{,}001 + 0{,}001 \times 0{,}999 + 0{,}001 \times 0{,}999^2)$

$P(X \geqslant 4) \approx 0{,}997$.

Rappel
$P_A(B)$ désigne la probabilité conditionnelle d'obtenir B sachant que A est déjà obtenu.

Comprendre à l'aide d'un autre exemple

Vérifiez vos connaissances

1 Vrai-Faux

Indiquer pour chaque proposition si elle est vraie (V) ou fausse (F).

1. On lance un dé équilibré à six faces et on note le numéro obtenu.

a. Cette situation est associée à une loi uniforme sur $\{1 ; 2 ; \ldots ; 6\}$. ☐ V ☐ F

b. Le résultat moyen du jeu précédent est 3. ☐ V ☐ F

2. X suit une loi géométrique de paramètre 0,4.

a. $P(X = 1) = 0{,}4$. ☐ V ☐ F

b. $P(X \leqslant 3) = 0{,}784$. ☐ V ☐ F

c. $P_{(X \geq 10)}(X \geqslant 15) = P(X \geqslant 15)$. ☐ V ☐ F

2 QCM

Pour chaque question, une seule réponse proposée (A, B ou C) est exacte.

On fait tourner quatre fois, de manière indépendante, la roue découpée en six secteurs égaux ci-contre.

On note X la variable aléatoire qui compte le nombre de fois où la roue s'arrête sur le secteur vert.

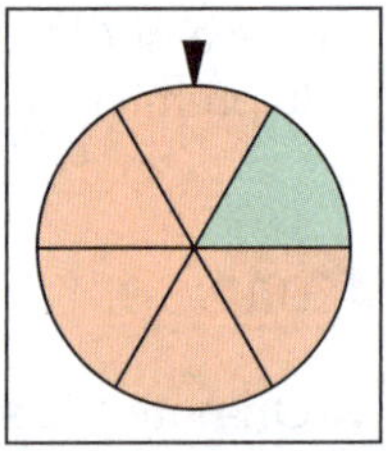

		A	B	C
1.	X suit une loi	de Bernoulli de paramètre $p = \frac{1}{6}$	binomiale de paramètres $\frac{1}{6}$ et 4	binomiale de paramètres $\frac{5}{6}$ et 4
2.	Sur l'arbre de probabilité associé, il y a	4 chemins qui donnent 2 succès	2 chemins qui donnent 2 succès	6 chemins qui donnent 2 succès
3.	La probabilité que la roue s'arrête une fois sur le secteur vert est	$\frac{125}{324}$	$\frac{4}{1\,296}$	0,21
4.	L'espérance liée à ce jeu	est égale à $\frac{1}{6}$	est égale à $\frac{2}{3}$	ne peut pas être calculée
5.	L'écart-type lié à ce jeu	est environ égal à 0,745	est environ égal à 0,556	ne peut pas être calculé

Exercices d'application

3 Calculer avec une loi uniforme

X est une variable aléatoire qui suit la loi uniforme sur $\{1 ; 2 ;\ldots ; 20\}$.

1. Calculer les probabilités suivantes.

a. $P(X = 5)$ **b.** $P(X \leqslant 3)$ **c.** $P(7 \leqslant X < 11)$.

2. Calculer et interpréter $E(X)$.

4 Schéma de Bernoulli

Un laboratoire de physique nucléaire compte 7 hommes et 8 femmes.

On choisit au hasard trois membres de ce laboratoire. Entre chaque tirage, la personne choisie est replacée dans le groupe.

1. Associer cet énoncé à un schéma de Bernoulli.

2. Illustrer ce schéma par un arbre pondéré.

5 Lecture d'un arbre et loi binomiale

1. Compléter l'arbre de probabilité ci-dessous sachant que chacune des trois épreuves est identique et indépendante de la précédente.

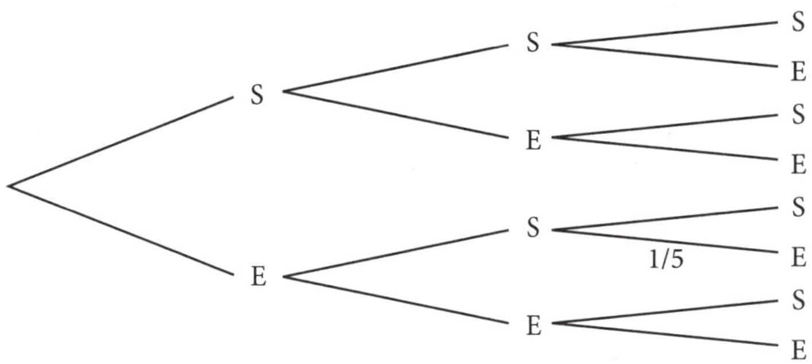

2. Associer à cet arbre une loi binomiale dont on précisera les paramètres.

3. a. Combien de chemins mènent à 2 succès ?

b. Compter $\binom{3}{1}$ et traduire ce résultat par une phrase.

c. Calculer la probabilité d'obtenir trois fois S.

6 Triangle de Pascal

Construire le triangle de Pascal permettant de trouver les coefficients binomiaux :

$$\binom{7}{2} \text{ et } \binom{7}{4}.$$

7 Calculs de probabilités avec une loi binomiale

Calculer la probabilité $P(X = 3)$ dans chacun des cas suivants :

a. X suit la loi binomiale $\mathcal{B}\left(3\,;\frac{1}{2}\right)$

b. X suit la loi binomiale $\mathcal{B}(5\,;0{,}1)$

c. X suit la loi binomiale $\mathcal{B}(10\,;0{,}2)$.

8 Calculs de probabilités du type P($X \leqslant k$) ou P($X > k$) avec une loi binomiale

X suit la loi binomiale $\mathcal{B}(12\,;0{,}1)$.
Calculer les probabilités suivantes :

a. $\mathrm{P}(X \leqslant 2)$ **b.** $\mathrm{P}(X \geqslant 1)$ **c.** $\mathrm{P}(X > 2)$

9 Calculs de probabilités avec une loi géométrique

X est une variable aléatoire qui suit la loi géométrique $\mathcal{G}(0, 2)$.

1. Calculer et interpréter les probabilités suivantes :

a. $P(X = 5)$ **b.** $P(X \leqslant 4)$ **c.** $P(3 \leqslant X < 7)$

2. Calculer et interpréter $E(X)$.

Exercices d'entraînement

10 Démontrer une formule

X est une variable aléatoire qui suit la loi uniforme sur $\{1\,;2\,;\ldots;n\}$.

Démontrer la formule du cours : $E(X) = \dfrac{n+1}{2}$.

Aide : Utiliser les suites arithmétiques.

11 Roulette au casino

Les quatre rouleaux d'une machine à sous sont constitués de la bande ci-contre.

On associe le succès au fait d'obtenir un 7.

1. Modéliser cette expérience à l'aide d'une loi de probabilité.

2. Quelle est la probabilité d'obtenir :

a. au moins un 7 ? **b.** les quatre 7 ?

3. Seuls les 7 permettent au joueur de gagner de l'argent, selon les caractéristiques suivantes :
- les quatre 7 rapporte 1 000 € ;
- trois 7 rapporte 20 € ;
- deux 7 rapporte 10 € ;
- un seul 7 rapporte 2 €.

Pour pouvoir jouer, le joueur doit miser 10 € par partie.

Ce jeu est-il équitable ?

Remarque
Un jeu est dit équitable lorsque l'espérance est nulle.

12 Produit de mauvaise qualité

À chaque nouvelle utilisation, un produit de mauvaise qualité a une chance sur 30 de tomber en panne.

1. Modéliser cette situation à l'aide d'une variable aléatoire X.

2. a. Calculer la probabilité que ce produit tombe en panne à la 10e utilisation.

b. Calculer et interpréter $P(10 \leqslant X < 15)$.

3. À la 5e utilisation, le produit n'est toujours pas en panne. Calculer la probabilité qu'il tombe en panne après la 8e utilisation.

4. En moyenne, combien de fois peut-on s'attendre à pouvoir utiliser un tel produit avant qu'il tombe en panne ?

Vérifiez vos connaissances

1 Vrai-Faux

1. a. Vrai **b.** Faux **2. a.** Vrai **b.** Vrai **c.** Faux

2 QCM

1. B **2.** C **3.** A **4.** B **5.** A

Exercices d'application

3 Calculer avec une loi uniforme

1. a. $P(X=5)=\frac{1}{20}$.

b. $P(X \leqslant 3)=P(X=1)+P(X=2)+P(X=3)=\frac{1}{20}+\frac{1}{20}+\frac{1}{20}=\frac{3}{20}$.

c. $P(7 \leqslant X<11)=P(X=7)+P(X=8)+P(X=9)+P(X=10)$.

$$=\frac{1}{20}+\frac{1}{20}+\frac{1}{20}+\frac{1}{20}=\frac{4}{20}=\frac{1}{5}.$$

2. $E(X)=\frac{20+1}{2}=10{,}5$.

Sur un grand nombre d'expériences, le résultat moyen par expérience est égal à 10,5.

4 Schéma de Bernoulli

1. Chaque tirage correspond à une épreuve de Bernoulli :
on décide (mais on peut décider du contraire) d'associer le succès au fait d'être une femme. Ainsi $p=\frac{8}{15}$.
Le tirage est répété 3 fois de manière identique et indépendante.
Il s'agit donc d'un schéma de Bernoulli de paramètres $p=\frac{8}{15}$ et $n=3$.

2. Arbre associé

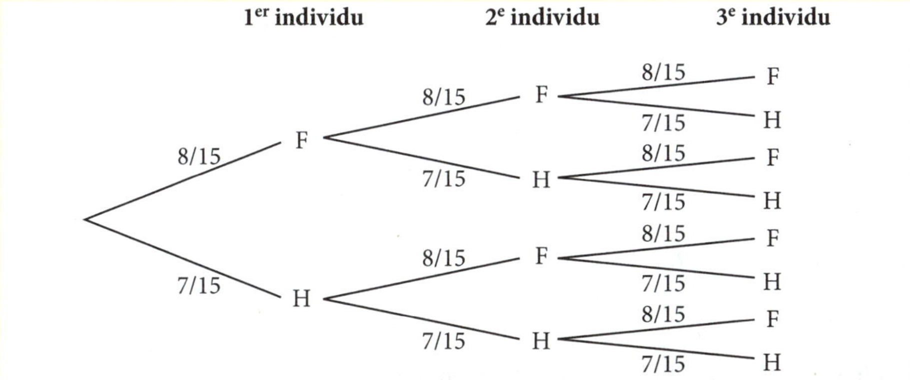

5 Lecture d'un arbre et loi binomiale

1.

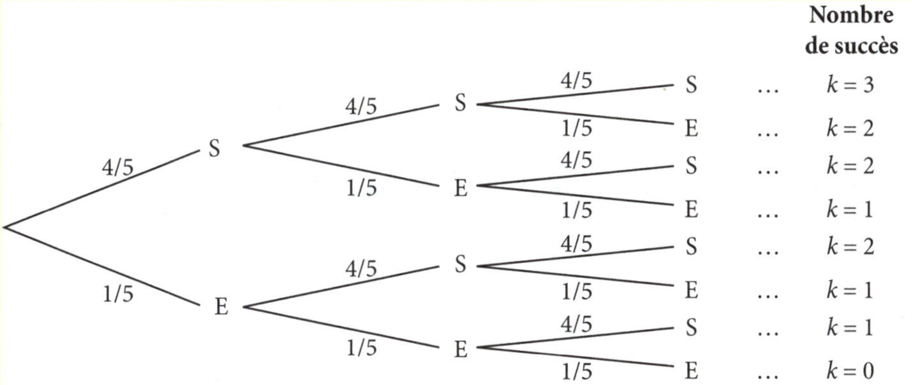

2. Cet arbre peut être associée à une loi binomiale de paramètres $p = \frac{4}{5}$ et $n = 3$.

3. a. 3 chemins mènent à $k = 2$ succès.

b. $\binom{3}{1} = 3$ car 3 chemins mènent à $k = 1$ succès.

c. La probabilité d'obtenir trois fois S est :

$$P(X = 3) = \binom{3}{3} p^3 q^{3-3} = 1 \times \left(\frac{4}{5}\right)^3 \times \left(\frac{1}{5}\right)^0 = \left(\frac{4}{5}\right)^3 = \frac{64}{125}.$$

Rappel

Pour s'aider dans la lecture de l'arbre et pour la suite de l'exercice, on peut indiquer (à droite de l'arbre) le nombre de succès obtenus pour chaque chemin.

6 Triangle de Pascal

1							
1	1						
1	2	1					
1	3	3	1				
1	4	6	4	1			
1	5	10	10	5	1		
1	6	15	20	15	6	1	
1	7	21	35	35	21	7	1

Ainsi, $\binom{7}{2} = 21$ et $\binom{7}{4} = 35$.

7 Calculs de probabilités avec une loi binomiale

Dans les trois cas, on utilise la formule du cours $P(X = 3) = \binom{n}{3} p^3 q^{n-3}$.

a. $p = \frac{1}{2}$ et $n = 3$, donc $P(X = 3) = \binom{3}{3}\left(\frac{1}{2}\right)^3\left(\frac{1}{2}\right)^0 = \mathbf{\frac{1}{8}}$.

b. $p = 0{,}1$ et $n = 5$, donc $P(X = 3) = \binom{5}{3} \times 0{,}1^3 \times 0{,}9^2 = \mathbf{0{,}008\,1}$.

c. $p = 0{,}2$ et $n = 10$, donc $P(X = 3) = \binom{10}{3} \times 0{,}2^3 \times 0{,}8^7 \approx \mathbf{0{,}201\,3}$.

8 Calculs de probabilités du type P($X \leqslant k$) ou P($X > k$) avec une loi binomiale

Aide

Revoir la méthode en page 157.

X suit la loi binomiale $\mathcal{B}(12\,;0{,}1)$.

a. $P(X \leqslant 2) = P(X = 0) + P(X = 1) + P(X = 2)$

$$= \binom{12}{0} \times 0{,}1^0 \times 0{,}9^{12} + \binom{12}{1} \times 0{,}1^1 \times 0{,}9^{11} + \binom{12}{2} \times 0{,}1^2 \times 0{,}9^{10}$$

$$\approx 0{,}889$$

b. $P(X \geqslant 1) = 1 - P(X < 1) = 1 - P(X = 0) = 1 - \binom{12}{0} \times 0{,}1^0 \times 0{,}9^{12} \approx 0{,}718$.

c. $P(X > 2) = 1 - P(X \leqslant 2) \simeq 1 - 0{,}889 \simeq 0{,}111$ (d'après la réponse au **a.**).

9 Calculs de probabilités avec une loi géométrique

1. a. $P(X = 5) = 0{,}2(1 - 0{,}2)^{5-1} = 0{,}2 \times 0{,}8^4 = 0{,}08192$.

La probabilité que le premier succès soit obtenu lors de la 5e expérience est égale à 0,08192.

b. $P(X \leqslant 4) = P(X=1) + P(X=2) + P(X=3) + P(X=4)$

$P(X \leqslant 4) = 0{,}2 \times 0{,}8^0 + 0{,}2 \times 0{,}8 + 0{,}2 \times 0{,}8^2 + 0{,}2 \times 0{,}8^3$

$P(X \leqslant 4) = 0{,}5904$.

La probabilité d'obtenir le premier succès avant la 5e expérience est égale à 0,5904.

Piège à éviter
Attention, pour une loi géométrique, $X = 0$ n'a pas de sens !

c. $P(3 \leqslant X < 7) = P(X=3) + P(X=4) + P(X=5) + P(X=6)$

$P(3 \leqslant X < 7) = 0{,}2 \times 0{,}8^2 + 0{,}2 \times 0{,}8^3 + 0{,}2 \times 0{,}8^4 + 0{,}2 \times 0{,}8^5 = 0{,}377856$.

La probabilité que le premier succès soit obtenu entre la 3e et la 6e expérience (inclues) est égale à 0,377856.

2. $E(X) = \dfrac{1}{p} = \dfrac{1}{0{,}2} = 5$.

Sur un grand nombre de jeux, on obtient le succès pour la première fois, en moyenne, lors de la 5e expérience.

Exercices d'entraînement

10 Démontrer une formule

D'une part, on sait que $E(X)$ est la moyenne des résultats obtenus, donc

$$E(X) = \frac{1 + 2 + \cdots + n}{n}$$

D'autre part, on sait (cours de Première) que la somme des n premiers entiers est :

$$1 + 2 + \cdots + n = \frac{n(n+1)}{2}$$

Ainsi, $E(X) = \dfrac{\frac{n(n+1)}{2}}{n} = \dfrac{n(n+1)}{2n} = \dfrac{n+1}{2}$.

11 Roulette au casino

1. Chaque rouleau peut être associé à une épreuve de Bernoulli.

Les rouleaux fonctionnent de manière indépendante, on peut donc associer chaque partie à une loi binomiale de paramètres $n = 4$ (le nombre de rouleaux) et $p = \dfrac{1}{7}$ (la probabilité de sortie du 7 car sur les sept figures d'un rouleau il n'y a qu'un seul 7).

La variable aléatoire X compte alors le nombre de 7 obtenus sur les quatre rouleaux.

2. a. On cherche $P(X \geqslant 1) = P(X = 1) + P(X = 2) + P(X = 3) + P(X = 4)$.
Il est plus rapide de considérer l'événement contraire : $(X < 1)$, c'est-à-dire $(X = 0)$.
Ainsi, $P(X \geqslant 1) = 1 - P(X = 0) = 1 - \binom{4}{4}\left(\frac{1}{7}\right)^0\left(\frac{6}{7}\right)^4 = \frac{1\,105}{2\,401} \approx 0{,}46$.
La probabilité d'obtenir au moins un 7 est d'environ 0,46.

b. On cherche $P(X = 4) = \binom{4}{4}\left(\frac{1}{7}\right)^4\left(\frac{6}{7}\right)^0 = \frac{1}{2\,401} \approx 0{,}000\,42$.
La probabilité d'obtenir les quatre 7 est d'environ 0,0004 2.

3. On considère une nouvelle variable aléatoire G, qui associe à chaque issue, le gain obtenu (en tenant compte de la mise de départ).
Ainsi, G peut prendre les valeurs 990 € ; 10 € ; 0 € ; – 8 € ou – 10 €.
Par exemple, le gain $(G = 10)$ correspond à $(X = 3)$, donc :
$P(G = 10) = P(X = 3) = \binom{4}{3}\left(\frac{1}{7}\right)^3\left(\frac{6}{7}\right)^1 = \frac{24}{2\,401}$.
On construit de la sorte le tableau suivant qui détermine la loi de probabilité de la variable aléatoire G.

$G = y$	990	10	0	–8	–10
$p(G = y)$	$\frac{1}{2\,401}$	$\frac{24}{2\,401}$	$\frac{216}{2\,401}$	$\frac{864}{2\,401}$	$\frac{1\,296}{2\,401}$

Dès lors, l'espérance de G est $E(G) = \frac{1}{2\,401} \times 990 + \ldots + \frac{1\,296}{2\,401} \times (-10)$.

$$E(G) = -7{,}76.$$

Sur un grand nombre de parties, le joueur perdra en moyenne 7,76 € par partie.
Ce jeu n'est pas équitable (car $E(G) \neq 0$).

12 Produit de mauvaise qualité

1. On note X la variable aléatoire qui donne le rang d'utilisation en lequel le produit tombe en panne.
X suit la loi géométrique $\mathcal{G}\left(\frac{1}{30}\right)$.

2. a. $P(X=10)=\dfrac{1}{30}\times\left(1-\dfrac{1}{30}\right)^{10-1}=\dfrac{1}{30}\times\left(\dfrac{29}{30}\right)^{9}\simeq 0{,}025.$

b. $P(10 \leqslant X < 15) = P(X = 10) + P(X = 11) + P(X = 12) + P(X = 13) + P(X = 14)$

$$P(10 \leqslant X < 15)=\frac{1}{30}\times\left(\frac{29}{30}\right)^{9}+\frac{1}{30}\times\left(\frac{29}{30}\right)^{10}+\frac{1}{30}\times\left(\frac{29}{30}\right)^{11}+\frac{1}{30}\times\left(\frac{29}{30}\right)^{12}+\frac{1}{30}\times\left(\frac{29}{30}\right)^{13}$$

$P(10 \leqslant X < 15) \approx 0{,}115.$

La probabilité que le produit tombe en panne entre la 10e utilisation et la 14e utilisation (inclues) est environ égale à 0,115.

3. $P_{(X>5)}(X > 8) = P_{(X\geqslant 6)}(X \geqslant 9) = P(X \geqslant 3)$

$P(X \geqslant 3) = 1 - P(X < 3)$

$P(X \geqslant 3) = 1 - (P(X = 1) + P(X = 2))$

$$P(X \geqslant 3)=1-\left(\frac{1}{30}+\frac{1}{30}\times\frac{29}{30}\right)$$

Ainsi, $P_{(X>5)}(X > 8) \approx 0{,}934.$

> **Rappel**
> La loi géométrique est une loi sans mémoire (voir le cours) :
> $P_{(X\geqslant n)}(X \geqslant n + k) = P(X \geqslant k)$

4. $E(X)=\dfrac{1}{p}=\dfrac{1}{\frac{1}{30}}=30.$

Sur un grand nombre de produits, la panne arrivera, en moyenne, lors de la 30e utilisation sur un produit.

CHAPITRE

9 Lois à densité

1 Lois de probabilité à densité

1 Variable aléatoire continue

• Définition

Une **variable aléatoire est continue** lorsqu'elle peut prendre toutes les valeurs d'un intervalle I.

2 Loi de probabilité continue

• Définitions

• Une **densité de probabilité** sur I, un intervalle de $\mathbb{R}$, est une fonction f continue, positive sur I et telle que $\int_I f(x)\mathrm{d}x = 1$.

• Définir **la loi de probabilité** P de densité f de la variable aléatoire X, c'est associer à chaque événement du type $(X \in J)$ où $J \subset I$ sa probabilité $\int_J f(x)\mathrm{d}x$.

$P(X \in J)$ est l'aire du domaine $\{M(x; y), x \in J = [c ; d] \text{ et } 0 < y < f(x)\}$.

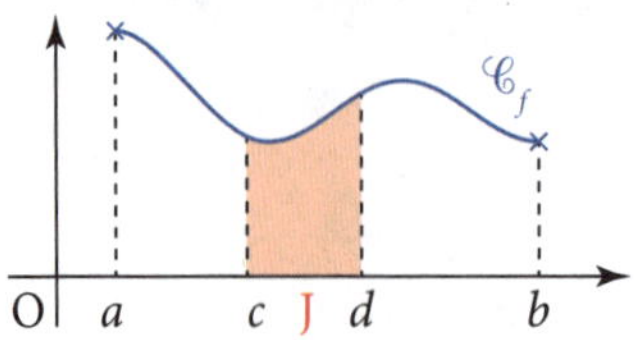

$P(X \in [c ; d])$ = Aire rouge

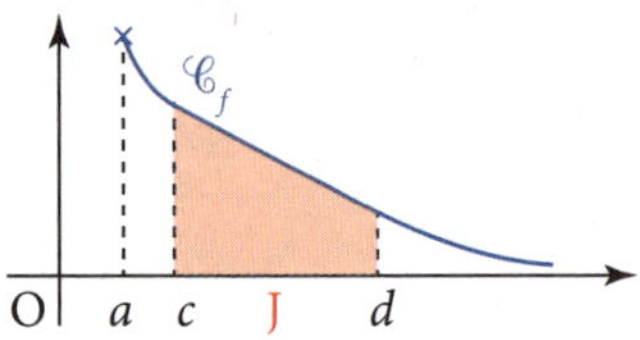

$P(X \in [c ; d])$ = Aire rouge

Remarques : • $P(X = c) = 0$ • $P(X \in [c ; d]) = P(X \in]c ; d])$ • $P(X \in [c ; d]) = P(c \leqslant X \leqslant d)$

• Définition

La **fonction de répartition** d'une variable aléatoire X de densité f sur un intervalle I est la fonction F définie sur I par :

$$F(x) = P(X \leqslant x)$$

3 Espérance et variance

f est la densité de probabilité d'une variable aléatoire X sur $[a ; b]$.

- L'**espérance de X** est le nombre :
$$E(X) = \int_a^b x\, f(x)dx$$

- La **variance de X** est le nombre :
$$V(X) = \int_a^b (x - \mathrm{E}(x))^2 f(x)dx$$

EXERCICE RÉSOLU

Calculer des probabilités avec une densité de probabilité

ÉNONCÉ

f est la fonction définie sur $\mathbb{R}$ par $f(x) = \begin{cases} x+1 \text{ si } -1 \leqslant x < 0 \\ -x+1 \text{ si } 0 \leqslant x \leqslant 1 \end{cases}$

1. Représenter dans un repère orthonormé la courbe de f puis vérifier que f est une densité de probabilité sur $[-1 ; 1]$.

2. X est une variable aléatoire continue à valeurs dans $[-1 ; 1]$ de densité de probabilité f.

Calculer : **a.** $P(X \in [-1 ; 0])$ **b.** $F(0{,}5)$.

CORRIGÉ

1.

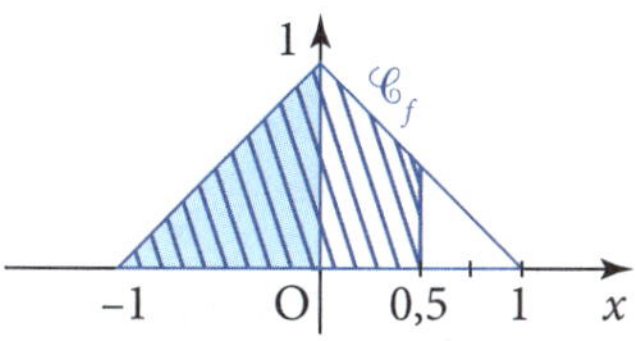

Le domaine entre l'axe des abscisses et la courbe de f, est un triangle isocèle d'aire $\frac{2 \times 1}{2} = 1$ u.a.

Ainsi, f est continue, positive sur $[-1 ; 1]$ et $\int_{-1}^{1} f(x)\mathrm{d}x = 1$.

Donc, **f est une densité de probabilité sur $[-1 ; 1]$.**

2. a. $P(X \in [-1 ; 0])$ est l'aire du domaine $\{M(x ; y), x \in [-1 ; 0] \text{ et } 0 < y < f(x)\}$.

Ce domaine est le triangle rectangle bleu dont l'aire est $\frac{1 \times 1}{2} = 0{,}5$ u.a.

Donc, $P(X \in [-1 ; 0]) = \mathbf{0{,}5}$.

b. $F(0{,}5) = P(X \leqslant 0{,}5) = P(-1 \leqslant X \leqslant 0{,}5)$ est l'aire du domaine hachuré.

$$F(0{,}5) = \frac{1 \times 1}{2} + \frac{(1 + 0{,}5) \times 0{,}5}{2} = 0{,}5 + 0{,}375 = 0{,}875.$$

> **Rappel**
> Aire d'un trapèze $A = \frac{(B+b) \times h}{2}$

2 Loi uniforme sur un intervalle [*a* ; *b*]

1 Définition d'une loi uniforme

• Définition

Dire qu'une variable aléatoire X suit une **loi uniforme sur l'intervalle [*a* ; *b*]** signifie que sa densité de probabilité est la fonction f définie sur $[a\,;b]$ par :

$$f(x) = \frac{1}{b-a}.$$

• Illustration graphique

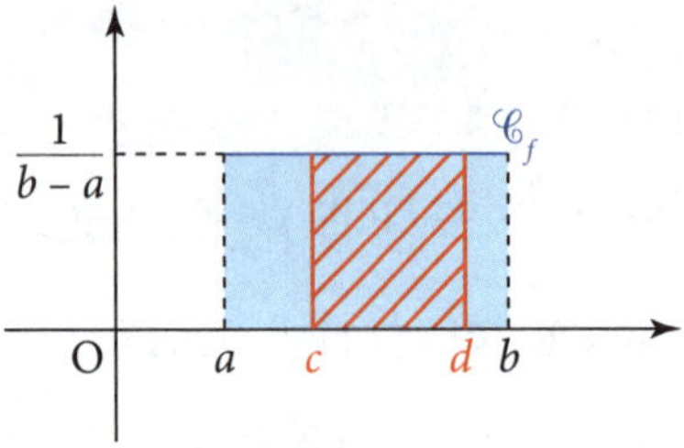

Ainsi, $P(X \in [a\,;b]) = 1$ c'est-à-dire que l'aire du rectangle bleu est égale à 1.

• Propriété

Pour tout intervalle $[c\,;d]$ inclus dans $[a\,;b]$, $P(X \in [c\,;d]) = \frac{d-c}{b-a}$.

Ainsi sur le graphique ci-dessus, $P(X \in [c\,;d])$ = aire du rectangle hachuré.

Remarque : On utilise la loi uniforme sur l'intervalle $[a\,;b]$ lorsqu'on choisit un nombre au hasard dans l'intervalle $[a\,;b]$.

2 Fonction de répartition

• Propriété

Pour tout x de l'intervalle $[a\,;b]$, la fonction de répartition F associée à la loi uniforme sur $[a\,;b]$ est définie par : $F(x) = \begin{cases} 0 \text{ si } x < a \\ \dfrac{x-a}{b-a} \text{ si } x \in [a\,;b] \\ 1 \text{ si } x > b \end{cases}$

3 Espérance et variance

• Propriétés

X est une variable aléatoire qui suit la loi uniforme sur $[a\,;b]$.

- $E(X) = \frac{a+b}{2}$.
- $V(X) = \frac{(b-a)^2}{12}$.

EXERCICES RÉSOLUS

Identifier une loi uniforme

Comprendre à l'aide d'un autre exemple

ÉNONCÉ

Pierre a dit qu'il téléphonerait à Claire entre 7 h 00 et 8 h 00.

a. À quelle loi de probabilité cet énoncé est-il associé ?

b. Quelle est la probabilité qu'il téléphone pendant la douche de Claire, qui a lieu de 7 h 15 à 7 h 30 ?

CORRIGÉ

a. Choisir l'heure de l'appel de Pierre, c'est choisir un nombre au hasard dans l'intervalle [7 ; 8].
Si X est la variable aléatoire égale à l'heure de l'appel de Pierre dans [7 ; 8], alors la loi suivie par X est la loi uniforme sur cet intervalle.

b. $P(X \in [7{,}25\,;7{,}5]) = \dfrac{7{,}5-7{,}25}{8-7} = \dfrac{0{,}25}{1} = \dfrac{1}{4}$.

La probabilité qu'il appelle pendant la douche de Claire est $\mathbf{\dfrac{1}{4}}$.

Calculer avec une loi uniforme

ÉNONCÉ

Une variable aléatoire X suit la loi uniforme sur [2 ; 12].
Effectuer les calculs suivants :

a. $P(3 \leqslant X \leqslant 7)$ **b.** $P(X \leqslant 10)$ **c.** $P(X > 6)$ **d.** $F(5)$ **e.** $E(X)$ **f.** $V(X)$

CORRIGÉ

a. $P(3 \leqslant X \leqslant 7) = \dfrac{7-3}{12-2} = \dfrac{4}{10} = 0{,}4$.

b. $P(X \leqslant 10) = P(2 \leqslant X \leqslant 10) = \dfrac{10-2}{12-2} = \dfrac{8}{10} = 0{,}8$.

c. $P(X > 6) = P(6 < X \leqslant 12) = \dfrac{12-6}{12-2} = \dfrac{6}{10} = 0{,}6$.

d. $F(5) = P(X \leqslant 5) = P(2 \leqslant X \leqslant 5) = \dfrac{5-2}{12-2} = \dfrac{3}{10} = 0{,}3$.

e. $E(X) = \dfrac{2+12}{2} = 7$ **f.** $V(X) = \dfrac{(12-2)^2}{12} = \dfrac{10^2}{12} = \dfrac{100}{12} = \dfrac{25}{3}$.

Rappel
Pour une loi à densité :
$P(X > d) = P(X \geqslant d)$

3 Loi exponentielle

1 Définition d'une loi exponentielle

• **Définition**

λ désigne un nombre réel strictement positif. Dire qu'une variable aléatoire X suit la **loi exponentielle de paramètre λ** signifie que sa densité de probabilité est la fonction f définie sur $[0\,;+\infty[$ par : $f(x)=\lambda e^{-\lambda x}$

• **Illustration graphique**

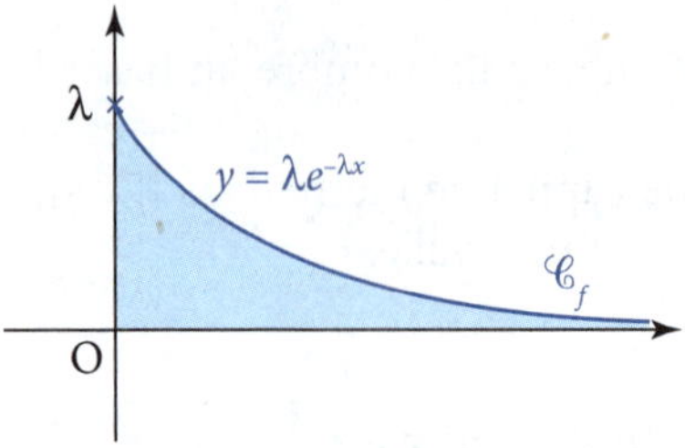

Ainsi, $P(X\in[0\,;+\infty[)=1$ c'est-à-dire que l'aire bleue est égale à 1.

On remarque que $f(0)=\lambda$, c'est-à-dire que λ est l'ordonnée du point d'intersection de $\mathcal{C}_f$ et de l'axe des ordonnées.

• **Propriétés**

- Pour tout intervalle $[c\,;d]$ inclus dans $[0\,;+\infty[$, $P(X\in[c\,;d])=e^{-\lambda c}-e^{-\lambda d}$.
- Pour tout $c\geqslant 0$, $P(X\in[c\,;+\infty[)=e^{-\lambda c}$ et $P(X\in[0\,;c])=1-e^{-\lambda c}$.

2 Fonction de répartition

• **Propriété**

Pour tout x de $\mathbb{R}$, la fonction de répartition F associée à la loi exponentielle de paramètre λ est définie par : $F(x)=\begin{cases}0 \text{ si } x<0\\ 1-e^{-\lambda x} \text{ si } x\geqslant 0\end{cases}$

3 Durée de vie sans vieillissement

• **Propriété**

Pour tout $a\geqslant 0$ et tout $h\geqslant 0$, $P_{(X\in[a\,;+\infty[)}(X\in[a+h\,;+\infty[)=P(X\in[h\,;+\infty[)$

Remarque : En raison de cette propriété, la loi exponentielle est appelée loi d'**absence de mémoire** ou loi de **durée de vie sans vieillissement**.

4 Espérance

- **Propriété**

X est une variable aléatoire qui suit la loi exponentielle de paramètre λ : $E(X) = \dfrac{1}{\lambda}$.

EXERCICE RÉSOLU

Calculer des probabilités avec une loi exponentielle

ÉNONCÉ

Comprendre à l'aide d'un autre exemple

La durée de vie en années d'un téléphone portable d'une marque donnée est modélisée par loi exponentielle de paramètre 0,25.

a. Quelle est la probabilité que le téléphone fonctionne encore au bout de 3 ans ?

b. Un téléphone de cette marque fonctionne toujours au bout de 4 ans. Quelle est la probabilité qu'il fonctionne encore au bout de 10 ans ?

c. Combien d'années, en moyenne, peut-on espérer garder un tel téléphone en état de marche ?

CORRIGÉ

a. On cherche $P(X \in [3\,;+\infty[) = e^{-0,25\times 3} \approx 0,47$.
La probabilité qu'un tel téléphone ne soit jamais tombé en panne au bout de 3 ans est d'environ 0,47.

b. L'énoncé donne la condition « fonctionne encore au bout de 4 ans », on cherche donc la probabilité :
$P_{(X\in[4\,;+\infty[)}(X \in [10\,;+\infty[) = P(X \in [6\,;+\infty[) = e^{-0,25\times 6} = e^{-1,5} \approx 0,22$.
(On utilise la propriété du paragraphe 3 avec $a = 4$ et $h = 6$.)
S'il fonctionne toujours au bout de 4 ans, alors la probabilité que cet appareil fonctionne toujours au bout de 10 ans est environ égale à 0,22.

c. On cherche $E(X) = \dfrac{1}{0,25} = 4$.

Sur un grand nombre de téléphone, la durée de vie moyenne d'un téléphone sera de 4 ans.

Rappel
L'espérance d'une variable aléatoire X s'exprime dans la même unité que les valeurs de la variable aléatoire, donc ici en années.

Savoir reconnaître une densité de probabilité

ÉNONCÉ

Voici la représentation graphique d'une fonction f définie sur $[0; 3]$.

1. Montrer que f est une densité de probabilité sur $[0; 3]$.

2. X est une variable aléatoire de densité de probabilité f, calculer $P(X \in [1; 2])$.

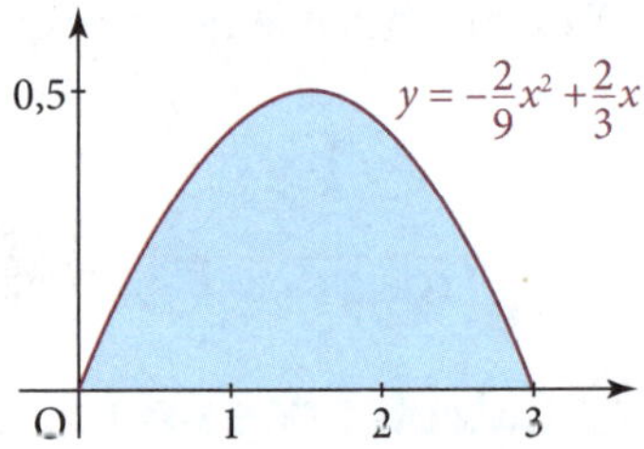

MÉTHODE

• Pour montrer qu'une fonction f est une densité de probabilité sur I, il faut montrer que f est continue, positive sur $I = [a; b]$ et que $\int_a^b f(x)\,dx = 1$ (on peut avoir $a = -\infty$ ou $b = +\infty$).

• Pour calculer une probabilité utilisant une variable aléatoire continue X de densité de probabilité f sur I, il faut calculer $\int_c^d f(x)\,dx$ qui est égale à $P(X \in [c; d])$, c'est-à-dire calculer l'aire située entre la courbe, l'axe des abscisses et entre c et d.

CORRIGÉ

1. • f est une fonction continue sur $[0; 3]$.

• $-\frac{2}{9}x^2 + \frac{2}{3}x = -\frac{2}{3}\left(\frac{x^2}{3} - x\right) = -\frac{2}{3}x\left(\frac{x}{3} - 1\right)$

Les solutions de l'équation $-\frac{2}{3}x\left(\frac{x}{3} - 1\right) = 0$ sont 0 et 3.

Ainsi, $f(x) \geqslant 0$ lorsque $x \in [0\,;3]$. f est donc positive sur $[0\,;3]$

• L'aire bleue est égale à : $\int_a^b f(x)\mathrm{d}x = \left[-\frac{2}{9} \times \frac{1}{3}x^3 + \frac{2}{3} \times \frac{1}{2}x^2\right]_0^3 = -2 + 3 = 1.$

Donc, f est une densité de probabilité sur $[0; 3]$.

2. $P(X \in [1\,; 2]) = \int_1^2 f(x)\mathrm{d}x = \left[-\frac{2}{9} \times \frac{1}{3}x^3 + \frac{2}{3} \times \frac{1}{2}x^2\right]_1^2$

$= \left(-\frac{16}{27} + \frac{8}{6}\right) - \left(-\frac{2}{27} + \frac{2}{6}\right) = \frac{13}{27}.$

Rappel

$P(X \in [1; 2]) = P(1 \leqslant X \leqslant 2).$

Savoir utiliser une loi uniforme

ÉNONCÉ

On choisit un nombre réel au hasard entre 1 et 10.
X est la variable aléatoire qui donne le nombre choisi.

1. Donner la densité de probabilité associée à la variable aléatoire X.

2. Calculer et interpréter $P(X < 3)$.

3. Calculer la probabilité p que le nombre choisi au hasard soit dans $[6\,;7]$, sachant qu'il est supérieur à 5.

4. Calculer l'espérance de X, puis interpréter le résultat.

MÉTHODE

On applique les formules du cours page 172, relatives à la loi uniforme

CORRIGÉ

1. X suit une loi uniforme sur $[1\,;10]$, donc, pour tout x de $[1\,;10]$,
$f(x) = \dfrac{1}{10-1} = \dfrac{1}{9}$.

2. $P(X < 3) = \dfrac{3-1}{10-1} = \dfrac{2}{9}$.

La probabilité que le réel choisi au hasard soit inférieur à 3 est égal à $\dfrac{7}{9}$.

3. On cherche $P_{X\in[5;10]}(X \in [6\,;7]) = \dfrac{P(X \in [6\,;7] \cap [5\,;10])}{P(X \in [5\,;10])}$,

Or $P(X \in [6\,;7] \cap [5\,;10]) = P(X \in [6\,;7]) = \dfrac{7-6}{10-1} = \dfrac{1}{9}$,

$P(X \in [5\,;10]) = \dfrac{10-5}{10-1} = \dfrac{5}{9}$.

Finalement, $p = \dfrac{\frac{1}{9}}{\frac{5}{9}} = \dfrac{1}{5}$.

Rappel
A et B, deux événements tels que $P(A) \neq 0$
$P_A(B) = \dfrac{P(B\cap A)}{P(A)}$.

4. $E(X) = \dfrac{1+10}{2} = 5{,}5$. Lorsque l'on tire un grand nombre de fois des nombres réels au hasard entre 1 et 10, le nombre moyen obtenu par tirage est 5,5.

Savoir utiliser une loi exponentielle

ÉNONCÉ

Y est une variable aléatoire continue qui suit la loi exponentielle de paramètre 0,5 et qui modélise la durée de vie, en siècles, d'un composant radioactif.

1. Donner la densité de probabilité de la variable aléatoire Y.

2. Calculer la probabilité que ce composant ait une durée de vie de plus de 200 ans.

3. Représenter cette probabilité sur un graphique.

4. Calculer et interpréter $F(3)$ où F est la fonction de répartition.

MÉTHODE

On applique les formules du cours page 174, relatives à la loi exponentielle.

CORRIGÉ

1. Y suit une loi exponentielle de paramètre $\lambda = 0{,}5$ sur $[0\,;+\infty[$, donc, pour tout x de $[0\,;+\infty[$, $f(x) = 0{,}5\mathrm{e}^{-0{,}5x}$.

2. $P(Y \in [2\,;+\infty[) = \mathrm{e}^{-0{,}5\times 2} \approx 0{,}37$.

La probabilité que ce composant radioactif ait une durée de vie de plus de 200 ans est d'environ 0,37.

3.

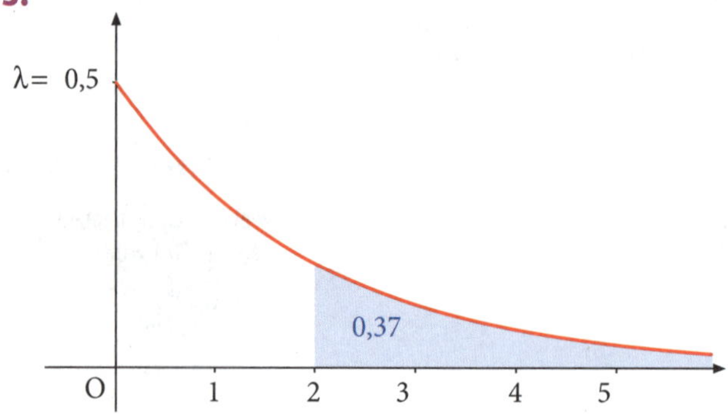

Astuce du prof

Le paramètre d'une loi exponentielle est la valeur en 0 de la densité de probabilité associée.

Comprendre à l'aide d'un autre exemple

4. $F(3) = P(0 \leqslant X \leqslant 3) = 1 - \mathrm{e}^{-0{,}5\times 3} \approx 0{,}975$.

La probabilité que ce composant radioactif ait une durée de vie de 300 ans ou moins et environ égale à 0,975.

Vérifiez vos connaissances

1 Vrai-Faux

Indiquer pour chaque proposition si elle est vraie (V) ou fausse (F).

1. On tire au hasard un réel dans l'intervalle $[0\,;10]$.

X est la variable aléatoire qui donne le réel choisi.

a. La densité de probabilité de X est donnée pour $x \in [0\,;10]$ par $f(x) = 5$. ☐ V ☐ F

b. $P(X \in [4\,;6]) = 0{,}2$. ☐ V ☐ F

c. $F(6) = 0{,}6$. ☐ V ☐ F

2. La durée d'attente, en minutes, au péage de l'autoroute suit une loi exponentielle de paramètre $\lambda = 2$.

La probabilité qu'un automobiliste attende entre 2 et 5 minutes est égale à environ 0,02. ☐ V ☐ F

2 QCM

Pour chaque question, une seule réponse proposée (A, B ou C) est exacte.

		A	B	C
1.	X suit une loi uniforme sur $[a\,;b]$. On sait que $P(0 < X < 5) = 0{,}2$, donc	$a = 0$ $b = 10$	$a = 5$ $b = 30$	$a = -5$ $b = 20$
2.	La fonction f définie par $f(x) = x$ est une densité de probabilité sur l'intervalle	$[0\,;1]$	$[0\,;\sqrt{2}]$	$[0\,;2]$
3.	La fonction f représentée ci-contre est la densité de probabilité d'une loi exponentielle de paramètre 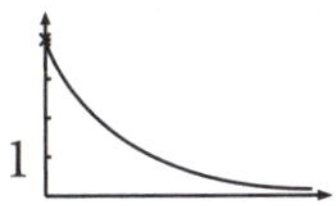	$\lambda = \dfrac{1}{4}$	$\lambda = -4$	$\lambda = 4$
4.	Si X suit une loi exponentielle de paramètre $\lambda = 0{,}2$, alors $P(X < 3)$ est, à 10^{-3} près, égal à	0,552	0,549	0,451
5.	X suit une loi exponentielle de paramètre λ sachant que $P(X > 3) = P(X < 3)$, λ est égal à	$\dfrac{\ln 2}{3}$	$-\dfrac{\ln 2}{3}$	1

Exercices d'application

3 Densité de probabilité sur un graphique

Parmi les courbes ci-dessous, quelles sont celles qui représentent une densité de probabilité ?

a.

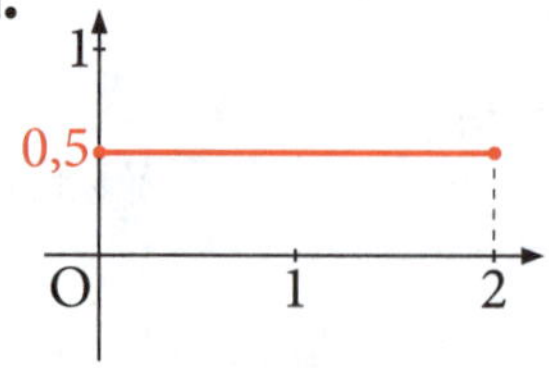

b.

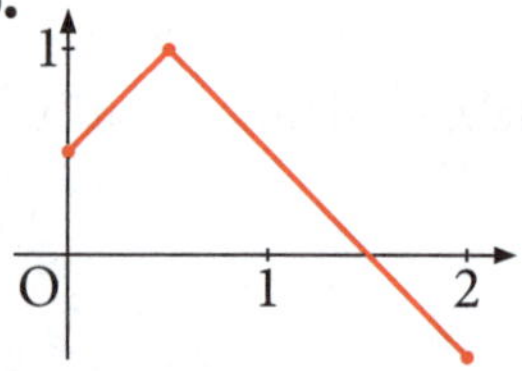

c.

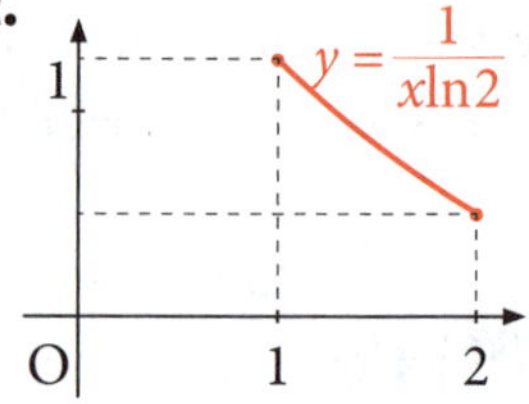

4 Densité de probabilité et espérance

f est la fonction définie sur $[0 ; 1,5]$ par $f(x) = \begin{cases} 2x \text{ pour } 0 \leqslant x \leqslant 0,5 \\ 1 \text{ pour } 0,5 < x < 1 \\ -2x + 3 \text{ pour } 1 \leqslant x \leqslant 1,5 \end{cases}$

1. Représenter la fonction f sur $[0 ; 1,5]$ dans un repère orthonormé.

2. Montrer que f est une densité de probabilité sur $[0 ; 1,5]$.

3. Déterminer l'espérance de la variable aléatoire continue X associée à la densité de probabilité f.

5 Loi uniforme

On choisit un nombre x au hasard dans l'intervalle $[0 ; 4]$. La variable aléatoire X donne le nombre choisi.

1. Calculer les probabilités suivantes :

a. $P(X \in [1 ; 2,5])$ **b.** $P(X \leqslant 3)$ **c.** $P(X > 1,5)$.

2. Calculer la probabilité conditionnelle : $P_{(X \in [1 ; 3])}(X \in [2 ; 4])$.

3. F est la fonction de répartition associée à la variable aléatoire X.

Calculer $F(2,5)$; puis $F(0,75)$.

6 Exercice d'alerte incendie

Dans un bâtiment public, un exercice d'alerte incendie doit avoir lieu entre 14 h et 17 h. Personne ne sait quand l'alarme va se déclencher dans cette plage horaire.

1. Associer cet énoncé à une loi uniforme en précisant sur quel intervalle elle est définie.

2. Calculer la probabilité que l'alarme se déclenche après 15 h.

3. Calculer et interpréter $P(X \leqslant 16{,}5)$.

4. À 15 h 30, l'alarme ne s'est toujours pas déclenchée.

Calculer la probabilité qu'elle se déclenche avant 16 h 15.

7 Loi exponentielle

Une variable aléatoire X suit la loi exponentielle de paramètre $\lambda = 0{,}1$.

1. Calculer les probabilités suivantes :

a. $P(X \geqslant 1)$ **b.** $P(X \leqslant 10)$ **c.** $P(5 \leqslant X \leqslant 8)$.

2. Calculer la probabilité : $P_{(X \geqslant 10)}(X \geqslant 15)$.

3. F est la fonction de répartition associée à la variable aléatoire X.

Calculer $F(2)$; puis $F(7)$.

8 Attente au guichet

On s'intéresse à la durée d'attente à un guichet.

La variable aléatoire X qui indique le délai d'attente, en minutes, suit une loi exponentielle de paramètre $\lambda = 0{,}04$.

1. Quelle est la probabilité qu'un client choisi au hasard attende moins de cinq minutes à ce guichet ?

2. Quelle est la probabilité qu'il attende plus de 10 minutes ?

3. Sachant que le client a attendu plus de 5 minutes, quelle est la probabilité qu'il ait attendu moins de 10 minutes ?

4. Déterminer la durée d'attente moyenne à ce guichet.

Exercices d'entraînement

9 Substance radioactive

Dans une substance radioactive, la désintégration des noyaux se fait de façon spontanée. La durée qui sépare deux désintégrations peut être modélisée par une loi exponentielle de paramètre λ.

1. Déterminer une valeur approchée de λ à 10^{-4} près, sachant que la probabilité que le temps d'attente entre deux désintégrations soit de moins de 8 ans est de 0,7.

2. Calculer la probabilité que le temps d'attente entre deux désintégrations :

a. soit plus de 4 ans ; **b.** soit compris entre 15 et 20 ans.

Les résultats seront arrondis à 10^{-2} près.

3. Calculer le temps d'attente moyen entre deux désintégrations.

4. On admet que la médiane de la variable aléatoire X est la valeur de x pour laquelle $P(X \in [0 ; x]) = 0{,}5$. Déterminer cette médiane et interpréter le résultat.

10 Comme au Bac

À 20 h, un groupe de touristes fait une pause autour d'un point d'eau pour observer le bain des éléphants. On considère que le temps d'attente, en minutes, nécessaire pour observer des éléphants suit la loi uniforme sur l'intervalle [0 ; 90].

1. Quelle est la probabilité que le groupe attende plus d'une heure avant d'apercevoir les éléphants ?

2. Calculer l'heure moyenne d'arrivée des éléphants.

11 Le fabricant de poupées

Un fabricant de jouets vend un modèle de poupée qui « parle et marche »

grâce à un mécanisme électronique.

On appelle « durée de vie » d'une poupée le temps pendant lequel le mécanisme fonctionne correctement avant la première défaillance.

La variable aléatoire T, représentant la durée de vie, exprimée en années, d'une poupée prise au hasard dans la production, suit une loi exponentielle de paramètre $\frac{1}{3}$.

1. Déterminer la probabilité p qu'une poupée ne fonctionne plus au bout d'une année.

2. Exprimer, en fonction de t, la probabilité $P(T > t)$ qu'une poupée n'ait aucune défaillance pendant t années.

3. Calculer et interpréter $E(T)$.

Vérifiez vos connaissances

1 Vrai-Faux

1. a. Faux **b.** Vrai **c.** Vrai **2.** Vrai

2 QCM

1. B **2.** B **3.** C **4.** C **5.** A

Exercices d'application

3 Densité de probabilité sur un graphique

a. $I = [0\,;2]$ et l'aire du rectangle vaut 1 u.a.

De plus, f est positive et continue sur $[0\,;2]$.

Donc **cette courbe représente une densité de probabilité sur [0 ; 2].**

b. $I = [0\,;2]$ et f n'est pas positive sur $[0\,;2]$.

Donc **cette courbe ne représente pas une densité de probabilité.**

c. $I = [1\,;2]$ et l'aire se calcule avec une intégrale.

$$\int_1^2 f(x)\mathrm{d}x = \int_1^2 \frac{1}{x\ln 2}\,\mathrm{d}x = \frac{1}{\ln 2}\int_1^2 \frac{1}{x}\,\mathrm{d}x = \frac{1}{\ln 2}[\ln x]_1^2 = \frac{1}{\ln 2}(\ln 2 - \ln 1) = 1.$$

De plus, f est positive et continue sur $[1\,;2]$.

Donc **cette courbe représente une densité de probabilité sur [1 ; 2].**

4 Densité de probabilité et espérance

1.

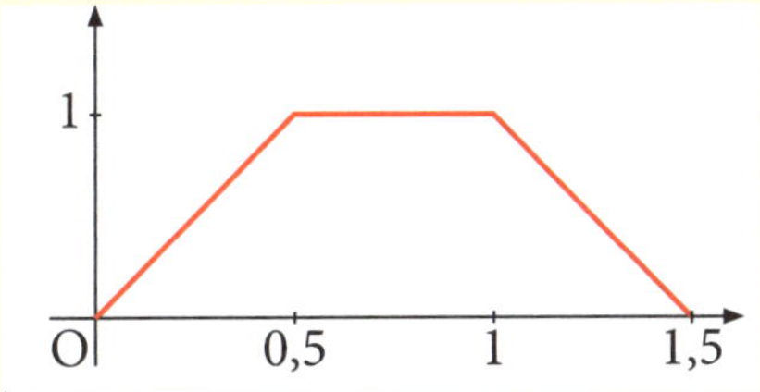

2. f est positive et continue sur $[0\,;1{,}5]$.

L'aire du trapèze est $\dfrac{(B+b)\times h}{2} = \dfrac{(1{,}5+0{,}5)\times 1}{2} = 1.$

Donc, **f est une densité de probabilité sur [0 ; 1,5].**

3. $E(X) = \int_0^{1,5} x f(x)\mathrm{d}x = \int_0^{0,5} x \times 2x\mathrm{d}x + \int_{0,5}^{1} x \times 1\mathrm{d}x + \int_1^{1,5} x \times (-2x+3)\mathrm{d}x$

$= \left[\frac{2x^3}{3}\right]_0^{0,5} + \left[\frac{x^2}{2}\right]_{0,5}^{1} + \left[-\frac{2x^3}{3} + \frac{3x^2}{2}\right]_1^{1,5}$

$= \frac{1}{12} + \frac{3}{8} + \frac{7}{24} = \frac{3}{4}.$

Donc, l'espérance $E(X) = \frac{3}{4}$.

Rappel

$\frac{1}{n+1}x^{n+1}$ est une primitive de x^n sur $\mathbb{R}$.

5 Loi uniforme

La variable aléatoire X suit la loi uniforme sur $[0 ; 4]$.

1. a. $P(X \in [1 ; 2,5]) = \frac{2,5-1}{4-0} = \frac{1,5}{4} = 0,375.$

b. $P(X \leqslant 3) = P(0 \leqslant X \leqslant 3) = \frac{3-0}{4-0} = 0,75.$

c. $P(X > 1,5) = P(1,5 < X \leqslant 4) = \frac{4-1,5}{4-0} = \frac{2,5}{4} = 0,625.$

Astuce du prof

Puisque X est définie sur $[0 ; 4]$, $P(X \leqslant 3) = P(0 \leqslant X \leqslant 3)$ et $P(X > 1,5) = P(1,5 < X \leqslant 4)$.

2. $P_{(X \in [1 ; 3])}(X \in [2 ; 4]) = P_A(B)$

avec $A : X \in [1 ; 3]$ et $B : X \in [2 ; 4]$.

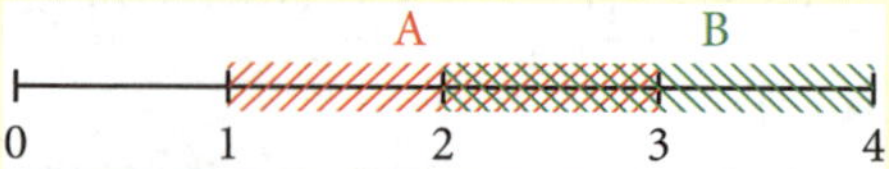

donc $A \cap B = X \in [2 ; 3]$

Ainsi, $P(A) = P(X \in [1 ; 3]) = \frac{3-1}{4-0} = 0,5$

et $P(A \cap B) = P(X \in [2 ; 3]) = \frac{3-2}{4-0} = 0,25$

Finalement, $P_{(X \in [1;3])}(X \in [2 ; 4]) = \frac{0,25}{0,5} = 0,5.$

Astuce du prof

$P_A(B) = \frac{P(A \cap B)}{P(A)}$.

On peut s'aider d'un schéma pour calculer $P(A)$ et $P(A \cap B)$

3. $F(2,5) = \frac{2,5-0}{4-0} = 0,625$; $F(0,75) = \frac{0,75-0}{4-0} = 0,1875.$

6 Exercice d'alerte incendie

1. La situation peut être modélisée par la loi uniforme sur [14 ; 17] puisque l'heure de déclenchement de l'alarme est un nombre au hasard dans l'intervalle [14 ; 17].

2. $P(X > 15) = P(15 < X \leqslant 17) = \dfrac{17-15}{17-14} = \dfrac{2}{3}$.

La probabilité que l'alarme se déclenche après 15 h est de $\dfrac{2}{3}$.

3. $P(X \leqslant 16{,}5) = P(14 \leqslant X \leqslant 16{,}5) = \dfrac{16{,}5-14}{17-14} = \dfrac{2{,}5}{3} \approx 0{,}83$.

La probabilité que l'alarme se déclenche avant 16 h 30 est environ égale à 0,83.

4. $$P_{(X>15{,}5)}(X < 16{,}25) = \dfrac{P(15{,}5 < X < 16{,}25)}{P(X > 15{,}5)} = \dfrac{\dfrac{16{,}25-15{,}5}{17-14}}{\dfrac{17-15{,}5}{17-14}} = 0{,}5.$$

Piège à éviter

Dans cet énoncé :
16,5 = 16 h 30 ;
13,5 = 15 h 30 ;
16,25 = 16 h 15.

7 Loi exponentielle

1. a. $P(X \geqslant 1) = P(X \in [1\,;+\infty[) = \mathrm{e}^{-0{,}1\times 1} \approx 0{,}905$.

b. $P(X \leqslant 10) = 1 - \mathrm{e}^{-0{,}1\times 10} = 0{,}632$.

c. $P(5 \leqslant X \leqslant 8) = \mathrm{e}^{-0{,}1\times 5} - \mathrm{e}^{-0{,}1\times 8} \approx 0{,}157$.

2. On utilise la propriété du cours avec $a = 10$ et $h = 5$.

$P_{(X \geqslant 10)}(X \geqslant 15) = P(X \geqslant 5) = \mathrm{e}^{-0{,}1\times 5} \approx 0{,}607$.

3. $F(2) = 1 - \mathrm{e}^{-0{,}1\times 2} \approx 0{,}181$ et $F(7) = 1 - \mathrm{e}^{-0{,}1\times 7} \approx 0{,}503$.

8 Attente au guichet

1. X suit une loi exponentielle de paramètre $\lambda = 0{,}04$.

On cherche $P(X \in [0\,;5[)$ qui est égal à $P(X \in [0\,;5])$ (car ouvrir ou fermer un crochet n'a pas d'incidence pour les lois à densité).

$P(X \in [0\,;5]) = \mathrm{e}^{-0{,}04\times 0} - \mathrm{e}^{-0{,}04\times 5} = \mathrm{e}^{0} - \mathrm{e}^{-0{,}2} = 1 - \mathrm{e}^{-0{,}2}$.

Donc, $P(X \in [0\,;5[) = 1 - \mathrm{e}^{-0{,}2} \approx 0{,}181$.

Rappel

X suit une loi exponentielle de paramètre $\lambda > 0$.
$P(X \in [c\,;d]) = \mathrm{e}^{-\lambda c} - \mathrm{e}^{-\lambda d}$
$P(X \in [c\,;+\infty[) = \mathrm{e}^{-\lambda d}$.

2. On cherche $P(X \in]10\,;+\infty[) = P(X \in [10\,;+\infty[)$.

$P(X \in [10\,;+\infty[) = e^{-0{,}04\times10} = e^{-0{,}4}$.

Donc, $P(X \in]10\,;+\infty[) = e^{-0{,}4} \approx 0{,}670$.

Rappel

Si $P(A) \neq 0$

$P_A(B) = \dfrac{P(B \cap A)}{P(A)}$.

3. On cherche $P_{X\in]5\,;+\infty[}(X \in]5\,;10[)$.

$$P_{X\in]5;+\infty[}(X \in]5\,;10[) = \frac{P(X\in]5,+\infty[\cap]5\,;10[)}{P(X\in [5\,;+\infty[)} = \frac{P(X\in]5\,;10[)}{P(X\in [5\,;+\infty[)}$$

Or, $P(X \in]5\,;+\infty[) = e^{-0{,}04\times5} = e^{-0{,}2}$

et $P(X \in]5\,;10[) = e^{-0{,}04\times5} - e^{-0{,}04\times10} = e^{-0{,}2} - e^{-0{,}4}$.

Donc, $P_{X\in]5;+\infty[}(X \in]5\,;10[) = \dfrac{e^{-0{,}2} - e^{-0{,}4}}{e^{-0{,}2}} = 1 - e^{-0{,}2} \approx 0{,}181$.

4. $E(X) = \dfrac{1}{\lambda} = \dfrac{1}{0{,}04} = 25$.

La durée d'attente moyenne à ce guichet est de 25 min.

Exercices d'entrainement

9 Substance radioactive

1. X est la variable aléatoire qui correspond au temps d'attente entre deux désintégrations.

$P(X \in [0\,;8]) = 0{,}7 \Leftrightarrow e^{-\lambda\times0} - e^{-\lambda\times8} = 0{,}7$

$\Leftrightarrow 1 - e^{-8\lambda} = 0{,}7 \Leftrightarrow e^{-8\lambda} = 0{,}3 \Leftrightarrow -8\lambda = \ln 0{,}3$

$\Leftrightarrow \lambda = \dfrac{\ln 0{,}3}{-8}$. Donc, $\lambda \approx 0{,}1505$.

Rappel

$e^a = b \Leftrightarrow a = \ln b$.

2. a. On cherche $P(X \in [4\,;+\infty[)$.

On a $P(X \in [4\,;+\infty[) = e^{-\lambda\times4} = e^{-0{,}1505\times4} \approx 0{,}55$.

La probabilité que le temps d'attente entre deux désintégrations soit de plus de 4 ans est d'environ 0,55.

b. On cherche $P(X \in [15\,;20])$.

On a $P(X \in [15\,;20]) = e^{-\lambda\times15} - e^{-\lambda\times20} = e^{-0{,}1505\times15} - e^{-0{,}1505\times20} \approx 0{,}06$.

La probabilité que le temps d'attente entre deux désintégrations soit entre 15 et 20 ans est d'environ 0,06.

3. On cherche $E(X)$.

On a $E(X) = \frac{1}{\lambda}$ soit $E(X) \approx 6{,}6$ ans .

4. $P(X \in [0\,;x]) = 0{,}5 \Leftrightarrow e^{-\lambda\times 0} - e^{-\lambda\times x} = 0{,}5,$

$\Leftrightarrow 1 - e^{-\lambda x} = 0{,}5 \Leftrightarrow e^{-\lambda x} = 0{,}5,$

$\Leftrightarrow -\lambda x = \ln 0{,}5 \Leftrightarrow x = \frac{\ln 0{,}5}{-\lambda} \Leftrightarrow x = 8 \times \frac{\ln 0{,}5}{\ln 0{,}3} \approx 4{,}6.$

La médiane de X est d'environ 4,6 ans, c'est-à-dire que 50 % des temps d'attente entre deux désintégrations sont inférieurs à 4,6 ans.

10 Comme au Bac

1. Si on appelle T la variable aléatoire qui donne le temps d'attente, la probabilité que le groupe attende plus d'une heure avant d'apercevoir les éléphants est

$P(60 < T \leqslant 90) = \frac{90-60}{90-0} = \frac{1}{3}.$

2. $E(X) = \frac{0+90}{2} = 45$ donc l'heure moyenne d'arrivée des éléphants est 20 h 45.

11 Le fabricant de poupées

1. $p = P(T < 1)$, d'où : $p = 1 - e^{-\frac{1}{3}} \approx 0{,}283\,5.$

La probabilité qu'une poupée choisie au hasard ne fonctionne plus au bout d'un an est environ égale à 0,2835.

2. Pour $t > 0$, $P(T > t) = P(T > t) = e^{-\frac{1}{3}t}$.

3. $E(T) = \frac{1}{\lambda} = 3$

Sur un grand nombre de poupées choisis au hasard, la durée de vie moyenne d'une poupée est de 3 ans.

CHAPITRE 10

Statistiques à deux variables quantitatives

1 Représentation graphique

1 Nuage de points

Une série statistique à deux variables quantitatives X et Y est donnée par le tableau suivant.

Variable X	x_1	x_2	…	x_n
Variable Y	y_1	y_2	…	y_n

On représente cette série statistique dans un repère en plaçant les points $M_1(x_1 ; y_1)$, $M_2(x_2 ; y_2)$, …, $M_n(x_n ; y_n)$.

- **Définition**

On dit que l'ensemble des points M_1, M_2, …, M_n est le **nuage de points** de cette série statistique.

2 Point moyen

- **Définition**

Le **point moyen** du nuage de points de la série statistique ci-dessus est le point G de coordonnées $(\overline{x} ; \overline{y})$ où :

$\overline{x} = \dfrac{x_1 + x_2 + \ldots + x_n}{n}$ est la moyenne des x_i

$\overline{y} = \dfrac{y_1 + y_2 + \ldots + y_n}{n}$ est la moyenne des y_i

Remarque : le point moyen est le « point d'équilibre » du nuage, il doit donc se trouver en plein cœur du nuage.

EXERCICE RÉSOLU

Construire un nuage de points et placer le point moyen

ÉNONCÉ

Des scientifiques s'intéressent à la taille et à la masse de jeunes adultes d'une espèce animale. Les données concernant 10 individus sont répertoriées ci-dessous.

Taille (en cm)	10	15	12	11	16	18	10	14	13	15
Masse (en kg)	0,8	1,2	1	0,6	1,5	2	0,5	1,3	1,6	1,5

1. Représenter le nuage de points de cette série statistique dans un repère.

2. Déterminer les coordonnées du point moyen G ; puis placer G sur le graphique précédent.

CORRIGÉ

1.

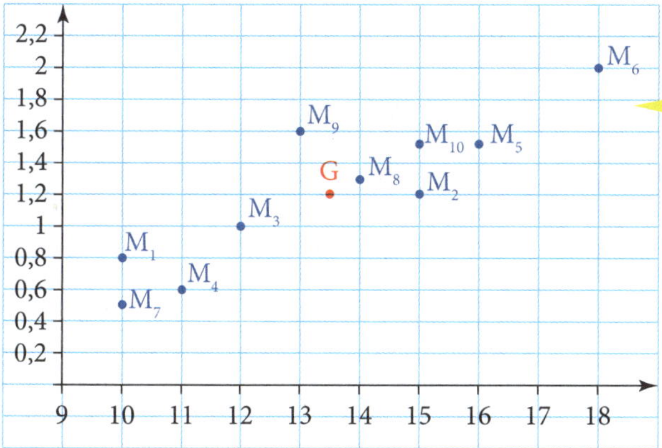

Astuce du prof

Pour construire le repère, observer dans le tableau les valeurs minimales et maximales pour x et pour y.

2. $$\bar{x} = \frac{10 + 15 + 12 + 11 + 16 + 18 + 10 + 14 + 13 + 15}{10} = 13,4$$

$$\bar{y} = \frac{0,8 + 1,2 + 1 + 0,6 + 1,5 + 2 + 0,5 + 1,3 + 1,6 + 1,5}{10} = 1,2.$$

Les coordonnées du point moyen G sont donc (13,4 ; 1,2).

2 Ajustement affine

1 Principe

Lorsqu'on étudie une série statistique à deux variables X et Y, on s'interroge parfois sur l'existence d'un lien (on parle de **corrélation**) entre X et Y : l'une et l'autre sont-elles reliées ? L'ajustement linéaire par la méthode des moindres carrés permet de mettre en évidence l'existence ou non d'un lien **affine** entre X et Y, autrement dit de savoir si les points du nuage se répartissent plus ou moins le long d'une droite.

2 Méthode des moindres carrés

Une série statistique à deux variables X et Y est donnée ci-dessous.

Variable *X*	x_1	x_2	…	x_n
Variable *Y*	y_1	y_2	…	y_n

• **Définition**

La **droite de régression linéaire de *Y* en *X*** est la droite Δ d'équation $y = ax + b$ telle que :

• Le point moyen $G(\overline{x}\,;\overline{y}) \in \Delta$ • $a = \dfrac{\text{cov}(X\,;Y)}{\text{var}(X)}$.

où $\text{cov}(X\,;Y) = \dfrac{1}{n}[(x_1 - \overline{x})(y_1 - \overline{y}) + (x_2 - \overline{x})(y_2 - \overline{y}) + \ldots + (x_n - \overline{x})(y_n - \overline{y})]$

et $\text{var}(X) = \dfrac{1}{n}[(x_1 - \overline{x})^2 + (x_2 - \overline{x})^2 + \ldots + (x_n - \overline{x})^2]$.

3 Coefficient de corrélation linéaire

• **Définition**

Pour la série statistique précédente, le coefficient de corrélation linéaire en X et Y est le nombre : $r(X\,;Y) = \dfrac{\text{cov}(X\,;Y)}{\sigma(X)\,\sigma(Y)}$.

Remarque : En pratique, dans la quasi-totalité des exercices, l'équation de Δ et $r(X\,;Y)$ s'obtiennent à la calculatrice.

• Décision

Selon la valeur de $r(X\,;\,Y)$, on en déduit que la corrélation linéaire entre X et Y est forte, moyenne ou faible.

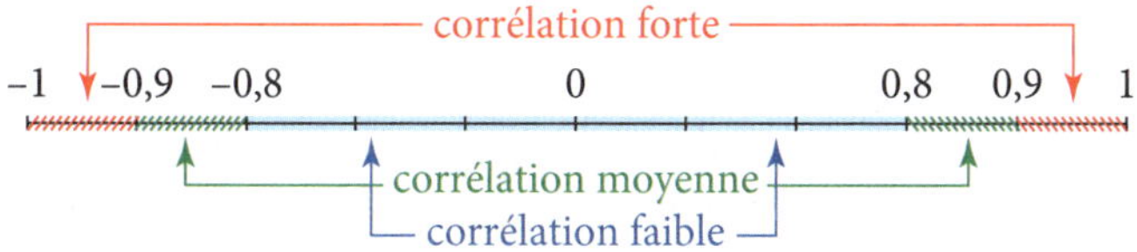

EXERCICE RÉSOLU

Mettre en évidence et utiliser une corrélation linéaire

ÉNONCÉ

Dans un pays imaginaire, le nombre d'habitants, en milliers, est donné par le tableau suivant.

X : Année	1985	1990	1995	2000	2010	2015	2020
Y : Nombre d'habitants	4 961	4 970	4 990	4 995	5 020	5 040	5 050

1. Sur l'écran de calculatrice ci-contre, on lit le coefficient de corrélation linéaire r. Que peut-on en conclure ?

2. Sur ce même écran, on lit les coefficients a et b de la droite de régression linéaire. Calculer une estimation du nombre d'habitants de ce pays :

a. en 2005 **b.** en 2025

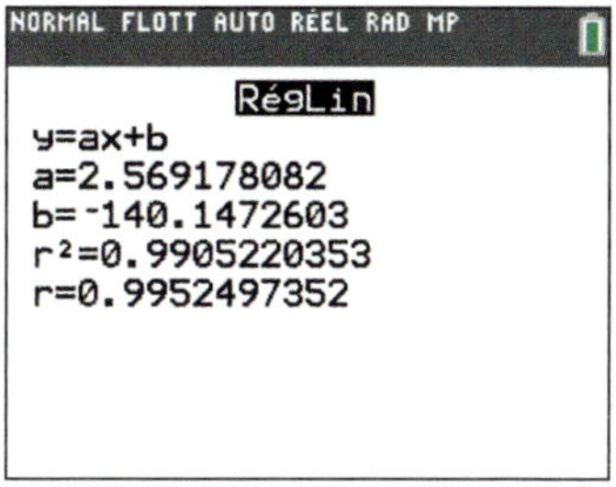

CORRIGÉ

1. $r \approx 0{,}995$ et puisque $r \geqslant 0{,}9$, on en déduit que les années et les nombres d'habitants sont fortement corrélés.

2. a. Pour $x = 2\,005$, $y = 2{,}569 \times 2\,005 - 140{,}15 \approx 5\,011$.

En 2005, ce pays comptait environ 5 011 000 habitants.

b. Pour $x = 2\,025$, $y = 2{,}569 \times 2\,025 - 140{,}15 \approx 5\,062$.
En 2025, ce pays comptera environ 5 062 000 habitants.

Savoir construire un nuage et déterminer le point moyen à la calculatrice

ÉNONCÉ

Dans le tableau ci-dessous, on a relevé, pour dix familles, le nombre d'enfants et le montant mensuel, en centaines d'euros, des dépenses d'alimentation.

X : Nombre d'enfants	2	0	1	3	6	2	2	4	3	2
Y : Dépenses d'alimentation	4,1	2,5	3,5	4,8	6,3	3	2,5	4,5	3,2	3,1

1. Représenter dans un repère le nuage de points de cette série statistique.

2. Déterminer, à la calculatrice, les coordonnées du point moyen G ; puis placer le point G dans le repère précédent.

MÉTHODE

1. Choisir de manière appropriée la graduation des axes en observant dans le tableau les valeurs minimales et maximales prises par X et Y.

Placer les points $M_i(x_i\,;y_i)$.

2. Suivre les indications ci-dessous.

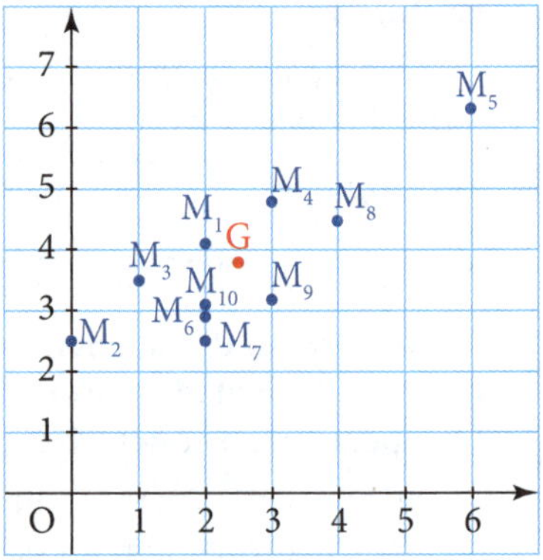

CORRIGÉ

1. Voir ci-contre.

2. Avec les calculatrices **Casio**

(MENU) (STAT)
Compléter les listes
List 1 avec X,
List 2 avec Y.

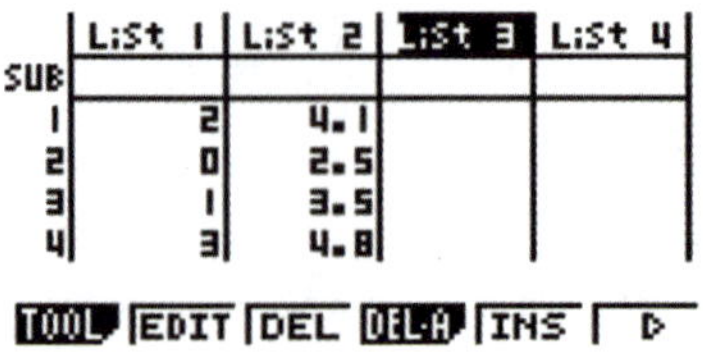

(F2) (CALC) (2VAR)
Vérifier que dans SET
2Var X List : List 1
2Var Y List : List 2

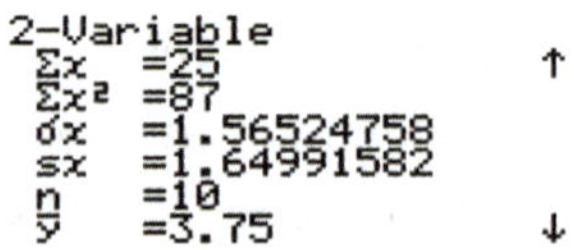

Avec les calculatrices **T.I.**

[stats] [EDIT] [entrer]
Compléter les listes
L_1 avec X, L_2 avec Y.

NORMAL FLOTT AUTO RÉEL RAD MP

L1	L2	L3	L4	L5
2	4.1	------	------	------
0	2.5			
1	3.5			
3	4.8			
6	6.3			
2	3			
2	2.5			
4	4.5			
3	3.2			
2	3.1			
------	------			

L3(1)=

[stats] [CALC] [entrer]
2 : Stats 2 var [entrer]
Vérifier que : X Liste : L_1 ;
Y Liste : L_2 ; Liste Freq : (vide)
puis [calculer] [entrer]

```
NORMAL FLOTT AUTO RÉEL RAD MP
     Stats 2 var
 x̄=2.5
 Σx=25
 Σx²=87
 Sx=1.649915823
 σx=1.565247584
 n=10
 ȳ=3.75
↓Σy=37.5
```

On lit les coordonnées $\overline{x}$ et $\overline{y}$ de G.
Ainsi, $G(2{,}5 \,;\, 3{,}75)$.

Savoir déterminer l'équation de la droite de régression à la calculatrice

ÉNONCÉ

On reprend l'énoncé de la méthode précédente.

1. Déterminer, à la calculatrice, l'équation de la droite de régression linéaire de Y en X ; ainsi que le coefficient de corrélation linéaire.

2. Tracer cette droite Δ de régression linéaire dans le repère précédent.

MÉTHODE

1. Suivre les indications ci-dessous.

2. Choisir une valeur $x = x_A$ et calculer $y_A = ax_A + b$. Ainsi, $A(x_A \,;\, y_A)$ appartient à Δ. Utiliser le fait que $G \in \Delta$. Ainsi la droite Δ est la droite (AG).

CORRIGÉ

1. Casio
À partir des listes 1 et 2 ;
[F2] [CALC], [F3] [REG],
[F1] [x], [F2] [$ax+b$]

```
LinearReg(ax+b)
   a =0.61020408
   b =2.22448979
   r =0.84537176
   r²=0.71465342
  MSe=0.45530612
y=ax+b
                    COPY
```

T.I.

stats CALC

4 : Reg Lin ($ax + b$), vérifier :

X Liste : L_1 ; Y Liste : L_2 ;

Liste Freq : (vide)

Puis calculer

```
NORMAL FLOTT AUTO RÉEL RAD MP
RégLin
y=ax+b
a=0.6102040816
b=2.224489796
r²=0.7146534289
r=0.8453717697
```

Savoir utiliser sa calculatrice Texas Instrument

Savoir utiliser sa calculatrice Casio

2. Pour $x_A = 5$ par exemple :

$y_A = 0{,}61 \times 5 + 2{,}22 \approx 5{,}27$

Ainsi, $A(5 ; 5, 27)$.

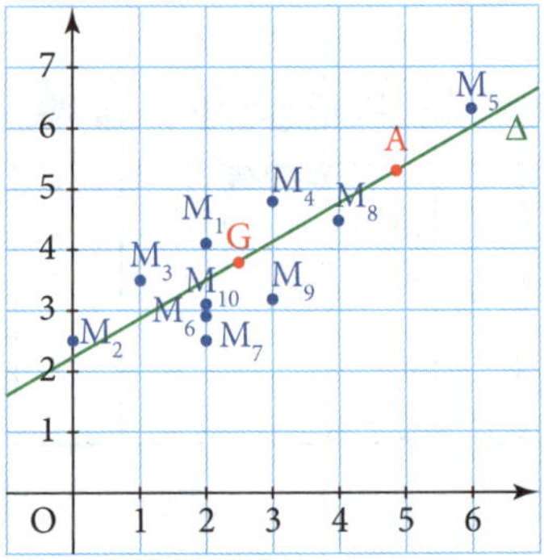

Savoir utiliser un changement de variable

ÉNONCÉ

La consommation des ménages d'une ville, en milliers d'euros, est modélisée, selon les années, par le tableau suivant.

Année : *X*	2013	2015	2016	2017	2019
Consommation : *Y*	28,5	35	52	70,5	100,5

1. a. Déterminer une équation de la droite de régression linéaire de Y en X (à la calculatrice).

b. Calculer une estimation de la consommation des ménages en 2020.

2. En réalité, en 2020, la consommation des ménages a été de 235 000 €.

a. Compléter le tableau précédent avec une troisième variable Z telle que $z_i = \ln y_i$.

b. Déterminer une équation de la droite de régression linéaire de Z en X (à la calculatrice).

c. En déduire que : $y = e^{0{,}224x - 447}$.

d. Calculer une estimation de la consommation des ménages en 2020. Comparer ce modèle avec la réalité.

MÉTHODE

Lorsqu'un ajustement linéaire est trop imprécis ou trop éloigné de la réalité, on utilise un changement de variable. Il suffit de se laisser guider par les questions.

CORRIGÉ

1. a. À la calculatrice : $y = 12{,}575x - 25\,294$

b. Pour $x = 2\,020$, $y = 12{,}575 \times 2\,020 - 25\,294 = 107{,}5$.
Selon ce modèle, en 2020, la consommation des ménages est de 107 500 €.

2. a.

$Z = \ln Y$	3,35	3,56	3,95	4,26	4,61

Par exemple : $z_1 = \ln 28{,}5 \approx 3{,}35$.

b. À la calculatrice : $z = 0{,}224x - 447$.

c. $z = \ln y$ donc $y = e^z$ et $y = e^{0{,}224x-447}$.

d. Pour $x = 2\,020$, $y = e^{0{,}224\times 2\,020} - 447 \approx 239{,}8$. Selon ce modèle, en 2020, la consommation des ménages est d'environ 240 000 €, ce qui est plus proche de la réalité.

Vérifiez vos connaissances

1 Vrai-Faux

Indiquer pour chaque proposition si elle est vraie (V) ou fausse (F).

Voici une série statistique à deux variables X et Y.

Série X	10	20	30	40	50	60	70	80
Série Y	2	0	1	3	5	7	8	0

1. Le nuage de points de cette série compte 10 points. ☐ V ☐ F

2. Le point moyen de cette série est $G(45 ; 3,25)$. ☐ V ☐ F

3. La droite d'ajustement affine de Y en X a pour équation $y = 0,025x + 1$. ☐ V ☐ F

4. Le coefficient de corrélation linéaire est $r \approx 0,432$. ☐ V ☐ F

5. Il existe un lien affine fort entre X et Y. ☐ V ☐ F

2 QCM

Pour chaque question, une seule réponse (A, B ou C) est exacte.

L'écran de calculatrice ci-contre concerne une série statistique à deux variables X et Y.

		A	B	C
1.	La corrélation linéaire entre X et Y est :	faible	moyenne	forte
2.	Lorsque $x = 10$, on peut estimer que :	$y \approx 16$	$y \approx 12$	$y \approx 19$
3.	Lorsque $y = 12,5$, on peut estimer que :	$x \approx 7$	$x \approx 8$	$x \approx 9$

Exercices d'application

3 Nuage de points et point moyen

Voici une série statistique à deux variables X et Y.

Série X	1,5	2	2,5	3	3,5	4	4,5	5
Série Y	−1	1	0,5	1,8	−2	1,8	−2,5	3

1. Représenter, dans un repère, le nuage de points de cette série.

2. Calculer les coordonnées du point moyen G de cette série.

Placer le point G dans le repère précédent.

4 Point moyen et calculatrice

Utiliser la calculatrice pour calculer les coordonnées du point moyen G des deux séries statistiques suivantes.

Série ❶

Série *X*	–10	–5	0	5	10	15	20	25
Série *Y*	1,4	2	3	1,1	0,2	4	0,8	1,4

Série ❷

Série *X*	63	74	51	96	54	78	101	45
Série *Y*	180	200	152	275	130	208	275	142

5 Droite de régression, coefficient de corrélation et calculatrice

Utiliser la calculatrice pour déterminer l'équation de la droite de régression linéaire de Y en X ; et le coefficient de corrélation linéaire des séries ❶ et ❷ de l'exercice 4.

6 Estimations

L'écran de calculatrice ci-contre concerne une série statistique à deux variables X et Y.

```
NORMAL FLOTT AUTO RÉEL RAD MP
RégLin
y=ax+b
a=2.061784897
b=-1.292906178
r²=0.9358529936
r=0.9673949522
```

1. Existe-t-il un lien affine entre X et Y ? Justifier.

2. Calculer une estimation de y lorsque :

- $x = 2{,}5$
- $x = 20$

3. Calculer une estimation de x lorsque :
- $y = 14$
- $y = 5$

Exercices d'entraînement

7 Utiliser des formules

On considère une série statistique à deux variables X et Y pour laquelle on donne les informations suivantes :

- le point moyen a pour coordonnées (20 ; 140)
- $\text{cov}(X\,;\,Y) = 3{,}15$
- $\text{var}(X) = 2{,}5$
- $\text{var}(Y) = 4{,}8$

1. Déterminer une équation de la droite de régression linéaire de Y en X.

2. Calculer le coefficient de corrélation linéaire r.

3. Calculer une estimation :

a. de y lorsque $x = 30$ **b.** de x lorsque $y = 180$.

Réflexe à avoir

Relire les paragraphes 2.2 et 2.3 du cours.

8 Prix de revente

Une machine est achetée 3 000 euros.

Le prix de revente y, exprimé en euros, est donné en fonction du nombre x d'années d'utilisation par le tableau suivant :

x_i	0	1	2	3	4	5
y_i	3 000	2 400	1 920	1 536	1 229	983

A. Ajustement affine

1. Représenter le nuage de points associé à la série statistique $(x_i ; y_i)$ dans un repère orthogonal du plan. Les unités graphiques seront de 2 cm pour une année sur l'axe des abscisses et de 1 cm pour 200 euros sur l'axe des ordonnées. Placer le point moyen de ce nuage.

2. Dans cette question, les calculs effectués à la calculatrice ne seront pas justifiés. Donner une équation de la droite de régression de y en x obtenue par la méthode des moindres carrés.

Représenter la droite dans le repère précédent.

B. Ajustement non affine

On pose $z = \ln y$ et on admet qu'une équation de la droite de régression de z en x est donnée par : $z = -0{,}22x + 8{,}01$.

1. Déterminer une expression de y en fonction de x de la forme $y = A^x \times B$ où A est un réel arrondi au centième près et B est un réel arrondi à l'unité près.

2. En admettant que $y = 0{,}80^x \times 3\,011$, déterminer après combien d'années d'utilisation le prix de revente devient inférieur ou égal à 500 euros.

C. Comparaison des ajustements

Après 6 années d'utilisation le prix de revente d'une machine est de 780 euros. Des deux ajustements précédents, quel est celui qui semble le mieux estimer le prix de revente après 6 années d'utilisation ? On argumentera la réponse.

Vérifiez vos connaissances

1 Vrai-Faux

1. Faux **2.** Vrai **3.** Faux **4.** Vrai **5.** Faux

2 QCM

1. C **2.** A **3.** B

Exercices d'application

3 Nuage de points et point moyen

1.

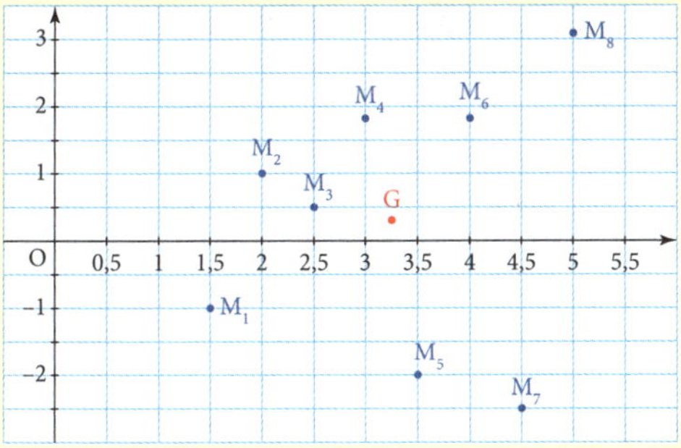

2. $\overline{x} = \dfrac{1{,}5 + 2 + 2{,}5 + 3 + 3{,}5 + 4 + 4{,}5 + 5}{8} = 3{,}25$

$\overline{y} = \dfrac{-1 + 1 + 0{,}5 + 1{,}8 + (-2) + 1{,}8 + (-2{,}5) + 3}{8} = 0{,}325$. Ainsi G(3,25 ; 0,325).

4 Point moyen et calculatrice

Série 1

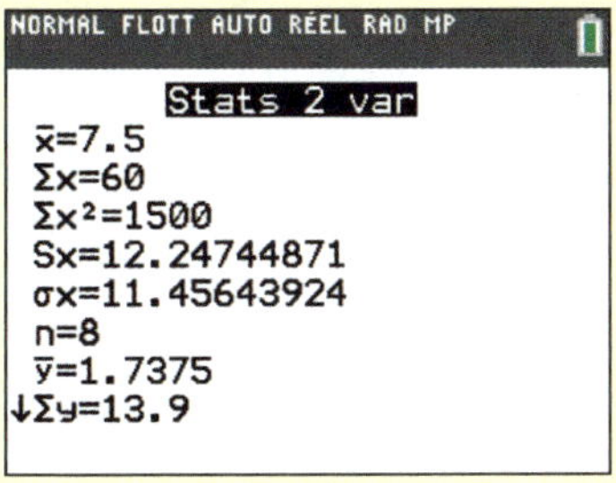

Ainsi, $G(7{,}5 ; 1{,}7375)$.

Série 2

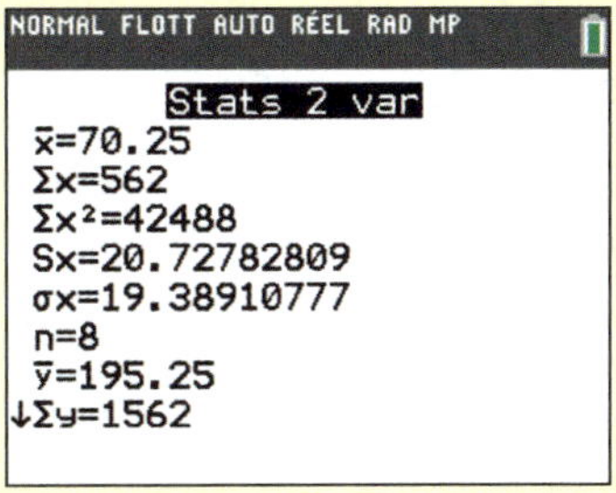

Ainsi, $G(70{,}25 ; 195{,}25)$.

5 Droite de régression, coefficient de corrélation et calculatrice

Série ❶

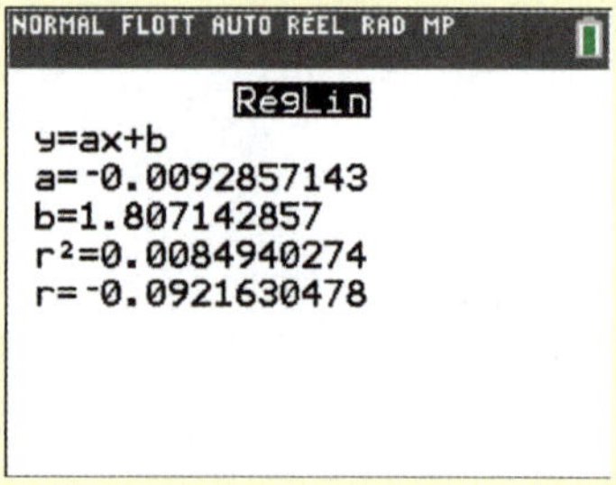

Ainsi, la droite de régression linéaire de Y en X a pour équation :
$y = -0{,}0093x + 1{,}8071$.

Série ❷

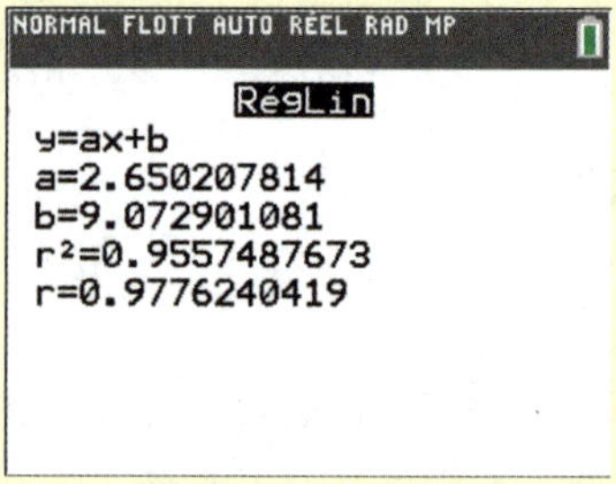

Ainsi, la droite de régression linéaire de Y en X a pour équation :
$y = 2{,}65x + 9{,}073$.

6 Estimations

1. Puisque $r \approx 0{,}967$, $r \geqslant 0{,}9$ donc il existe un lien affine fort entre X et Y.

2. • Lorsque $x = 2{,}5$: $y = 2{,}06 \times 2{,}5 - 1{,}29 \approx 3{,}86$.

• Lorsque $x = 20$: $y = 2{,}06 \times 20 - 1{,}29 \approx 39{,}91$.

3. • Lorsque $y = 14$: $14 = 2{,}06x - 1{,}29$ donc $14 + 1{,}29 = 2{,}06x$

d'où $x = \dfrac{14 + 1{,}29}{2{,}06} \approx 7{,}42$.

• Lorsque $y = 5$: $5 = 2{,}06x - 1{,}29$ donc $5 + 1{,}29 = 2{,}06x$

d'où $x = \dfrac{5 + 1{,}29}{2{,}06} \approx 3{,}05$.

> **Remarque**
> Lorsque le lien affine est fort, cela a du sens de faire des estimations.

Exercices d'entraînement

7 Utiliser des formules

1. D'après le cours, la droite de régression linéaire de Y en X a pour équation : $y = ax + b$

avec $a = \dfrac{\text{cov}(X\,;Y)}{\text{var}(X)} = \dfrac{3{,}15}{2{,}5} = 1{,}26$.

Ainsi, $y = 1{,}26x + b$.

De plus, $G(20\ ;\ 140)$ appartient à cette droite, donc $140 = 1{,}26 \times 20 + b$ d'où $b = 140 - 1{,}26 \times 20 = 114{,}8$.

Finalement, la droite de régression linéaire de Y en X a pour équation :

$y = 1{,}26x + 114{,}8$.

2. D'après le cours, le coefficient de corrélation linéaire r de Y en X est égal à :

$$r = \frac{\text{cov}(X\,;Y)}{\sigma(X)\sigma(Y)} = \frac{3{,}15}{\sqrt{2{,}5} \times \sqrt{4{,}8}} \simeq 0{,}909.$$

Rappel

$\sigma(X)$ est l'écart-type de X et $\sigma(X) = \sqrt{\text{var}(X)}$.

3. a. Lorsque $x = 30$, $y = 1{,}26 \times 20 + 114{,}8 \approx 152{,}6$.

b. Lorsque $y = 180$, $180 = 1{,}26x + 114{,}8$ donc $180 - 114{,}8 = 1{,}26x$

et $x = \dfrac{180 - 114{,}8}{1{,}26} \approx 51{,}74$.

8 Prix de revente

A. Ajustement affine

1.

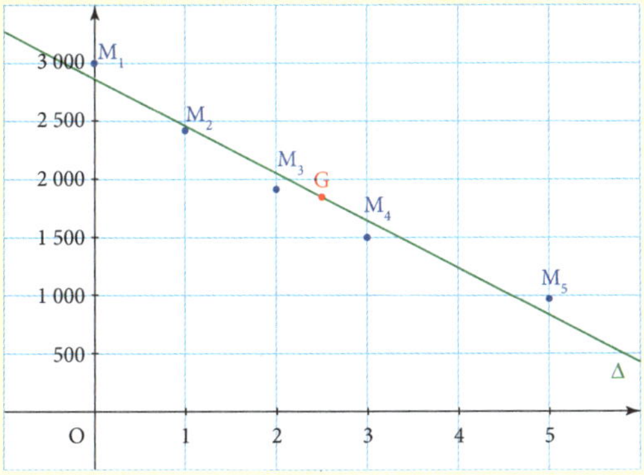

Le point moyen $G(\overline{x}\,;\overline{y})$ du nuage a pour coordonnées :

$$\overline{x} = \frac{0+1+2+3+4+5}{6} = 2{,}5$$

$$\overline{y} = \frac{3\,000 + 2\,400 + 1\,920 + 1\,536 + 1\,229 + 983}{6} \approx 1\,844{,}7$$

2. La calculatrice donne $y = -399x + 2\,843$.

B. Ajustement non affine

On pose $z = \ln y$ et on admet qu'une équation de la droite de régression de z en x est donnée par : $z = -0{,}22x + 8{,}01$.

1. On a $z = \ln y = -0{,}22x + 8{,}01 \Leftrightarrow y = e^{-0{,}22x+8{,}01} = e^{-0{,}22x} \times e^{8{,}01}$.

Or $e^{8{,}01} \approx 3\,010{,}9$ soit à l'unité près 3 011.

Finalement $y = 3\,011e^{-0{,}22x}$.

On a également $e^{-0{,}22} \approx 0{,}8$ donc $e^{-0{,}22x} = (e^{-0{,}22})^x \approx 0{,}8^x$.

Donc on peut écrire $y = 3\,011 \times 0{,}80^x$.

2. Le prix de revente devient inférieur ou égal à 500 euros si $3011 \times 0{,}80^x \leqslant 500$

$$\Leftrightarrow 0{,}80^x \leqslant \frac{500}{3011} \Leftrightarrow x\ln 0{,}8 \leqslant \ln\left(\frac{500}{3011}\right) \Leftrightarrow x \geqslant \frac{\ln\left(\frac{500}{3011}\right)}{\ln 0{,}8} \text{ (car } \ln 0{,}8 < 0\text{)}.$$

La calculatrice donne : $\dfrac{\ln\left(\frac{500}{3011}\right)}{\ln 0{,}8} \approx 8{,}05$.

Il faudra donc attendre 9 ans pour que le prix de revente soit inférieur à 500 €.

C. Comparaison des ajustements

Au bout de 6 ans, le prix de revente :

- avec l'ajustement affine, est égal à $-399 \times 6 + 2\,843 = 449$ €.
- avec l'ajustement exponentiel, $0{,}80^6 \times 3\,011 \approx 789$ €.

C'est donc l'ajustement exponentiel qui est le plus pertinent.

Index

Index

MIXTE
Papier issu de sources responsables
FSC® C022030

Nathan est un éditeur qui s'engage pour la préservation de son environnement et qui utilise du papier fabriqué à partir de bois provenant de forêts gérées de manière responsable et contrôlée.

N° de projet : 10278748 - Dépôt légal : juin 2022
Achevé d'imprimer en mai 2022 par Estimprim 25110 Autechaux